EL MUNDO CODIFICADO

HORIZONTES INFINITOS
LIBRO 3

A.R. KNIGHT

UNO

TEMPORADA DE CAZA

El ratón metálico corría apresuradamente, con un tono violeta neón jugando sobre su cuerpo redondeado. Recorría la pequeña plataforma de baldosas negras, esparciendo granos de arena mientras sus diminutas patas corrían. Varios tallos pequeños sobresalían de su frente, cada uno terminando en una punta peluda. En los primeros días del Jardín, un polinizador no estaría aquí en un lugar sin plantas, buscando...

¿A mí?

—Atrápalo —susurré al sabueso de metal chatarra a mi lado.

Alvie se mantuvo en silencio, saltando con el más mínimo roce desde el escalón con tracción y aterrizando sobre el polinizador. Las fauces de acero dentado del perro partieron el objetivo, sus cables y circuitos chispeando mientras Alvie sacudía el meca muerto de un lado a otro.

—Buen chico —dije, uniéndome a Alvie en la plataforma, cuya pared trasera en blanco nos indicaba que habíamos llegado al final.

A mi izquierda había una puerta de doble sellado que conducía al exterior. Remaches y acero brillante bloqueaban una salida hacia una escalera que descendía, alejándose y eventualmente llevando al hogar improvisado de los últimos humanos vivos en la Nave Estelar.

Bueno, el hogar para algunos.

Ahora Val, Leo y los aproximadamente cincuenta supervivientes combatientes se estaban atrincherando muy arriba, donde el Jardín ofrecía más que arena y cactus para comer. Habían convertido la despensa masiva de nuestra nave en su fortaleza, donde planeaban esperar el final del viaje.

Una jugada cobarde, un movimiento a ciegas.

Y desconcertante. Los humanos no dejaban de sorprenderme. Uno podía estar lleno de ira, listo para enfrentar todos los peligros para ganar. Otros se envolverían en sus lugares, el miedo a la pérdida atándolos al fracaso.

Kaydee diría que estoy siendo dramático. Delta me diría que siguiera adelante.

Alvie solo me miraba con sus pequeños ojos amarillos.

El desierto que nos esperaba no era grande. Paredes negras y púrpuras dividían las pequeñas dunas en secciones, cada una entrelazada con plantas que alguna vez fueron cuidadas y ahora crecían según la voluntad de la naturaleza. Pequeños cactus y flores quebradizas salpicaban la vista, interrumpidos de vez en cuando por otro polinizador.

Mi objetivo se encontraba en el centro del nivel. Alvie y yo avanzamos lentamente, el perro mordiendo cualquier polinizador que se atreviera a cruzar nuestro camino. En mis manos sostenía un arma con una parte superior redondeada, un cañón que se extendía medio metro desde su gatillo, y una línea naranja brillante en su culata. Mantenía mi dedo listo, tenso: la energía sería escasa, el rifle difícil de recargar aquí abajo.

Los cactus abarrotaban el centro del nivel, un reservorio biológico. Sus tallos espinosos formaban un bosque punzante para varios mecas errantes. Más grandes que los polinizadores, más grandes que yo, cada paso festoneado levantaba arena mientras pisoteaban. Observé desde detrás de una pared, juzgando su intención y encontrándola aleatoria: los mecas se movían alrededor, sin prestar atención unos a otros y a menudo retrazando sus propios pasos. Sus brazos, con garras torpes o agarres soldados a cuchillos de metralla o bloques romos, colgaban a sus costados.

De patrulla, probablemente. Abandonados a su suerte por su líder.

Sus rutas rodeaban el centro del nivel, un agujero sombreado bloqueado por las dunas. El agua me dio una pista de su ubicación, un goteo constante, aunque pequeño, desde los niveles superiores. La ligera reducción nivel por nivel aseguraba que algunas gotas fueran captadas por el desierto, repartidas entre su vida. Las gotas de agua se mezclaban con el rumor de la Nave Estelar y el cambio de arena de los mecas para crear un suave paisaje sonoro.

—Dos contra tres —susurré a Alvie—. Tú ve por la derecha, yo por la izquierda. Apunta a las piernas.

Cuando bajé un dedo, dando la señal, Alvie salió disparado. El perro rodeó la pared desde la que yo observaba, sus patas metálicas usando la arena para mantener el sigilo. Me agaché y me fui por la izquierda, usando un grupo de cactus como cobertura para acercarme a un meca por detrás. Con mi arma de vuelta en su improvisada correa —tomada prestada de un Forjador que ya no la necesitaría—, tenía ambas manos libres. Como un felino de la jungla, me acerqué sigilosamente al meca.

Este tenía un cilindro achaparrado por cuerpo, que conducía a una base con orugas. Una manguera y dos brazos prensiles, cada uno con sus agarres limados hasta formar puntas, salían del cilindro, dando pistas sobre su vida anterior. Lo devolvería a esa vida si pudiera, un deseo desechado mientras ejecutaba mi emboscada.

Viniendo por detrás, corrí, metí las manos por debajo y agarré la parte inferior del meca. El cilindro de la máquina giró, poniendo una cámara diminuta y varias luces parpadeantes frente a mi cara. Levanté con fuerza, la arena volando por todas partes mientras el meca de varios cientos de kilos se elevaba y volteaba. Sus orugas giraban en el aire, los brazos del meca intentando alcanzarme. Con su vientre expuesto, metí la mano en el núcleo caliente, agarré los cables que canalizaban la energía del meca a sus ruedas, sus brazos, y tiré.

Un chillido, el gemido desgarrador de un motor perdiendo su empuje, y el meca murió.

—Lo siento —susurré, antes de que la pelea de Alvie llamara mi atención.

El perro no tenía mi fuerza, pero Alvie superaba mi agilidad. El perro robótico se movía rápidamente alrededor del meca más lento y torpe. La cosa cuadrada se agitaba, incluso asestando un golpe de suerte, aunque de refilón, en la espalda de Alvie, pero con cada mordisco Alvie arrancaba otro trozo de la carcasa del robot. A medida que más y más partes internas quedaban expuestas, Alvie volvía a sus heridas anteriores, cavando más profundo y llevándose refrigerante, circuitos y cables.

Mi sombría observación terminó cuando mi propia víctima rodó a un lado. La causa llegó tambaleándose, una máquina de masaje más alta y delgada. Extremos nudosos cubrían sus articulaciones, aunque algo había soldado picos en cada uno. Se balanceaba, sacudía y se lanzaba hacia mí mientras yo retrocedía, mis pies resbalando en la arena.

Sin un arma para el cuerpo a cuerpo, tenía que ser ingenioso, y deslizarme sobre mis talones mientras el meca me perseguía no sería suficiente. Las opciones se desplegaron en mi visión, mi programación resaltando posibles armas, rutas de escape y aberturas en la rutina del meca atacante. Todo bueno, y todas cosas que no podía usar cuando di un paso en falso y caí de espaldas en una duna.

El meca con picos se cernía sobre mí, un adversario mudo y silencioso que levantaba sus brazos para un golpe final.

Después de todo lo que había vivido, de ninguna manera esta cosa tonta me iba a eliminar.

Lancé una patada con mi pie izquierdo, desplazando la arena bajo la pierna de mi enemigo. Construido para equilibrarse en terreno plano, el meca se tambaleó. Su ataque se desvió hacia la arena junto a mi cabeza, cubriéndome de granos. Mientras el meca se inclinaba de nuevo para recuperar la posición, usé mi propio pie derecho, deslizando el izquierdo del meca antes de que la máquina encontrara su equilibrio.

La cosa lanzó su brazo izquierdo hacia fuera, rozándome la frente en el proceso, para sostenerse mientras caía hacia adelante. Un movimiento bastante bueno, excepto que dejó al meca en posición de flexión, con su núcleo vulnerable a medio metro sobre mí.

Esta vez, no pedí disculpas mientras golpeaba hacia arriba, rompiendo el pecho del meca. Chispas azul-blancas se apagaron mientras aplastaba los circuitos en su interior. Mi piel sintética absorbió los arañazos, regenerándose casi tan rápido como aparecían las heridas. Con un empujón, envié al meca hacia la izquierda para que se uniera a su hermano en la arena.

Sentí un suave empujón en mi cabeza, miré para ver a Alvie esperando allí, con trozos de cable colgando de su dentada mandíbula metálica. Un trofeo de victoria.

—Buen perro.

DOS

INMERSIÓN PROFUNDA

Las profundidades azul-negro de Purity se extendían debajo de nosotros. La luz tenue a mi espalda no se proyectaba muy lejos hacia abajo del agujero, dejando que la oscuridad engullera el pasaje hasta que el neón cerúleo delineaba las esqueléticas pasarelas de acero. Cualquier indicio del agua era escaso, una sombra en el crepúsculo. A mi lado, Alvie comentó la vista con un gemido preocupado.

—Tú te quedas aquí arriba —le dije—. Si me meto en problemas, corre de vuelta y busca ayuda, ¿de acuerdo?

Alvie ladeó la cabeza, me miró de reojo.

—No seas como Kaydee —respondí—. Puedo cuidarme solo.

El perro resopló dos veces.

—¿Sabes qué? —Me levanté y dejé el arma en el suelo. Planeaba nadar y Leo me había dicho que el arma no funcionaría después de un baño—. Podría usar un poco más de apoyo aquí.

Debo haber evocado suficiente lástima, porque Alvie me dio un ligero cabezazo en la espinilla, lo más cercano que el perro podía llegar a mostrar afecto directo. Esas garras metálicas y bordes afilados hacían del perro robot un compañero de abrazos decididamente pobre.

Con la despedida establecida y las órdenes dadas, volví a comprobar mi salto para confirmar que no saltaría de cabeza a una pasarela, y luego me lancé. Una gloriosa carrera de tres pasos y un salto al aire libre. Los humanos en sus películas solían gritar en momentos como estos, gritos de batalla o aullidos de alegría.

Kaydee habría querido uno, pero mantuve la boca cerrada: alguien podría estar escuchando.

Alguien, definitivamente, estaba observando.

Los brazos se dispararon cuando me sumergí en el espacio negro entre los niveles. Capté un destello plateado, el revestimiento metálico mezclándose con la luz de Purity. Me atraparon los pies en un torno, mi caída cambiando repentinamente de un clavado vertical a un descenso de cabeza, solo que ya no estaba cayendo sino colgando sobre el triturador de basura acuático de Starship.

Los huesos biológicos podrían haberse roto, pero mi resistente exoesqueleto soportó la fuerza, dándome la opor- tunidad de encogerme y ver qué había decidido interrumpir mi rescate. A través del enrejado negro de una pasarela, vi el marco flexible de las creaciones más recientes de Alpha: flexi-mechs, como yo los llamaba.

Esta versión se equiparaba a los humanos miembro por miembro, cambiando brazos extra por una construcción más rígida, estos flexi-mechs llevaban la disposición bípeda a longitudes siniestras. Diez dedos puntiagudos salpicaban cada mano, formando casi un círculo, mientras sus brazos y piernas se estiraban más que su inspiración viviente, que es como este me sostenía sobre el agua, pero me mantenía fuera del alcance para forcejear: mis propios brazos se balanceaban inútiles en el espacio.

—Suéltame —le dije al flexi-mech, cuya cabeza cúbica, posada sin cuello sobre una columna delgada, proyectaba su luz roja hacia mí.

—No —respondió el flexi-mech, con una voz femenina elegante—. No lo creo.

Me quedé helado. Nunca antes un flexi-mech nos había respondido, y ya habíamos luchado contra una docena de estas cosas. Tampoco habían tenido personalidad alguna, solo órdenes directas de luchar hasta matar. Este hablaba. Este podría ofrecer una oportunidad de negociación.

—¿Tienes personalidad? —pregunté.

—Tengo órdenes —respondió el flexi-mech—. Debemos destruirte.

Ah. Tanto para la diplomacia.

—¿Debemos? —pregunté, tratando de ganar tiempo y pensar en un plan.

Nuevas luces golpearon mi cara, aunque su distancia evitó que fuera cegador. Todas rojas y dispersas por el sótano de Purity. Conté al menos ocho en un rápido giro, todos flexi-mechs y todos observándome. Se paraban en las otras pasarelas y a lo largo de la plataforma dura en el borde de Purity, como si hubiera interrumpido algún número musical.

—Bueno, entonces —dije, y el flexi-mech me levantó de un tirón, sosteniendo mi cara frente a la suya.

—Adiós. —El flexi-mech echó hacia atrás su brazo derecho, aparentemente listo para realizar alguna maniobra de arrancar corazones.

Junté mis manos cuando el flexi-mech golpeó, atrapando la muñeca de la máquina a unos centímetros de mi pecho. La mano del flexi-mech giró, esos diez dedos zumbando alrededor como un taladro, dando una idea muy clara de lo que habría sucedido si hubiera hecho contacto.

—Míranos ahora —dije—. Todos atados.

—Irregular —respondió el flexi-mech.

Cuando la máquina retiró su mano, me fui con ella, tirando hacia abajo con mi pierna atrapada. Formamos una palanca incómoda, el flexi-mech y yo, con el primero golpeando contra la barandilla de la pasarela mientras mi fuerza y peso revertían su retirada. El estruendo resonó bien por el área cuando el pobre brazo taladrador del mech atrapó su articulación en la barandilla y se rompió con la presión. La repentina liberación desequilibró toda nuestra situación, y ahora sí dejé escapar uno de los gritos de Kaydee mientras caía directamente con el mech a las aguas de Purity.

El frío glacial se filtró a través de mi piel sintética, activando mis controles térmicos y salpicando un pequeño medidor sobre mis ojos. El alto consumo de energía significaba que me convertiría en un casco inútil cuando ese medidor llegara a cero, y aunque tendría mucho tiempo antes de que eso sucediera, cualquier reloj significaba estrés cuando tratabas con flexi-mechs.

El que había caído conmigo aún sostenía mi pie, incluso mientras ambos nos hundíamos. Más se zambulleron en el mar, burbujas y salpicaduras anunciando su entrada en la arena. Y qué arena era: la iluminación zafiro de Purity proyectaba rayos a través del agua, resaltando a los mechs metálicos que nadaban hacia mí. Extendiéndose hacia arriba y a nuestro alrededor como un bosque hundido estaban los largos brazos del Canciller. Ya picados por el voraz sistema de reciclaje de Purity, las torres se alzaban a nuestro alrededor, grises e inmóviles.

Beta había sido atravesada por uno antes de la caída, y Delta derribada después de ella, pero no vi a ninguna de mis amigas nave, mi razón para bajar aquí, de inmediato.

Comprensible, ya que estaba más preocupado por liberarme del molesto flexi-mech.

El agua me dio la fluidez para encoger la pierna a la que se aferraban, lo suficiente para poder alcanzar y agarrar la mano restante del flexi-mech. No tenía tanta fuerza bajo el agua, pero las muñecas del flexi-mech no estaban hechas para resistir mi fuerza. Empujé hacia abajo y, junto con el agua, la mano del flexi-mech se deslizó de mi tobillo.

No es que al mech le importara: tan pronto como me liberé, el flexi-mech se impulsó hacia adelante, su mano restante girando de nuevo como un taladro y viniendo directamente hacia mi cara.

Así que me sumergí. Pateé y nadé más profundo en la oscuridad, con las luces rojas siguiéndome. El fondo de Purity apareció rápidamente, un lugar lleno de hoyuelos, casi como el ojo de un insecto. Redes de filtrado fino se extendían sobre varios tubos para manejar los desechos y filtrar el agua para enviarla de vuelta al ecosistema cerrado de la Nave Estelar. Sus bordes centelleaban, el revestimiento reflectante me daba una línea guía, permitiéndome encontrar el camino correcto.

Entre esas redes brillantes yacían tres formas humanoides. Dos que quería, la tercera que aborrecía. Delta flotaba hacia la derecha, su cabello más corto encrespándose detrás de su cabeza, una línea oscura cerca de ella marcando su espada. A la izquierda y más cerca entre sí estaban Beta y el Canciller. Mi amiga y compañera recipiente tenía un brazo del Canciller aún inclinado hacia abajo y atravesando su pecho, una visión que hacía estremecer. El Canciller, al menos, parecía tan muerto como mis amigas, y con suerte permanecería así.

Un vistazo atrás calculó mi distancia: mi amigo flexi-mech venía más cerca, pero con un solo brazo, el mech no había podido seguirme el ritmo. Sus amigos estaban más atrás, sus brazadas al nadar aleatorias y torpes: no era demasiado sorprendente que no tuvieran lógica para moverse a través del agua.

Afortunadamente, Leo pensó en enseñar a sus recipientes a nadar.

Me impulsé hacia Delta primero, tanto por la espada como por el recipiente. Mis manos encontraron la empuñadura dentada allí en la sombría base gris, el volumen del arma fácil, aunque lento, de mover en las profundidades. Mientras apuntaba el filo hacia la red más cercana, sentí el primer pinchazo revelador a lo largo de mi piel sintética: los recicladores destructores de sólidos de Purity.

Los pequeños monstruos ya habían causado daños a la espada de Delta, picándola por todas partes. La propia Delta parecía mordisqueada por los bordes, la piel sintética regenerándose lo suficiente para mantener su núcleo protegido mientras que su ropa, su cabello, sus zapatos ya eran poco más que jirones. Eventualmente, esos microbios encontrarían una manera de pasar la piel del recipiente y entrar en cables, chips y memoria más vulnerables.

Con suerte, sería lo suficientemente rápido.

Pateando hacia la red cercana, guié con la espada. El filo se clavó en las finas fibras, destinadas a detener los escombros errantes de entrar en las tuberías, y las cortó con un suave deslizamiento. Como destrozar una telaraña, construida para resistir impactos pero no un corte transversal. Con un segundo corte, la red se despejó por completo, desapareciendo por la tubería de un metro de ancho.

Me giré, tan rápido como uno puede girar en el agua, buscando alcanzar a Delta. En su lugar, encontré a mi enemigo flexi-mech descendiendo hacia mí, con la mano taladradora girando y levantando espuma. Antes, en mi momento de suspensión, no tenía un arma.

Las circunstancias habían cambiado.

Golpeé con la espada a través de mi cuerpo, un movimiento fangoso en el agua, pero lo suficientemente rápido para interceptar al mech. La mano giratoria golpeó la espada y se puso a trabajar sobre sí misma, la fuerza del motor suficiente para cortar los dedos del mech en un instante, la palma giratoria poco después. Pensé que el mech seguiría adelante, esperando golpearme con su muñón en un arrebato de furia unidireccional, pero Purity lo impidió: con sus circuitos expuestos al agua, el mech se estremeció cuando su cuerpo se cortocircuitó.

Muerto, el impulso del mech llevó la cosa más allá de mí hasta chocar contra el fondo de la cuenca.

Con más mechs tambaleándose hacia mí, no tenía tiempo de compadecerme de la pobre máquina. Manteniendo la espada de Delta en mi mano izquierda, pateé hacia el recipiente caído. Como el flexi-mech antes que yo, fui por el tobillo de Delta, lo agarré con mi mano derecha y tiré, pateando fuerte con mis pies para conseguir algo de impulso a mi favor. Delta se movió, deslizándose del fondo y viniendo conmigo hacia la tubería abierta.

No tenía tiempo de dejar a Delta cuidadosamente, optando en su lugar por un tirón oscilante para lanzar a Delta hacia la entrada de la tubería. Para un humano, el movimiento podría haber dependido de la suerte. Para mí, una vez que le dije a mis sistemas qué hacer, mi mano derecha balanceó a Delta con la fuerza perfecta, soltándola en el momento perfecto. El recipiente flotó hacia la tubería y entró, con una colocación impecable.

Toma eso, humanos.

Beta no sería tan simple: cuatro flexi-mechs se debatían

entre mi amiga recipiente y yo. Dos tenían los cuchillos de metralla tan a menudo equipados por los mechs de Alpha, armamento improvisado desplegado por un ejército improvisado. Los otros dos tenían esas manos giratorias, aunque cada vez que hacían girar esos diez dedos, los remolinos actuaban como motores, empujando a los mechs en locos bucles.

No obstante, con los pinchazos creciendo a medida que más protectores de Purity encontraban mi piel suave, un solo golpe malo aquí abajo sería fatal. Incluso si Alvie subiera a buscar a Leo y Val y se molestaran en enviar ayuda, todo lo que probablemente encontrarían serían restos medio comidos. Si es que encontraban algo.

Enfrentado a poco tiempo y malas probabilidades, decidí hacer una Delta.

Pateando fuerte hacia la derecha en dirección a Beta, me pegué al fondo de la cuenca. Con la espada de Delta aún en la mano, mantenerme cerca del suelo permitió que mis pies me movieran a velocidad. Los flexi-mechs intentaron interceptarme, descendiendo hacia mí, con las extremidades abiertas. Sus ojos rojos persistían en la oscuridad, reflejándose en sus cuchillos, sus cuerpos metálicos. Como ser perseguido por fantasmas resplandecientes.

Mortales.

El primer flexi-mech me golpeó a dos metros de Beta. El mech se lanzó con una puñalada, apuntando hacia mi espalda. El brillo de sus ojos lo delató y rodé, mirando hacia arriba y trayendo la espada de Delta de vuelta a través de mi cuerpo para la intercepción. Bajo el agua, la colisión careció de impacto, un débil chasquido. El cuerpo más grande de mi espada barrió el cuchillo hacia afuera, la fuerza haciendo girar al mech de modo que su costado quedara frente a mí. Retirando la espada, la empujé hacia adelante, apuntando a ensartarlo. Mi propio impulso, arrastrándome hacia Beta, significó que no logré el golpe devastador que esperaba, sino que solo rasguñé la sección media del mech.

De nuevo, el agua hizo que el pequeño corte fuera suficiente. Un chispazo blanco salió del corte, seguido por un espasmo agudo a través de las largas extremidades del fleximech. Como su hermano, la máquina dejó de agitarse y se hundió, muerta, hasta el suelo.

Dos menos, quedan tres.

El resto tampoco eran totalmente idiotas. A pesar de su pésima natación, los tres se movieron para rodearme, los que tenían taladros agarrándose bien a sus motores improvisados para deslizarse hacia Beta y llegar antes que yo, mientras que el otro portador de cuchillo se acercaba a mis pies.

Rodeado y solo en medio de los amenazantes brazos del Canciller, afiancé el agarre en la espada de Delta y pateé de nuevo, recorriendo la última distancia hacia Beta. Podría haber huido, podría haber tomado a Delta como mi premio y marcharme.

Una jugada de cobarde, habría dicho Kaydee, y yo no era ningún cobarde.

Ya no.

TRES

HACIA EL ABISMO

Nadé hacia las sombras y las sombras me persiguieron. Mi objetivo no se movía: Beta yacía contra el suelo de la cuenca, un bloque borroso azul-negro con una línea oscura atravesando su espalda y subiendo hacia la superficie. La garra que la había atravesado. A menos de un metro yacía la mole de la Canciller, una araña muerta acurrucada en sus propios brazos.

Nadando a través de esos brazos, viniendo desde atrás, a los lados y frente a mí, llegaron tres flexi-mechs más, sus ojos rojos siguiéndome como las cámaras del mismísimo Diablo. Sostenía la hoja de Delta en mi mano derecha mientras pateaba. Cuando crucé sobre el cuerpo de la Canciller, me detuve y llevé mi mano izquierda para un agarre doble. Los brazos de la Canciller se elevaron a mi alrededor como una jaula. La luz zafiro se filtraba desde arriba.

Los flexi-mechs golpearon con un segundo de diferencia entre sí, el nado torpe del trío les dio, no obstante, un ataque sincronizado. Intenté un amplio balanceo, trazando un arco con la hoja para tratar de atraparlos a todos juntos.

Resultó que estaba lidiando con mártires.

El flexi-mech que venía del lado de Beta recibió el golpe, agarrando la hoja con ambas manos y envolviéndose alrededor de mi arma. El peso adicional ralentizó mi balanceo, arrastró el ángulo hacia abajo, por lo que fallé al siguiente, el flexi-mech del medio que se zambullía desde arriba. Sus manos golpearon mi cabeza, empujándome hacia el fondo de la cuenca, y solté la hoja para lidiar con la amenaza inmediata.

Aunque había apagado mis sensores de dolor hace tiempo, eso no impidió que mi cabeza me dijera que los dedos del flexi-mech me iban a reventar como un globo si no aliviaba la presión. Peor aún, el tercer flexi-mech se lanzó a por mis piernas, destrozando mi piel sintética con sus garras. El agua hacía los zarpazos menos efectivos, pero sentí cómo los extremos arrancaban mi ropa, dejando largos cortes en mi piel que los robots de reciclaje de Purity podrían explotar.

Pero mi cabeza. Eso era lo primero.

Mis manos encontraron las muñecas del flexi-mech y tiraron mientras nos estrellábamos contra el cuerpo de la Canciller, mi espalda golpeando la carcasa maltratada del mech color óxido. Aumenté la fuerza lo suficiente para desprender el agarre del flexi-mech, las alarmas parpadeantes desaparecieron de mis ojos cuando la presión cedió. El propio flexi-mech pateó sus pies, apuntando a un cabezazo.

Movimiento audaz, robot.

Balanceé mis caderas hacia la derecha —otro zarpazo con garras arrancó un trozo de mis muslos— y tiré de las muñecas del flexi-mech, lanzando la máquina más allá de mí y contra la Canciller. Con un golpe sordo, el mech abolló a su aliada muerta y rebotó. Ningún daño importante, pero me había ganado un segundo mientras la máquina se agitaba, tratando de enderezarse.

Pateando mis piernas dañadas, me deslicé con la espalda hacia Beta. Su forma oscura brillaba de cerca, cuchillos sin usar abarrotaban sus bandoleras y cinturones. Su largo cabello rosa se elevaba como un faro ondulante.

La espuma voló cuando el mech que acosaba mis piernas fue a por una puñalada giratoria en mi estómago. Un ataque a todo o nada comparado con los mordiscos a mis dedos. Pateé de nuevo, estirando mi brazo detrás de mí hacia Beta. La mano perforadora, diez garras de dedos girando, me ayudó un poco: su fuerza significaba que el mech tenía que patear más fuerte para superar el empuje motorizado, me compró un segundo.

Encontrar una empuñadura, sujetando la tela envuelta en la base del cuchillo, se sintió como júbilo. Arranqué el arma y, en un solo lanzamiento por encima de la cabeza, lancé la hoja hacia la mano mortal del flexi-mech. Cargando contra mí como un superhéroe yendo a por un puñetazo, la cabeza del flexi-mech, su mano y yo estábamos a solo centímetros de distancia cuando el cuchillo dio en el blanco.

Un tiro perfecto, justo en el centro de la palma giratoria.

El cuchillo clavó el motor en la mano del flexi-mech, deteniendo engranajes que funcionaban demasiado calientes para ralentizarse. La mano se desarmó, el cuchillo se astilló y fragmentos ardientes estallaron a nuestro alrededor. Sentí tres abrasarme el estómago, uno donde estarían los pulmones de un humano. El flexi-mech también recibió sus propios disparos: una chispa destelló desde su cráneo y su brazo derecho se sacudió cuando un fragmento de cuchillo cortó algún cable en su codo.

Aún alcanzando, encontré un segundo cuchillo y repetí

el movimiento antes de que el flexi-mech pudiera asimilar su realidad destrozada. Esta vez no solté el cuchillo sino que me incliné, clavando la hoja con más control en el pecho del flexi-mech, justo donde estaría el procesador de la cosa. El corte hizo el truco, un pequeño calor chisporroteante soltó burbujas a nuestro alrededor antes de que el flexi-mech se uniera a la Canciller en el suelo de la cuenca.

Mi visión parpadeó. Estática durante un milisegundo.

Esos recicladores. Se colarían por mis cortes, me devorarían desde dentro. Mi piel sintética, reparándose rápidamente, mantendría a los monstruos al mínimo, pero incluso uno o dos dejados solos me convertirían en una estatua cara en poco tiempo.

Pero no podía dejar a Beta. No ahora, no aquí.

Una mirada al brazo empalador de la Canciller me mostró que mi cuchillo robado no podría liberar a mi amiga. Levantarla a lo largo del brazo y de vuelta sobre la garra parecía imposible con mi muerte inminente. Así que volví a lo básico.

Pateando una vez, me acerqué a la hoja caída de Delta, el mech empalado aferrado a ella. El flexi-mech aún funcionaba, pero los ganchos de navaja en la hoja de Delta, una espada imperfecta de chatarra, dificultaban que el robot se liberara.

Trabajo fácil para mi cuchillo.

Unos cuantos cortes limpiaron al mech y me permitieron rearmarme de nuevo, la hoja negra en mi mano derecha mientras volvía con Beta. Mientras me preparaba para un corte que cercenara el brazo, mi tobillo derecho se adormeció. Los cables que transmitían información se cortaron. Devorados, más bien. No importaba. Balanceé.

La hoja se hundió profundamente en el brazo de la

Canciller justo encima de Beta. No del todo. Sacudí la hoja, liberándola del brazo, y balanceé de nuevo. Esta vez, un corte limpio. El gran brazo se tambaleó, luego comenzó a caer lentamente mientras yo soltaba la hoja de Delta para alcanzar a Beta.

Mi cuerpo se convulsionó, los circuitos ardiendo mientras cada parte de mí gritaba que algo andaba mal. Intenté girarme, mis sensores me decían que mi espalda estaba bajo ataque, solo para descubrir que no podía. Algo se clavó en mi espalda superior, afilado y sólido, y su agarre me mantuvo mirando hacia el fondo de la cuenca. La fuente respondió a mi pregunta un instante después, cuando su otra mano arañó mi hombro izquierdo.

El mech que había rebotado contra el cuerpo de Delta volvía por más.

Dejé de moverme y me hundí hacia la hoja que Beta y Delta habían dejado caer. La espada negra tocó el fondo, asentándose con el filo hacia arriba. Esta vez no me retorcí, sino que pateé con mi pierna derecha mientras el mech hundía su mano punzante más profundamente. Las advertencias ardían ante mis ojos, unas que no tenía tiempo de leer. Con mi patada, mi cuerpo rotó mientras seguíamos hundiéndonos.

Directamente arriba, a través de esas advertencias teñidas de rojo, la luz azul de Purity brillaba suavemente. La superficie del agua ondulaba mientras varios mechs más se zambullían, aparentemente preocupados por el desempeño de su colega. Aun así, el agua tenía cierta belleza.

No era lo peor que se podía ver en los últimos momentos de uno.

Pateé con ambos pies, agité los brazos para impulsarme hacia abajo. El flexi-mech se hundió más profundamente, y sentí una corriente fría cuando el agua se filtró por los cortes. Nuestro giro continuó, con el flexi-mech debajo de mí ahora. Esperaba morir allí mismo, pero Leo me había construido bien, mis circuitos estaban protegidos contra algunas pequeñas filtraciones.

Golpeamos la hoja de Delta a velocidad, la espada mordiendo al flexi-mech lo suficientemente rápido como para no doblarse. Sentí la vibración, el repentino cese cuando las manos del mech se aflojaron. Las garras que se clavaban en mi espalda se soltaron mientras impulsaba mis manos hacia arriba. Una rápida mirada confirmó la muerte: la espada negra de Delta había partido al mech en dos, dejándome libre para alcanzar a Beta.

Apoyé los pies en la cuenca para tener suficiente impulso para sacar el recipiente, una maniobra que se hizo más difícil cuando los pequeños monstruos de Purity devoraban mis extremidades. Las advertencias se apagaron a medida que mis sensores morían, mientras los cables perdían cohesión. Me pregunté si así se sentía ser devorado.

Si esto era lo que sentían todos esos mechs cuando Delta los despedazaba, miembro a miembro.

La persecución no había terminado. Otro trío de flexi-mechs descendió hacia Beta y hacia mí mientras nos tambaleábamos hacia el tubo abierto. Estos mechs no eran mejores navegando en el agua que sus compañeros, y su torpe forcejeo me dio tiempo mientras pateaba, rebotaba y arrastraba a Beta por el fondo.

Con un fuerte empujón, empujé a Beta el último tramo a través del lodo hasta la entrada del tubo. La presión la alcanzó entonces, succionando a mi amiga tras Delta. El flexi-mech más cercano llegó a dos metros, pero cayó víctima de su propio defecto: activó sus manos taladradoras y se disparó hacia atrás. Me habría reído si no hubiera perdido el control de mi propia boca segundos antes.

En su lugar, me lancé tras Beta, con las manos apuntando delante de mi cabeza mientras cruzaba el borde del tubo y desaparecía en sus estrechas profundidades.

CUATRO

CHISPA EN LA ALCANTARILLA

Ninguna luz iluminaba el camino, pero no se ofrecían opciones en este laberinto en particular. En su lugar, avancé, mis manos tirando de mí a lo largo de los estrechos confines. Rejillas aparecían aquí y allá, dirigiéndome de un lado a otro. Terminar con Delta y Beta sería cuestión de suerte, pero tenía que esperar que fuéramos lo suficientemente rápidos unos detrás de otros para evitar que un ciclo aleatorio nos desviara.

¡Qué estúpido sería pasar por todo esto solo para que mis amigas terminaran en un horno, reducidas a cenizas mientras yo me debatía en una tubería!

Kaydee lo encontraría sombríamente hilarante.

Todo mi forcejeo me arrojó, por fin, a un tanque. De varios metros de ancho y largo, el espacio se sentía, no obstante, apretado. El agua aquí era más bien lodo, restos de materia congelándose juntos. Mientras fluía hacia dentro, escuché, o más bien sentí, clics detrás de mí. Compuertas cerrándose, redirigiendo el siguiente lote a otro lugar.

Lo que significaba que este se iba a cocinar.

Afortunadamente, ya había estado casi horneado antes.

No era una experiencia que pensara que sería útil, pero aquí, de nuevo, golpeé hacia arriba, presionando contra la tapa del horno. La cosa cedió, abriéndose a una caverna que reconocí. Pequeñas bombillas se extendían a lo largo de los lados, una colorida exhibición iluminando los escombros que alguna vez habían sido un pequeño y ordenado estudio, aunque dirigido por un monstruo.

Hola de nuevo.

Mis brazos, temblando por los cables rotos, lograron liberarme del horno y, trepando por el borde, me senté por un segundo en el suelo empapado. Mis botas, abrigo, ropa no solo estaban empapados, estaban destruidos. Solo quedaban jirones, pedazos aferrados a mi maltrecho ser. La piel sintética se apresuraba a cubrirme con una armadura biológica, pero el material no podía hacer nada con el daño peor debajo de la superficie. Eso tomaría tiempo, habilidad y herramientas que no estaba seguro de poder encontrar aquí.

¡Pero!

Me levanté tambaleante, di la vuelta y miré fijamente a un pantano en descomposición. Al principio no vi nada, solo una pasta desolada. Un destello, entonces, un desliz atrapado por las luces a mi espalda: cabello rosa sangrando a través, cubierto de mugre. Me incliné, metí una mano entumecida bajo la porquería, encontré algo sólido y tiré.

El cuerpo sin vida de Beta salió, goteando y arruinado. Sus cuchillos restantes, como soldados leales, aún colgaban en sus fundas, y repiquetearon mientras la arrastraba lejos del horno hacia la plataforma circundante donde el meca de Purity había reunido su colección aleatoria. Libros destrozados, estantes maltrechos cargados de juguetes, aparatos rotos y prendas mohosas se alzaban.

—Vuelvo enseguida —gesticulé a mi amiga, el habla aún imposible. Cada vez que intentaba usar mi voz, se sentía como hablar contra una almohada sofocante: asfixiante e imposible.

De vuelta en el horno, no vi ninguna señal reveladora de Delta. Ella no tenía el pelo más largo de Beta, para empezar. Con una mueca por mi propia situación, volví a trepar por el borde y rebusqué. Mis manos barrieron de lado a lado, apartando el lodo y conteniéndolo por un segundo de chapoteo mientras buscaba. Mis pies entumecidos se arrastraron por el fondo del horno, sin sentir nada hasta que una vibración subió hasta mis cables funcionales.

Delta se había hundido en la esquina delantera, profundamente enterrada. Habría sido para siempre, excepto que seguí en ello, apartando la porquería hasta que la levanté libre también. Juntos, nuestro trío de recipientes pronto se sentó en la plataforma, ofreciendo una vista y un olor tan horrible que me negué a dejar que mis sensores lo procesaran.

Bueno, había hecho lo que dije que haría: había recuperado los dos recipientes. Delta y Beta. Justo aquí a mi lado.

Y no eran más que cuerpos.

Parpadeé para alejar los avisos, las alertas parpadeantes de mi visión. Mis propios sistemas no estaban lejos de unirse a mis amigas, y la degradación no se había detenido solo porque hubiera salido del agua. Algunos de esos recicladores parecían estar aún dentro de mis entrañas, royendo. Expulsarlos tomaría tiempo, herramientas, cirugía de tipo mecánico.

En otras palabras, no algo que pudiera hacer yo mismo.

Beta, a mi derecha, tenía un mal agujero en el pecho. Sin duda, como yo, había sido infestada con recicladores también. Incluso si pudiera ponerla en marcha, si su circuito central no hubiera sido tostado por el daño, ¿quién sabía qué no funcionaría? ¿Quién sabía si podría sentir algo en absoluto?

—Lo que significa que tú... —Le di a Delta una mirada más cercana.

Había sido atrapada por la Canciller, derribada y maltratada hasta Purity, pero no vi heridas graves. Ciertamente no grandes cortes o extremidades rotas. Miré mi mano derecha, presioné el pulgar y el índice juntos. La presión cumplió su propósito, convirtiendo mis yemas de los dedos en un puerto. Me acerqué a la cabeza de Delta, levanté el lóbulo de su oreja derecha a un lado y me conecté a la pequeña abertura.

Y no llegué a ninguna parte. Había reiniciado a Delta una vez antes, y eso al menos me daba un lugar al que ir. Aquí, mis dedos se conectaron y nada cambió. El puerto no tenía energía. Busqué rápidamente en mis propios esquemas, las resmas que Leo almacenaba dentro de mis unidades explicando cómo funcionaba. Las posibilidades se desplegaron ante mis ojos: una fuente de alimentación dañada, una línea reventada que transmitía dicha energía desde la fuente al procesador de Delta, toda una serie de otras partes rotas que podrían ser las culpables.

—Esto apesta —murmuré a Delta, que no reaccionó.

Si Kaydee estuviera aquí, ofrecería algunas ideas. Algo loco, probablemente, pero con lógica en el núcleo. Como, digamos, no podemos centrarnos en las partes rotas porque no podemos arreglarlas, así que vamos con las otras ideas.

Me había enfrentado a revivir una máquina muerta una vez. Alvie, mi valiente cachorro, no había estado tan muerto como Delta, pero había estado cerca. Había tenido que darle una descarga a su sistema para volver a ponerlo en línea, forzando efectivamente un reinicio. Si pudiera golpear a Delta con una descarga similar, podría forzarla a reiniciarse.

Un intento de fuerza bruta, pero con poco más que hacer, ¿qué daño podría causar?

Aunque, ¿de dónde podría obtener una sobrecarga de energía? Mis propias baterías, maltrechas, no servirían.

Empecé a hacer un inventario del espacio, mis ojos dirigiéndose primero a lo obvio: las luces colgantes. Estarían conectadas a la energía de la Nave Estelar, pero su consumo sería demasiado bajo para el tipo de energía que necesitaba. ¿Qué más?

Pasaron más minutos mientras descartaba opciones hasta que un borboteo siseante atrajo mi atención de vuelta al horno de lodo. El artefacto estaría asando su contenido, quemándolo hasta la nada. Había dejado la tapa abierta, así que el humo se elevaba hacia el espacio. El fuego seguiría, contenido por los lados curvos y pálidos de la estufa. Una eliminación completa, un proceso que requeriría...

—¡Ajá! —Intenté ponerme de pie rápidamente y me caí de bruces, no acostumbrado a mis pies insensibles.

La siguiente vez fui más despacio, luego arrastré a Delta —lo siento, amiga— por el suelo pasando el horno ardiente. En la parte trasera del gran quemador estaba la línea de alimentación, un cable recubierto que desaparecía en algún lugar detrás de las baldosas metálicas. Donde se conectaba al horno, sin embargo, yacía la posibilidad. Tropezando de vuelta a Beta, le quité un cuchillo y usé su punta para romper el sello donde el grueso cable negro entraba en la estufa humeante.

Bien. Aquí es donde las cosas se pondrían complicadas. Necesitaba despertar a Delta con una descarga sin darle tanta corriente que la friera.

Tomé el cuchillo y puse los dedos de Delta alrededor de la hoja. Cortó la piel sintética lo suficiente como para hacer contacto con los huesos metálicos de su mano. Sosteniendo el mango de tela para mantenerme a salvo, mentalmente le dije a Delta que lo sentía por lo que estaba a punto de hacer y clavé la hoja directamente en el cable.

Y me encontré rebotando contra otro horno a varios metros de distancia, con chispas desvaneciéndose en el aire. El cuchillo temblaba sobre mí, incrustado en el techo. El humo se elevaba del cuerpo inmóvil de Delta. Sin señales de movimiento.

Está bien, quizás no fue mi mejor experimento.

Un nuevo sonido, de abrazaderas y chasquidos, rebotó por el espacio, pareciendo venir de todas partes. Al principio me pregunté si mi juego de choque y asombro había dañado algo, pero mis sensores hicieron su trabajo y aislaron la fuente, filtrando los ecos y ubicando el origen en la única puerta de nuestro improvisado escondite.

Algo se acercaba.

Me levanté tambaleante, inestable sobre mis pies entumecidos, y avancé lentamente. La puerta estaba completamente abierta, una barrera que probablemente debería haber cerrado lo primero. Podía oír a Kaydee ahora, reprochando mis malas decisiones, pero oye, había estado distraído. Había sido medio devorado, nadado en lodo y cargado los cuerpos de mis amigos a un lugar seguro. No iba a reprocharme por no haber captado cada pequeña cosa.

Así que agarré la pata rota de un escritorio, un delgado palo de metal que serviría como bate. Con mi brazo derecho usando estantes, montones de basura y la pared como apoyo, me abrí paso más allá de Beta hacia la puerta abierta. Como todas las de fuera de los apartamentos de la Nave Estelar, el portal redondo ofrecía una cerradura enjoyada que sería muy agradable de emplear. Muy agradable, excepto que no me quedaba tiempo.

Los culpables del ruido aparecieron a la vista. Flexi-mechs, dos liderando el grupo. Y más detrás de ellos. Peor aún, sin el agua que absorbe energía, el par venía armado. Las pistolas de morro chato estaban en sus manos, levantadas y listas mientras pisoteaban a través de la puerta.

Superado en número y en armas, hice lo que pude y lancé mi pata de mesa como una jabalina.

La barra se clavó en el mech líder mientras entraba por la puerta, golpeando su pecho y empujándolo hacia atrás contra el segundo. A la pata de mesa le faltaba cierta letalidad, dejando al mech con una abolladura y poco más. Pero me gané un segundo, y con ese segundo me lancé hacia adelante, arrastrando mi mano derecha a lo largo de un estante para agarrar otro misil. Mis dedos lo encontraron, se curvaron en sus suaves contornos, y ni siquiera miré antes de lanzarlo.

Una muñeca delgada, con parches deteriorados por el tiempo, voló y rebotó en los flexi-mechs que se recuperaban. Los malditos robots ni siquiera parpadearon.

En cambio, dispararon y me lancé al suelo.

Un rayo abrasó el aire donde había estado. El segundo golpeó donde iba a estar, un golpe que me habría matado si hubiera sido competente. Tal como estaba, mi zambullida fue más bien una caída hacia adelante, lo suficientemente lenta como para esquivar el golpe, pero aterrizar en el metal caliente. Mi piel se quemó. Miré hacia los dos mechs y les hice el gesto clásico de Kaydee.

Sus caras metálicas no me dieron ninguna satisfacción.

La repentina basura seguro que sí.

Escoria, húmeda y asquerosa, voló desde mi espalda e izquierda, salpicando las armas. La porquería se hundió en los cañones, impidiendo que el gas y la luz del arma interactuaran cuando los mechs apretaron los gatillos, tanto hacia mí como hacia mi rescatador. Lo intentaron dos veces más, luego soltaron las armas mientras mi heroína pasaba por encima de mí, con cuchillos robados en sus manos.

—Vamos a jugar —dijo Delta, y aunque no podía ver su sonrisa sombría, sabía que estaba ahí.

El recipiente saltó hacia el par de mechs, ambos activando sus manos taladradoras. Delta respondió a sus embestidas con agachadas y bailes, haciendo sus propios cortes en cada alcance. Los mechs, mostrando más ingenio que sus contrapartes más antiguos, se adaptaron: uno saltó por encima de Delta, acorralándola entre los dos robots.

Desafortunadamente, también puso al mech a mi alcance.

Mientras el flexi-mech aterrizaba, con Delta tejiendo una tormenta de cuchillos contra el que aún estaba en la puerta, extendí la mano y agarré el tobillo de la cosa. Barriendo mi mano hacia la derecha, hice caer al mech con un estrépito. Esas manos giratorias araron el suelo, lanzando una lluvia de metal caliente. Las brasas brillaban contra la luz amarilla, bañándonos mientras trepaba por el mech caído, inmovilizando la máquina con mi peso.

Una buena estrategia, hasta que el flexi-mech demostró ser fiel a su nombre y giró sobre su columna para enfrentarme. Esos dos brazos taladradores giraron en sus cavidades, lanzándose hacia mi cráneo. Detuve el ataque, mis manos en sus muñecas, una solución temporal: podría ser más fuerte que el flexi-mech, pero la máquina tenía ventaja, y no había sido sacudida durante la última hora.

Quería gritar pidiendo ayuda, pero mi estúpida boca no funcionaba, así que me conformé con mirar hacia Delta e intentar poner la expresión más frenética que pude. Mis oídos se llenaron con el sonido del motor triturador mientras esas manos giratorias se acercaban.

Pero Delta no estaba mirando en mi dirección. Un

tercer mech se había unido a la refriega, y aunque Delta había hecho pedazos a su primer enemigo, el segundo mantenía la distancia, lanzando fuego láser en su dirección. No había tiempo para mí.

Supongo que tendría que salvarme a mí mismo por una vez.

CINCO

ARREGLANDO AMIGOS

A veces, la mejor manera de ganar era dejar que el enemigo se derrotara a sí mismo.

Con las manos taladradoras presionando a ambos lados, solté las muñecas del flexi-mech y levanté la cabeza. La muerte giratoria pasó por debajo de mi cuello, gruñendo un poco en el cuello de mi abrigo destrozado, y se encontró consigo misma. Ambas manos se enredaron entre sí, los dedos cortándose y rompiéndose, escupiendo sus fragmentos por todas partes. Mi cráneo y mi cuello se llenaron de pequeñas marcas: una nueva decoración para mi piel sintética.

Mientras tanto, mis propias manos se pusieron a trabajar, golpeando el pecho del flexi-mech y apartando la máquina de mí. El robot se tambaleó hacia atrás, sus procesos sin duda tratando de averiguar qué hacer con sus manos mutiladas, que ahora eran solo cables colgantes que escupían chispas al suelo.

No podía esperar a que se le ocurriera algo.

Rodando hacia adelante, me lancé hacia el mech, una maniobra torpe con los ladrillos entumecidos que tenía por pies. No obstante, mis brazos extendidos atraparon la cintura de huesos metálicos del mech, permitiéndome arrastrar la máquina al suelo. Ya a mi nivel, el mech sin manos se agitó, golpeándome mientras yo tiraba de cada cable, cuerda y tubo que podía encontrar.

Los flexi-mechs tenían, bueno, flexibilidad, pero sus escasos caparazones ofrecían poca defensa. Como si abriera un regalo difícil, desenvolví la máquina y la apagué. Muerto, el mech se desplomó sobre mí, los dos enredados en el repentino silencio de Purity. Un descanso en la lucha, uno que podía aprovechar.

Mi mejilla presionada contra el duro suelo mientras repasaba mis sistemas, averiguando qué podía funcionar, qué podía ser reparado. Casi había completado la lista cuando alguien levantó el esqueleto del flexi-mech de encima de mí, lanzando el robot a un lado como yo podría haber lanzado una pelota para Alvie.

—Levántate —dijo Delta cuando la miré—, ¿o es que tu nuevo plan es quedarte ahí tirado y dejar que Alpha gane?

Señalé mi boca. Delta entrecerró los ojos, examinándome más a fondo.

—Pareces basura —dijo.

No podía discutir.

El camino hacia la recuperación comenzó con piezas usadas. El antiguo dueño de Purity tenía muchas chucherías, pero juguetes aleatorios y escombros no iban a devolvernos —mucho menos a Beta— a un estado funcional. Necesitábamos piezas que funcionaran, o al menos sustitutos sólidos si queríamos volver a la acción. Y volver a esa acción era un objetivo siempre presente mientras ayudaba a Delta a sumergirse en las opciones que teníamos.

Kaydee, mi antigua mente y mi mejor —¿única?— amiga me esperaba, prisionera en el Puente de la Nave Estelar y una posible moneda de cambio que tenía que quitar de la mesa. Delta pareció sentir mi urgencia, así que se apresuró a diseccionar nuestro mejor recurso: Los flexi-mechs.

Esas máquinas flexibles tenían brazos, piernas, manos y corazones mecánicos que funcionaban. Sus placas de circuitos estaban, en cierto modo, intactas. Las baterías de un par no habían sido cortadas. Los cables y las barras podían ser arrancados, cortados a la longitud adecuada y enrollados juntos. Con Delta como ingeniera y cirujana, y yo como gerente, cortamos y cambiamos partes de mí.

Usando los cuchillos de Beta, Delta cortaba mi piel sintética en el punto correcto, haciendo un estrecho canal que podía pelarse para revelar el daño debajo. Desatornillábamos una placa o levantábamos un parche sellador para llegar a las piezas dañadas ocultas. La precisión asesina de Delta resultó útil aquí para curar, ya que podía sacar los trozos rotos con la punta de un cuchillo, y luego volver a atar el cableado de cobre de un cable solo con los dedos.

Cuando mis pies volvieron a estar en línea, no fue tanto como despertar de un sueño entumecedor sino como obtener una nueva característica. Un momento no sentía nada, y al siguiente ahí estaban: diez dedos, dos pies, listos para caminar y vagar. Con ellos en su lugar, empecé a ayudar a Delta y nuestras cuatro manos hicieron un rápido trabajo de remiendos, devolviéndome al estado operativo.

Aunque, como Volt había advertido arriba, mi integridad general continuaba degradándose. Las partes centrales de mí, mi columna vertebral, mi placa base, mi memoria, se estaban volviendo melladas, borrosas. Ya algunos espacios respondían más lentamente, algunos archivos simplemente habían desaparecido ya que un golpe perdido había dañado el hardware. Hasta ahora, las bajas se habían limitado a los archivos del Bibliotecario, al espacio extra, como donde había dejado las Voces durante nuestro paseo espacial no hace mucho tiempo. De todos modos, me sentía apretado allí, como si mi cabeza no tuviera espacio para mucho más.

Lo cual, estrictamente hablando, no lo tenía.

—¿Qué hay de Beta? —preguntó Delta mientras me ponía de pie, flexionaba mis extremidades y probaba su alcance.

—Lo mismo —respondí—. No nos vamos sin ella.

Claro, puede que haya dicho eso, pero convertir las palabras en realidad resultó difícil. Incluso con los restos del flexi-mech, el daño de Beta parecía sombrío. Su piel sintética había sido reventada, incapaz de curarse sobre el agujero en el pecho de Beta debido a la herida o a los monstruos mordisqueadores de Purity. Los cables estaban rotos, junto con circuitos de procesamiento críticos. Su fuente de energía había perdido un tercio de su volumen, dejándola inoperativa. Después de nuestro diagnóstico, tanto Delta como yo fruncimos el ceño ante nuestra antigua aliada.

—No va a funcionar —dijimos al mismo tiempo.

—¿La dejamos entonces? —dijo Delta, mirando a Beta sin una pizca de piedad.

—¿Dejarla? Bastante despiadado, Delta. Incluso para ti.

—Está muerta. ¿Qué quieres?

—Que tú y yo no podamos arreglarla no significa que no se pueda hacer.

Delta recogió su espada y la apoyó sobre su hombro.

—Estamos perdiendo el tiempo, Gamma. Dijiste que la Nave Estelar aterrizará pronto. Alpha tiene el control. No podemos permitir que eso continúe.

—Hace unos minutos estabas tan muerta como ella —me agaché, agarré a Beta por los hombros y la senté—. Solo necesitamos un mejor mecánico —levanté a Beta completamente, acomodando su peso para cargarla de lado—. Y la necesitamos, Delta, si queremos tener una oportunidad.

Delta resopló.

—Matamos al juguete de Alpha. No es tan peligroso.

Era como discutir con una pared, esta chica.

—Mira. De todas formas tenemos que subir para salir de aquí. Yo la cargaré, tú mantenme con vida, y luego decidimos qué hacer. ¿De acuerdo?

—Cada vez que hago estos tratos contigo terminamos en problemas.

—De todos modos te meterás en problemas.

Ni siquiera Delta pudo discutir esa lógica.

Subimos. Paso a paso salimos del acogedor sótano hacia el Jardín. Pasamos por las oscuras pasarelas de Pureza, Delta liberando a varios flexi-mechs más de sus almas en el proceso. Había ascensores que podríamos haber usado, pero los evité incluso con Beta en mis brazos. Alpha controlaba ahora los sistemas de la Nave Estelar, y la mera posibilidad de que pudiera paralizar un ascensor con nosotros dentro mantuvo mis pies moviéndose hacia las escaleras.

Ver a Delta volver a su eficiente tarea de dar muerte provocó una pregunta insistente que pensé que nunca sería respondida. Aunque ahora parecía hace mucho tiempo, cuando escapamos de los mechs de Alpha y viajamos por el casco exterior de la Nave Estelar, Delta había desarrollado un pasatiempo de observar las estrellas, frecuentemente dando largas miradas a las nebulosas que rodeaban el viaje de nuestra nave. Varias veces Alvie la había sacado de su ensimismamiento, pero nunca había tenido la oportunidad de indagar por qué.

Así que, sin que viniera a cuento, mientras dejábamos atrás el arenoso descanso del nivel más profundo del Jardín, le pregunté por qué una máquina de matar se interesaría por las estrellas.

—¿Tengo que explicarme ante ti? —preguntó Delta.

—No tienes que hacerlo.

—Bien.

Delta permaneció en silencio hasta que llegamos al siguiente descanso, Beta yacía en mis brazos como una princesa de estilo antiguo necesitada de un rescate. Ella habría odiado esa comparación y me mataría si lo dijera en voz alta a alguien, pero en mi solitario silencio me reí de todos modos.

—Somos lo que nuestra programación nos permite, ¿no? —dijo Delta mientras comenzábamos a subir de nuevo, dejando huellas en la arena.

—Claro, te concedo eso.

Delta dio golpecitos con su espada contra su hombro.

—Entonces todo lo que hago es por alguna función que Leo escribió en mí, ¿verdad?

—No exactamente —dije, pensando en Kaydee—. Leo, creo, nos dio una base. Un fundamento sobre el que estamos construyendo. Podemos aprender, Delta. Obviamente.

—Un fundamento —murmuró Delta, meditando sobre eso por unos cuantos pasos más—. Entonces mi fundamento es la persecución.

—¿Qué?

—Una cacería. Un asalto. Llámalo como quieras, pero fui hecha para la acción.

—Creo que lo has demostrado más que unas cuantas veces ya.

Delta no me lanzó una mirada fulminante por mi comentario, lo que me hizo callar. Observé la parte posterior de su cabeza, pero aun así, parecía alguien concentrada. Un ritmo constante, su mente en otra parte.

—Después de Alpha, encontraré otra cosa que perseguir —dijo Delta—. No había pensado en eso hasta que vi el exterior de la Nave Estelar. Hay tanto allá afuera, una infinidad. Nunca terminaré.

Reflexioné sobre sus palabras.

—¿Eso te asusta? —pregunté.

—Yo... no lo sé. Debería sentirme aliviada —dijo Delta—, porque nunca estaré sin propósito. Si la Nave Estelar aterriza y los humanos sobreviven, entonces habrá tareas que me mantendrán ocupada para siempre.

—El sueño de un mech.

Delta no respondió. No dijo nada más al respecto, incluso cuando la incité a continuar. La puerta abierta a sus pensamientos se cerró de nuevo, en parte porque estábamos escuchando ruidos. Charlas vagas, pisadas y arrastres de pies en movimiento.

Los sonidos me dieron mi propio alivio: Alpha no había atacado y destruido a los humanos mientras yo estaba ausente. Leo, Val, Chalo y el resto aún mantenían su campamento. Tendríamos la oportunidad de encontrar ayuda para Beta. La misión a Pureza no habría costado más de lo que ganó.

Hacía mucho tiempo que no tenía una gran victoria.

Mucho tiempo, en verdad.

SEIS

MANTENIÉNDOLO SIMPLE

Al principio pensé que era el ruido de la Nave Estelar, pero a medida que Delta y yo nos acercábamos al centro humano -menos arena, más tierra- los ritmos constantes y los destellos brillantes se convirtieron en algo completamente diferente a los chirridos, gemidos y estruendos mecánicos. No, esto era música auténtica, algo creativo marcado por manos, soplado a través de varias flautas pequeñas y golpeado en un cubo volcado.

Nos encontramos con la banda al acercarnos al centro del bosque templado. Las agujas de pino formaban un suave cojín para el cuarteto musical, sentado a un lado con las armas al alcance de la mano. El caos militar del que me había escapado para ir a buscar a Beta y Delta se había moldeado a lo largo de las horas para parecerse a algo más cuerdo: la banda, sí, pero también espacios tallados para comida, planificación, mensajes y medicina.

La gente aquí abarcaba un breve espectro: todos eran luchadores en primer lugar, pero algunos también formaban parte de la banda de supervivientes post-apocalípticos de

Leo. Estos no eran difíciles de distinguir: sus transformaciones metálicas los ponían en duro contraste con la gente maltratada y sucia que compartía su espacio, personas que habían sido criadas mediante tecnología desde un vial en el Vivero de la Nave Estelar, o que eran los últimos descendientes de la población original de la Nave Estelar. Mezclados ahora, los grupos se ocupaban trabajando en armas recuperadas o robadas, revisando alineaciones defensivas y, sorprendentemente, jugando un pequeño juego con fichas de acero tallado.

Val, la única líder que vi supervisando la empresa, se había apostado bajo un pino extendido. Estaba sentada en un tronco acribillado, revisando grabados en una delgada hoja de plástico. Cuando nos acercamos, Beta en mis brazos, atrajimos la atención de todos menos la suya. No fue hasta que nos detuvimos a sus pies que Val golpeó con el dedo distraídamente en una pequeña mesa plegable al ritmo de la banda -que no había interrumpido su actuación con nuestra llegada- y levantó la mirada.

Portadora de cargas, Val llevaba su manto con aguda severidad. Nos miró con ojos analíticos, revisando mi estado desaliñado, a Beta yaciendo en mis brazos, y el peligro rearmado de Delta. Una revisión lenta, que toleré sin comentarios: Val había demostrado una y otra vez que trabajar con ella era aceptar su dominio. Cualquier otra cosa significaría expulsión, despidos, rechazos.

—¿Y? —dijo Val, volviendo sus ojos a la hoja rayada.

No exactamente la respuesta que quería, pero mejor que una prohibición o una reprimenda.

—¿Dónde está Leo? —respondí—. Necesito su ayuda para arreglar a Beta.

—Leo no está aquí.

Antes de que pudiera lidiar con el mal humor de Val y

sus frases cortas, Delta golpeó una mano sobre la mesa de Val. El sonido resonó por la habitación, sobrepasando al cuarteto y desafinando sus notas por un momento discordante hasta que su confusión se ordenó. Nadie más se atrevió a interferir o dejar que sus ojos se detuvieran demasiado tiempo.

—Ayúdanos y te salvaremos —dijo Delta.

Val la fulminó con la mirada, pero pocos podían igualar a mi amiga recipiente en una mirada ardiente. Delta no necesitaba parpadear, no necesitaba respirar. Podía concentrar toda su voluntad en superar los esfuerzos de Val y lo hizo, forzando a Val a suspirar, a frotarse la frente con manos secas y cicatrizadas.

—Ha vuelto —dijo Val—. Se ha propuesto arreglar el Vivero con ese otro robot, el que has traído un par de veces.

—Volt —dije.

El mech negro, una máquina de muchos brazos, vigilaba de cerca el suministro de energía de la Nave Estelar. Bastidores de baterías y vatios incontables ardían a través del dominio de Volt en una cuidadosa danza según su melodía. Un solo paso en falso, según Volt, y nuestra gran arca se desintegraría en un espectáculo espectacular, uno que nuestros yo vaporizados no presenciarían.

—Ese —asintió Val—. Así que, como dije, se han ido. Hay algunos Forjadores aquí, sin embargo. Podrían ser capaces de ayudar. —Por una vez, Val pareció descongelarse, la frialdad reemplazada por el agotamiento—. Hay chatarra de sobra y podríamos usarla, si puedes.

—Estoy seguro de que podrían —respondí—, pero no la salvé para ustedes.

—¿No?

Incluso Delta me dio una mirada interrogante ahí. Justo,

no le había dicho el porqué durante nuestra subida, solo la historia que llevaba a este preciso momento.

—Tengo un amigo que necesita ayuda —dije—. Cuando eso termine, si Beta quiere ayudarlos, depende de ella. Así que les sugeriría que fueran un poco más amables con nosotros.

—Si quieres amabilidad, ve a leer un libro —replicó Val —. Todo lo que tenemos aquí es guerra.

El pronunciamiento deprimente de Val resultó ser falso: los humanos tenían mucho más que guerra en su enclave. Por un lado, habían apilado y clasificado los restos del variopinto ejército mech de Alpha. La mayoría de los pedazos, cortados por cuchillas o quemados por fuego láser, no ofrecían más que basura, pero anidados en las pilas había piezas que podrían servir para Beta, o eso dijo Clara.

La Forjadora descarada había, por habilidad o fuerza de personalidad, asumido cierto papel en ausencia de Leo: maestra de chatarra. Presidía sobre las piezas desordenadas, dirigiendo a los forjadores compañeros y a los humanos interesados en cómo encontrar piezas útiles. Cuando nos acercamos, Clara, con ropa que no cubría del todo los parches de metal brillante en su piel, señalaba aquí y allá para enviar a sus subordinados corriendo.

Al igual que Val, su humor no mejoró al verme y lo que llevaba.

—Tengo partes, no personas —dijo Clara—. Si me la donas, genial. Desmóntala primero.

Implacable, esta.

—Estoy intentando repararla —respondí—, pero necesito ayuda.

Clara examinó a Beta, pareció ver las heridas por primera vez. —¿Qué pasa con ustedes los recipientes que siempre traen problemas a mi vida?

—¿Lo siento?

—No te disculpes. ¿Qué la hace valer la pena reparar?

—Puede destruir más mechs que todos los que están aquí —intervino Delta—, excepto yo.

Clara, probablemente recordando cómo Delta la había tomado como rehén no hace mucho, aceptó la afirmación, ladró algunas órdenes, y en segundos teníamos una mesa de trabajo improvisada —construida uniendo partes de mech— despejada y a Beta tendida sobre ella. Abrí los esquemas del recipiente y empezamos a trabajar.

Realizar una cirugía en equipo se sentía, en una palabra, increíble. Yo pedía esto o aquello y Clara lo hacía, hacía que alguien más lo hiciera, o Delta hacía los cortes donde era necesario. Herramientas de Forjador para moldear metales soldaban nuevos circuitos, viejos cables eran reutilizados para nuevos propósitos. Caí en un trance, siguiendo mis funciones para identificar el mejor orden para reparar a Beta. Una línea llevaba a la siguiente, cada éxito era una marca en la larga lista.

Hasta que, varias horas después, teníamos a Beta parpadeando hacia nosotros. Aunque el cabello rosa que caía por la mitad de su cabeza tenía nudos, aunque su piel sintética no sanaría como antes y un parche metálico estilo Forjador cubría su pecho, Beta vivía.

—¿Me traen de vuelta y lo primero que veo es tu fea cara? —dijo Beta dirigiéndose a mí.

Sonreí.

—Eso no ayuda.

Alvie, mi perro metálico, también se reunió con nosotros en el bosque. Mi cachorro jadeante me colmó de empujones y caricias mientras trabajábamos en Beta, al menos hasta que le dije que se sentara. Entonces Alvie simplemente se sentó, mirándome con ojos amarillos, sin cesar hasta que le di permiso para moverse. Cuando le pregunté a Val, después de la cirugía de Beta, si el perro había entregado mi mensaje, una vez más levantó la vista de su estrategia y me dijo que sí lo había hecho.

—No teníamos ni la gente ni el conocimiento para ir a buscarte —dijo Val—. No te lo tomes personalmente.

—He aprendido a no hacer eso contigo.

—Bien.

Val alzó la mano, acarició una rama de pino que colgaba sobre su cabeza. —Me alegro de que Beta esté despierta.

—Yo también —dije, deseando volver con los recipientes. Aun así, Val no continuaba las conversaciones a la ligera, así que esperé—. No va a ser como era antes, pero se acercará.

—Todos obtenemos cicatrices en esta vida.

Vale. Esperé un largo suspiro.

—Gamma —dijo Val, volviendo a mirar su hoja rayada—. He estado mirando esta cosa durante mucho tiempo.

—Lo he notado.

—Igual que todos los demás —respondió Val—. Es una decisión difícil.

—¿Estás buscando consejo?

Val se rio, a pleno pulmón. —¿Consejo? No. ¿Dijiste que ibas a llevarte a Delta y Beta para ir tras un amigo tuyo? ¿Uno que tiene Alpha?

—Sí.

Ya habíamos dejado a Kaydee demasiado tiempo.

—No sé si debería decirte esto, pero porque nos has ayudado, siento que deberías saberlo —comenzó Val—, Horizontes Infinitos está cerca de aterrizar, o eso dice Volt. —Un suspiro, un rasguño en su mejilla trazando una vieja cicatriz de borde blanco—. Leo no está en el Vivero para defenderlo. Lo está preparando para el transporte. Los embriones.

—¿Por qué?

—Después de que Horizontes Infinitos aterrice, nos vamos —dijo Val—. Nosotros los humanos, al menos. —Levantó una mano como para impedir que hablara, no es que yo fuera a hacerlo—. Alpha simplemente tiene demasiado poder. Sus mechs son demasiados y nosotros somos muy pocos. No permitiré que nuestros primeros momentos en nuestro nuevo hogar estén manchados de muerte.

Hice lo que había visto hacer a tantos humanos e incliné la cabeza. —Alpha no les dejará irse. Los perseguirá. Ve a los humanos como una amenaza.

—No tendrá la oportunidad —dijo Val—. Esto es de lo que te estoy advirtiendo, Gamma. Cuando Horizontes Infinitos aterrice, dejaremos la nave rápidamente. Con suerte, demasiado rápido para que Alpha se dé cuenta. Entonces Volt va a volar este lugar en pedazos.

—¿Destruir Horizontes Infinitos?

—Y a Alpha y a todos los demás mechs en este maldito lugar —dijo Val—. Es la única forma de estar seguros.

Entré en sobremarcha, analicé el plan y resultó posible. Volt podría sobrecargar todas y cada una de las baterías de Horizontes Infinitos. Podría provocar incendios, hacer explotar subestaciones en toda la nave. Un fallo en cascada que convertiría este casco en cenizas y escombros.

—¿Me estás diciendo esto porque quieres que vayamos con ustedes? —aventuré.

Val negó con la cabeza. —No. Te lo estoy diciendo para que tú y tus amigos puedan vivir, si quieren. Pero no con nosotros, Gamma. Cuando dejemos Horizontes Infinitos, los humanos nos iremos solos.

—Es un desperdicio —dijo Delta mientras subíamos los niveles.

Había sellado las puertas del Jardín hacia el lado del Puente, creando una pared para mantener a los humanos a salvo por un tiempo de los ataques de Alpha. Ese acto significaba que teníamos que escalar para salir, llegar a un punto donde pudiera abrir una puerta.

—Los humanos no piensan como tú, pero no son estúpidos —respondió Beta, avanzando con dificultad al final de la fila. Estaba mejorando con cada tramo, su procesador adaptándose a sus nuevos componentes internos—. No todo el tiempo.

—Lo estoy dudando.

Tenía que estar de acuerdo con la portadora de la espada en esto. Horizontes Infinitos tenía toneladas de material empacado en su volumen. Recursos, herramientas, energía para ayudar a iniciar una nueva colonia humana. Simplemente volar todo en pedazos sería un plan terrible.

—No sé por qué Volt estaría de acuerdo —dije—. Acaba de reconstruir a su esposa.

—Yo sí —respondió Beta—. Si crees que Alpha va a ganar, ¿qué futuro tienes?

Uno corrompido. Alpha tenía una podrida tendencia a reescribir el código de los mechs para que siguieran sus propias instrucciones. Casi había reescrito el mío una vez, enviándome en espiral por un túnel aterrador donde cada una de mis acciones tenía que cumplir con sus órdenes. Podía, tal vez, entender que Volt decidiera que tal futuro no valía la pena arriesgarse.

—Así que todo se reduce a lo mismo de siempre —dije, con las botas pisando el suelo musgoso mientras llegábamos a los niveles superiores húmedos y cubiertos de vegetación.

Nos engalanamos con ropa nueva, tomada de humanos

y Forjadores que ya no la necesitaban. Atuendos estables y funcionales, más apropiados para soldar placas o arreglar tuberías que para el combate. Si tuviéramos la oportunidad, yo votaría por entrar en una tienda antigua y rebuscar un poco. Cuanto más ligero, mejor para bailar con los fleximechs.

—Detener a Alpha, salvar la Nave Estelar —respondió Delta—. Lo mantiene simple, ¿no?

SIETE

CINEMATOGRÁFICO

Emergimos del Jardín en lo alto del Conducto. Un lugar más adinerado, donde el aire brillaba con un azul más intenso. El vasto corredor que atravesaba la Nave Estelar tenía grandes pasarelas a ambos lados, todas pasando junto a casas y tiendas incrustadas, sus entradas marcadas por puertas en espiral. Gemas rojas y verdes incrustadas, cada una tan grande como mi cabeza, mostraban opciones cerradas y abiertas mientras poníamos los pies en el metal, dejando atrás las plantas del Jardín.

Después de que se cerró la puerta que usamos, Beta se dio la vuelta y metió un cuchillo debajo de la gema roja. Meneó la hoja, lanzando chispas mientras Delta y yo observábamos.

—Ningún mec va a poder hackear su entrada ahora —dijo Beta, una vez que terminó su destrozo.

—Sigues de su lado —murmuró Delta.

—Algunas de nosotras no abandonamos nuestro propósito tan rápido.

—Oye —intenté decir.

—Algunas de nosotras no estamos ciegas —replicó

Delta, hablando por encima de mí—. ¿Quién vino tras nosotras? No fueron los humanos. Gamma aquí es el único que se preocupó, y es un mec.

—Un recipiente —dije.

Beta, con sus bandoleras de cuchillos brillando en la humedad residual del Jardín, se encogió de hombros.

—No necesito su amor para hacer lo que hay que hacer.

—¿Y cuando te echen? ¿Te disparen por la espalda?

—Me gustaría verlos intentarlo —respondió Beta.

Las miradas se encendieron. Alvie se paró entre las dos, sus ojos amarillos yendo de un lado a otro. Me apoyé en la barandilla de la pasarela, tratando de descifrar qué combinación mágica de palabras detendría la pelea, cuando la encontré.

—Cocina y Hogar de Chandler —dije en el silencio. Ante las miradas incrédulas, señalé unos metros más allá en la pasarela donde un letrero de neón blanco brillante iluminaba intermitentemente la fachada de la tienda—. Vamos.

Mis dos amigas suprimieron sus aguijones y se unieron a mi caminata, viniendo conmigo a la tienda en ruinas para ver qué se podía rescatar. La mayoría de los lugares en la Nave Estelar habían sido saqueados por humanos desesperados en sus últimos días. Otros habían sido destrozados por mecs cuando su código se descompuso o, posiblemente, Alpha los torció a un estado más triste.

Sin embargo, tan arriba en el Conducto, menos humanos y mecs más elegantes significaban que el daño no era tan extenso. Kaydee podría haber dicho que esto era un comentario sobre la humanidad en su conjunto, pero yo estaba más preocupado por los cubiertos.

Gamma y Beta compartían mi pasión, y pasamos de largo los hornos, refrigeradores cuadrados y achaparrados, y lavavajillas no más altos que nuestras rodillas. Los electrodomésticos brillaban en colores salvajes, desde rojos carmesí hasta un amarillo resplandeciente. A pesar de todo el gris de la Nave Estelar, parecía que la tendencia en los círculos más modernos era ir a cualquier cosa menos eso.

Cuchillos, machetes y otros implementos de ruina corporal verdaderos y bien elaborados se encontraban en vitrinas o colgados de varios estantes hacia la parte trasera de la tienda. Beta y Gamma los sacaron uno por uno, comparándolos con la metralla forjada que habían hecho en la popa de la Nave Estelar. Algunas hojas nuevas ganaron lugares en sus arsenales, la mayoría fueron dejadas de lado. Demasiado delgadas, demasiado pequeñas.

Yo, por mi parte, me guardé un par de cuchillos en las fundas de los muslos que Beta me había hecho, pero mi premio principal vino de las ollas y sartenes: una de hierro fundido pesada y casi inmortal. Una pistola láser robada a los mecs flexibles colgaba a mi espalda, y no tenía la velocidad de Gamma y Delta, su destreza. Un gran objeto contundente que podía funcionar también como escudo me venía mejor que las cosas puntiagudas. Además, ya había usado uno antes.

—Buena elección —dijo Delta cuando todos nos reunimos en la entrada de la tienda—. Puedes freírles unos huevos a los humanos cuando todo haya terminado.

—Todo es cuestión de utilidad —estuve de acuerdo.

De dónde sacaríamos los huevos, sin mencionar el aceite para freírlos, quedó sin preguntar y sin buscar.

Más difícil de ignorar fue el color del Conducto cuando volvimos a la entrada de la tienda. Un intercambio: el azul celeste por un naranja quemado, como si, según el archivo del Bibliotecario en mis bancos de memoria, hubiera llegado un hermoso amanecer terrestre. Junto con la luz vino un mensaje que se repetía varias veces:

La Nave Estelar aterrizará pronto. Por favor, prepárense para la llegada.

Sybil, la arquitecta de la Nave Estelar, pronunciaba las palabras. Grabadas quién sabe cuántos años atrás. Después de tres repeticiones, el resplandor azul del Conducto volvió.

—¿Cambia algo? —dijo Delta.

—No —respondí—. Cuando la nave empiece a temblar, podemos sentarnos. Hasta entonces, vamos tras Alpha.

Tras Kaydee.

—Bien —dijo Delta.

Juntos salimos a la pasarela y continuamos. El anuncio de llegada de Sybil causó poco revuelo: cualquier mec oficial designado para tareas de aterrizaje había sido destruido o absorbido hace mucho por el enjambre de Alpha. Hablando de eso, vimos grupos de mecs deambulando por las pasarelas, bandas de cinco o diez mecs flexibles acompañados por mensajeros, esos robots flotantes parecidos a abejas convertidos de transportadores a lanzadores de láser.

Los mecs no parecían tener un objetivo en mente, y los que observamos desde arriba tendían a caminar en línea recta, deteniéndose en cada casa o tienda para entrar y buscar.

—Alpha se está volviendo paranoico —dije.

—Se está volviendo más inteligente —dijo Beta—. ¿Cuántas veces has subido allí?

—Unas cuantas.

—Y cada vez, fallaste en destruir a Alpha. —Beta hizo un ruido de chasquido—. Vamos, Gamma.

—Tenía otros objetivos que parecían más importantes.

—No es un luchador —añadió Delta—. Ese no es su modo de ser.

No era exactamente la defensa que necesitaba, pero

bueno. Beta se encogió de hombros ante el comentario y seguimos avanzando, dando por terminada la conversación. Sin embargo, entendía el punto de Beta: la próxima vez que me encontrara cerca de Alpha, solo uno de nosotros saldría con vida.

Doce mechs marchaban hacia nosotros, firmes y lentos. La Universidad se encontraba abajo a nuestra izquierda, su estructura que abarcaba varios niveles no llegaba tan alto. A mitad de camino hacia el Puente y Delta, Beta quería pelear.

—Voto por la discreción —dije, guiándonos hacia una puerta grande y abierta a nuestra derecha. Quizás "abierta" no sea la palabra correcta: sus extremos en espiral estaban doblados hacia adentro, con la abertura destrozada—. Cualquier mech podría informar a Alpha de nuestra ubicación, y no quiero tener que luchar contra un océano para llegar a él.

—Yo sí —respondió Delta, pero se quedó dentro con Beta y conmigo.

Y vaya interior. Había estado en tiendas, restaurantes en ruinas y hogares antes, pero el amplio espacio aquí me desconcertaba. Una alfombra desgastada cubría el suelo, conduciendo a un único mostrador largo desde la entrada hasta el fondo. El mostrador tenía una sección de vidrio roto en el centro, salpicando de fragmentos los soportes rojo carmín en su interior. Detrás del mostrador había otra larga estantería, equipada con tanques de vidrio, cada uno con pequeños cuencos metálicos hacia la parte superior y aberturas a la derecha. Contenedores planos apilados yacían junto a cada tanque, con jarras con bombas cerca etiquetadas con pegatinas de Mantequilla y Sal.

—¿Dónde nos has traído? —dijo Beta, mirando hacia el techo.

Algunas luces empotradas aún funcionaban, iluminando un mural salvaje. Una mezcla de personajes, escenas y escenarios se extendía sobre nuestras cabezas, enfrentando héroes de acción y sus armas junto a criaturas arbóreas retorcidas, autos de carreras, una pelota blanca voladora siendo golpeada por un tipo con un gran bate, y varias cosas que parecían naves espaciales rudimentarias volando alrededor de una gran mancha gris.

—No tengo idea —dije—. Kaydee lo sabría.

Nuestro ensimismamiento no duró mucho: los mechs se acercaban, delatados por sus ruidos metálicos. Aunque Delta insistía en una emboscada, yo opté por una retirada más profunda. El vestíbulo daba paso a un pasillo en la parte trasera, con cuatro opciones para elegir. Al azar, Beta eligió la segunda, así que ahí es donde fuimos.

Al principio no entendí: la sala, grande pero no inmensa, porque pocas cosas lo eran en Starship, no contenía nada más que sillas alineadas fila tras fila. Todas miraban hacia lo mismo, lo que parecía una pared negra lisa. Delta resolvió el enigma, encontrando un panel de control justo dentro de la puerta y presionando varios botones mientras Beta y yo deambulábamos hacia adelante.

Un sonido chirriante llenó la sala, haciéndome congelar mientras una pantalla de plástico blanco plateado bajaba del techo para cubrir la pared. Las luces a los lados de la sala se atenuaron hasta la oscuridad, sumergiéndonos en la negrura absoluta durante exactamente dos segundos hasta que una luz brillante sobrecargó mis sensores. Una escena se proyectó en la pantalla, una película en movimiento que pasaba rápidamente por escenas discordantes. El sonido también se derramó: voces, efectos, música.

Nunca había escuchado todas esas cosas juntas, nunca puestas intencionalmente en su lugar, y me desconcertó. Los archivos depositados por el Bibliotecario tenían esas cosas, claro, pero reproducirlas —como si hubiera tenido tiempo— en mi propia memoria no era como esto, no era como estar rodeado por la experiencia.

—¡Apágalo! —gritó Beta sobre el ruido—. Nos van a oír, maldita sea.

—No puedo —respondió Delta, y vi que el panel de control se había retraído en la pared, bloqueado por un código de acceso. Levantó su espada—. Lo cortaré.

—¡No! —dije, sorprendiéndome a mí mismo. Algo explotó en la pantalla, y una voz profunda leyó lo que parecía ser el título—. No lo hagas. No sabemos si las otras salas funcionan.

—¿Y qué? —Delta me dirigió una de sus patentadas miradas de Gamma-estás-loco, acentuada aún más por el reflejo de la película.

—Esto podría ser lo último. El único lugar así que queda. —Señalé detrás de mí—. Hay magia aquí. No necesitamos destruirla.

Delta continuó mirándome con expresión vacía, pero al menos bajó su espada. Una victoria momentánea, que planeaba seguir con un comentario esperanzador sobre los mechs pasando de largo.

Se podría pensar que ya habría aprendido a estas alturas.

Los flexi-mechs no respetaron la etiqueta del teatro. No entraron silenciosamente por la puerta, sino que irrumpieron violentamente, con las armas en alto y listas. Delta, Beta y yo nos lanzamos a buscar cobertura.

O, al menos, yo lo hice.

Los cuchillos de Beta silbaron sobre mi cabeza mientras yo volaba hacia los asientos. Aterrizando en el duro suelo viejo, escuché los respaldos de los asientos crujir mientras Delta corría sobre ellos, bailando su camino hacia los mechs mientras hacía difícil que la alcanzaran. Alvie ladró con un resoplido, eligiendo una fila para esperar en emboscada. Por encima y a nuestro alrededor, violines conmovedores y tambores retumbantes ahogaban cualquier otro ruido.

Me encogí en el suelo, arrastrando mi gran sartén por el suelo entre los asientos para echar un vistazo. Destellaron luces láser naranjas. Ocasionales chirridos metálicos desgarrados se colaban entre la música. Cuando miré por el borde, cuerpos de mechs yacían humeantes cerca de la entrada del teatro, pero la salva inicial de mis amigos no había arruinado a toda la fuerza.

Delta, de vuelta cerca del proyector, se enfrentaba a tres flexi-mechs. Usaban sus armas menos para disparar a Delta y más para forzarla a retroceder, atraparla en una red de fuego combinado. A mi izquierda, Beta se había agachado detrás de la primera fila, cubriéndose mientras cinco mechs corrían por el pasillo disparando. Alvie encontró su momento, saltando sobre los cinco y destrozando su formación.

Podía ir tras cualquiera de los dos grupos, pero ¿cuál?

La victoria más fácil se impuso a la lucha más difícil.

Me levanté, dejando caer mi sartén y girando mi láser alrededor de mi hombro hasta mis palmas. Aunque no era ni de lejos el mejor tirador, incluso yo podía acertar uno o dos buenos tiros a un objetivo desprevenido. Mi arma vibró mientras el gas y la luz se mezclaban, escupiendo energía azul caliente hacia el trío de mechs. Mi primer disparo falló por detrás de su avance, el segundo abrasó un torso.

—¡Te tengo! —grité.

Y recibí la respuesta esperada: no solo el mech que había quemado, sino los otros dos con él se giraron bruscamente hacia mí.

Delta se encargó del resto, saltando hacia adelante con

un amplio tajo. Los tres mechs, de pie en dos filas de asientos separadas, perdieron sus cabezas. Le di a Delta un pulgar arriba patentado al estilo Kaydee, pero la nave me ignoró, completando su tajo y corriendo hacia el frente del teatro.

Cierto. Dos amigos y un perro.

Girando tras Delta, intenté buscar un ángulo para disparar y vi que algo naranja venía hacia mí. Me agaché y vi los asientos detrás de mí estallar en llamas cuando los rayos errantes sobrecalentaron la vieja y seca tela. Todo el tiempo, algún discurso dramático se reproducía en la pantalla, un general u otro comandante arengando a sus fuerzas para la batalla. Apropiado.

Me asomé desde mi pasillo, manteniéndome detrás de los asientos. Delta había sido forzada a cubrirse, el fuego en capas de los flexi-mechs resultaba difícil de penetrar. No podía ver a Beta, pero las maldiciones lanzadas desde el lado opuesto del cine parecían una buena pista. Alvie voló por el aire, lanzado por un flexi-mech, y se estrelló contra los asientos detrás de mí. Por el momento, parecía ser el objetivo menos amenazante.

Tal como lo prefería.

Sin buscar precisión, mantuve apretado el gatillo y vacié mi pobre arma para enviar un constante chorro abrasador. Los rayos azules pasaron lejos de la pantalla —de alguna manera, el lienzo aún no había sido alcanzado y sentía que debía mantenerse intacto— y muy lejos de los mechs, pero atrajeron su atención. Esos ojos rojos de los flexi-mechs, como puntos flotantes en la oscuridad, brillaron en mi dirección.

—Vayan por ellos —susurré.

Delta me escuchó.

El desmantelamiento fue rápido y duro. Lancé un par

de rayos más en solidaridad mientras mis amigas recipientes rodeaban y procesaban a los mechs a su manera, un corte, una puñalada o un tajo a la vez. Detrás de mí, el fuego del cine seguía ardiendo, consumiendo varios asientos mientras yo observaba, indeciso.

Indeciso, al menos, hasta que el techo decidió llover sobre nosotros.

La defensa contra incendios de la nave se activó mientras Beta y Delta limpiaban el último mech, empapando el cine. El fuego se extinguió con la humedad. Mi arma se cortocircuitó, al igual que las otras, dejándome solo con la sartén. La sostuve en alto cuando Delta y Beta regresaron, todos nosotros sin mayores daños. Bueno, no del todo cierto: Beta y Delta habían recibido impactos, absorbidos por su piel sintética. Sin daños internos. Alvie también se sacudió libre de los escombros, mirando alrededor en busca de más mechs para morder.

—Buen trabajo —les dije a las dos—. Somos un buen equipo.

—¿Somos? —preguntó Beta.

—Gamma hizo lo que Gamma hace —dijo Delta—. Al menos no tuvimos que salvarlo.

Hubo un tiempo en que me habría molestado por esa caracterización. Ahora, asentí.

—Exactamente —dije—. Y miren, el cine aún funciona.

La película seguía reproduciéndose, las secuelas de alguna batalla violenta se desarrollaban en la pantalla. Los personajes caminaban entre cadáveres, sus rostros marcados por la suciedad y la sangre. En conjunto, un asunto más desagradable que los cables y el refrigerante goteando alrededor de nuestro campo de batalla.

—Conozco esta —reflexionó Beta—. No es muy buena.

—Lo que sea —dijo Delta—. Vámonos.

Así que nos fuimos, con mi sartén en la mano, una leve sonrisa en mi rostro y la ropa empapada. De alguna manera, sentía que el Bibliotecario estaría feliz de que hubiéramos dejado el cine funcionando. Le debía al viejo por haberlo acogido solo el tiempo suficiente para que Kaydee obliterara el alma digital del tipo.

Si tenía que pagar esa deuda un cine a la vez, lo haría.

OCHO

FIESTA DE BAILE

Por todo el trabajo que hicimos en el cine, habría sido agradable recibir una recompensa. En cambio, los mechs de Alpha debieron haber estado charlando porque solo avanzamos unas decenas de metros más por la pasarela, con el Puente aún lejos frente a nosotros, antes de que los mensajeros flotaran directamente hacia nosotros. Los mechs tipo abeja, diseñados para transportar paquetes de un lugar a otro, habían sido equipados con láseres en lugar de carga. No eran especialmente precisos, y sus mini motores a reacción tendían a moverlos al azar, pero la cantidad contaba para algo.

—Cinco —dijo Delta mientras el quinteto, brillando en naranja contra el azul del Conducto, se balanceaba sobre la barandilla frente a nosotros—. ¿Corremos o luchamos?

—No hay duda de cuál preferirías —respondí.

Beta ni siquiera esperó. Un cuchillo pasó zumbando junto a la oreja de Delta, dirigiéndose en línea recta hacia el mensajero más cercano. El metal afilado se clavó en la fina piel del mensajero, provocando una lluvia de chispas. Aprovechando el impulso, el cuchillo hizo que el mensajero girara, apuntando su motor hacia arriba de modo que el arranque repentino lo envió en picada contra la pasarela.

Murió con un satisfactorio chisporroteo y estallido.

—Allá vamos —murmuré, siguiendo a Delta y Beta.

Los cuatro mensajeros restantes no lograron disparar. La pelea terminó en segundos mientras los brazos de Beta lanzaban cuchillos a la vez que sus pies recorrían metros. Cada tiro dio en el blanco, haciendo girar a los mensajeros, destruyendo sus armas o motores. El único que quedaba en el aire, luchando por encontrar su objetivo, se encontró con la espada de Delta partiéndolo en dos.

Yo, con la sartén totalmente lista, llegué para encontrar una masacre esperando mi asalto.

—Buen trabajo, equipo —dije mientras mis amigas confirmaban sus bajas.

—Deberíamos seguir adelante —respondió Beta, reabasteciendo sus cuchillos—. El grandote sabe que estamos aquí.

—Alpha no es realmente tan grande —dije, poniendo una mano sobre mi cabeza—. Es como de mi...

—No es importante —me interrumpió Delta—. Vámonos.

Beta salió disparada con Delta, las dos tomando la pasarela despejada y usándola como su pista de sprint personal. Yo troté detrás de ellas, el daño acumulado reduciendo mi velocidad de carrera. Kaydee mencionó, y los recursos del Bibliotecario lo confirmaron, que los humanos se degradaban con la edad. Los músculos y los recuerdos no funcionaban tan bien como antes, haciendo que los humanos y otras criaturas biológicas fueran más lentos con el tiempo. Supuse que no estaría lejos de lo que yo sentía ahora, cada paso activando pequeñas alertas en mis ojos sobre debilidad estructural, articulaciones resbalando, cables deshilachándose.

Los últimos días habían visto media docena de reparaciones improvisadas en mi cuerpo, todas hechas por personas y mechs que no eran expertos. Después de todo esto, necesitaría a alguien como Leo, o tal vez Volt, para hacer un desmontaje completo. Arrancar mis entrañas, mis nervios, y reemplazarlos con versiones nuevas y mejores.

Eso, por supuesto, solo sería posible si la Nave Estelar aterrizara a salvo. Si Alpha no ganara.

Aunque, si Alpha ganara, tal vez me arreglaría después de corromper mi programación. Un teniente perfecto, brillando junto a Delta y Beta bajo el trono de Alpha en su nuevo mundo dirigido por mechs. Qué pesadilla sería esa.

¿La peor parte? No lo sabría. No como un humano que se encontrara esclavizado o capturado. Mis recuerdos serían literalmente borrados, literalmente alterados. Sería un sirviente feliz en todos los sentidos, operando para siempre según el capricho de Alpha sin un atisbo de descontento.

No podía permitir que eso sucediera. No podía. Si las cosas llegaran a ese punto, presionaría el botón. Borraría todo lo que me hacía funcionar y me convertiría en un recipiente verdaderamente vacío. Claro, Alpha podría instalar algún otro programa, pero no sería yo.

No sería yo.

Delta y Beta eventualmente se dieron cuenta de que yo no era tan rápido y redujeron su carrera, permitiéndome alcanzarlas. Alvie, al menos, se mantuvo a mi ritmo todo el tiempo. Pasamos por casas más lujosas, más restaurantes y tiendas de alta gama. Si el tiempo lo permitiera, habría entrado, curioso sobre la sociedad humana aquí arriba. En cambio, repetí el nombre de Kaydee para mí mismo y seguí adelante.

Los mechs interrumpieron mientras avanzábamos, escuadrones repentinos saltando desde un ascensor en ascenso o más mensajeros volando hacia nosotros. Cada vez, Delta y Beta despachaban a los recién llegados sin ceremonia, su trabajo con cuchillos y espadas impecable y rápido. Conté un sólido golpe de sartén a un mech flexible que no fue completamente aniquilado por un lanzamiento de cuchillo de Beta. Después, Beta recogería sus cuchillos gastados y estaríamos corriendo de nuevo, manteniéndonos adelante de cualquier trampa.

—Tiene que saber a dónde vamos —dije mientras estábamos entre otro grupo de mensajeros caídos—. ¿Por qué Alpha no está enviando sus mechs directamente allí?

—¿Esperando tener suerte? —sugirió Beta, recogiendo su último cuchillo gastado y devolviéndolo a su funda en el muslo.

—Retraso —dijo Delta—. Cada segundo le da más tiempo para prepararse.

Dividiendo sus fuerzas. Gastando algunos para comprar tiempo precioso para el resto. La idea tenía algo de sentido. Especialmente si Alpha tenía algún otro mech monstruoso como el Canciller revivido. Dale a esa bestia unos minutos más para perfeccionarse, y...

—Todavía no —dije mientras volvíamos a correr. El azul adelante se oscurecía a medida que nos acercábamos a la proa de la Nave Estelar, el Puente y el final del Conducto—. Dañamos las Líneas lo suficiente. Alpha no podría construir un nuevo ejército tan rápido.

—Entonces, ¿contra qué hemos estado luchando? —replicó Delta.

—Todo lo que tiene —dije.

—Entonces es una nave muerta.

—Muy muerta —añadió Beta.

Acercarnos al Puente desde cerca de la parte superior de la Nave Estelar significaba que teníamos que descender, una tarea que se hacía más difícil porque los ascensores no funcionaban para nosotros. Alpha controlaba la red de la Nave Estelar, lo que significaba que esos convenientes elevadores bailaban a su son y al de nadie más. Nuestro pasillo terminaba contra una puerta en espiral pintada, una que estaba rota y conducía a un apartamento enorme con vistas de cristal al espacio exterior. Una escalera, con peldaños y pasamanos, se encontraba justo antes del final a nuestra derecha.

—¿Bajamos? —preguntó Delta.

—No hay otra manera de llegar al Puente, ¿verdad? —preguntó Beta, mirándome.

Una plataforma central, una entrada protegida por láser, luego un largo camino hasta el Puente mismo y sus terminales. No había otra manera, salvo arrastrarse por el exterior de la Nave Estelar e intentar entrar a la fuerza, algo que apuesto que ni siquiera Delta podría lograr.

—Por una vez, creo que nuestra única táctica es entrar por la puerta principal —dije.

—Simple. Bueno —asintió Delta—. Vamos.

Alvie ladró con un jadeo de aprobación, y nos pusimos en marcha. Saltar por los escalones no era mucho mejor que correr por el pasillo plano, y una vez más Beta y Delta demostraron sus ventajas físicas saltando de un tramo a otro. Yo prefería bajar los escalones a saltos, manteniendo una mano en la barandilla y la otra sosteniendo mi sartén. Más lento, seguro, pero menos probable de desparramarme por un rellano.

No podría soportar las burlas que recibiría por eso.

Alpha, sin embargo, nos dejó hacer el descenso sin molestarnos. Pronto vimos la razón al mirar hacia abajo:

mechs flexibles, mensajeros y una mezcla de mechs más antiguos se amontonaban en la plataforma de entrada del Puente. Alpha, al parecer, había decidido condensar sus fuerzas en una última muralla. A diferencia de un muro, sin embargo, los mechs se movían.

—¿Por qué? —preguntó Delta mientras nos deteníamos en un rellano cerca de nuestro destino para echar un último vistazo.

Las máquinas se movían alrededor de la plataforma, algunas caminando en largos círculos mientras otras saltaban de un lugar a otro, de un lado a otro sin cesar. Los mensajeros revoloteaban arriba y abajo, como si se balancearan al ritmo de algún compás silencioso. Movimiento incesante sin propósito aparente.

—¿Fiesta de baile? —sugirió Beta.

—Le preguntaremos a Alpha cuando todos se hayan ido —dije.

Cualquier lástima que tuviera por los mechs no se extendía mucho a las nuevas variantes de Alpha. Particularmente después del asalto en Pureza, no podía encontrar mucho en común con los mechs flexibles y los mensajeros que quemaban con láser. Esos pocos mechs de basura y cubiertos, tan lejos de su alcance diseñado, se ganaron mi último remordimiento. Todos los demás eran máquinas hechas para la guerra y merecían su fin.

Como el núcleo de una araña, el Puente comenzaba con una plataforma arqueada en el centro del Conducto. Desde los lados, los pasillos se curvaban para encontrarse en su borde. Escaleras y ascensores llevaban a los visitantes a esos caminos, y nosotros no éramos diferentes, llegando a un nexo familiar.

—¿Qué pasó aquí? —preguntó Beta cuando nuestra escalera terminó en un pasillo lleno de escombros.

—Larga historia —dije.

—Gran pelea —añadió Delta—. Yo habría ganado.

—Habrías muerto sin mí —le repliqué.

Delta me miró con furia, Beta paseó sus ojos entre nosotros dos, luego se rio.

—Ustedes dos son especiales, ¿lo saben? —dijo Beta, sacando cuchillos de sus fundas y haciéndolos girar entre sus dedos—. ¿Qué tal si establecemos un nuevo récord?

Delta parecía ansiosa por hacer precisamente eso, y yo estaba cansado de discutir, pero nuestra supuesta carga contra los mechs no fue recibida con una defensa apresurada. En cambio, aunque no podíamos escondernos en el pasillo abierto bajo la luz azul del Conducto, los mechs no dejaron de saltar por ahí. Incluso los mensajeros, que deberían habernos rodeado, ignoraron nuestro acercamiento. Las máquinas saltaban y rebotaban y no les importaba en lo más mínimo que tres recipientes se acercaran.

—¿Los destruimos de todos modos? —preguntó Beta cuando estábamos a unos metros de los mechs flexibles más cercanos—. Podrían rodearnos. Emboscarnos por detrás.

—El yo de antes podría haber argumentado lo contrario —dije—, pero estos son los mechs de Alpha, al cien por cien. Si están haciendo esto, es porque él quiere que lo hagan.

—De acuerdo —Delta puntuó la palabra con un solo salto largo, un corte desde arriba al final.

El mech flexible bailarín se encontró separado en dos mitades, cayendo al suelo y apagándose. Me agaché, listo con la sartén para defenderme. Alvie gruñó. Beta tenía sus cuchillos listos para lanzar. Un contraataque parecía inevitable.

Nada.

Ningún cambio. Solo el rumor de la Nave Estelar y máquinas bailando.

Delta sacudió la cabeza, me miró, —No me detengas.

—No planeo hacerlo.

Se puso manos a la obra.

Mientras Delta se abría paso entre los mechs, su espada entregando quizás injustos postres a las máquinas bailarinas, Beta, Alvie y yo observábamos desde el pasillo. A cada segundo esperábamos que los mechs se voltearan, que contraatacaran. A cada segundo seguían con sus movimientos bruscos y aleatorios.

—No puedo entenderlo —dije finalmente, mientras Delta se dedicaba a saltar y cortar y devoraba a los mensajeros flotantes—. ¿Qué está ganando Alpha con esto?

Beta, con los cuchillos colgando de sus manos, observaba conmigo, —No es el tipo más estable.

—¿Crees que esto es solo un error?

—Posible.

—Un golpe de suerte para nosotros entonces.

—Te hace sospechar, ¿eh? —Beta me miró de reojo—. Gamma, ¿alguna vez has visto algo bueno en tu vida y no te has puesto sospechoso?

Di un paso lateral, levanté las cejas hacia ella. A mi izquierda, Delta enviaba su espada girando a través de media docena de mechs flexibles.

—Por supuesto que sí —dije—. Quiero decir, eh...

Busqué en mi memoria, seguro de que tal momento existía, pero "sospechoso" era un término demasiado vago. Casi cualquier cosa podría considerarse sospechosa, y, vaya, había tenido sorprendentemente pocos momentos buenos desde que desperté.

—El punto es —dijo Beta en mi silencio—, que Leo nos dejó abiertos para sonreír un poco, mi amigo. Puedes abrazar un buen giro, así que hazlo. Mira a Delta y alégrate de que todas esas cosas no nos estén haciendo pedazos.

—¿Eso es lo que estás haciendo?

—Claro.

—¿Porque eres una experta en ser feliz?

Beta se rio. Delta atravesó un mech de basura con la punta de su espada y los arrojó a varios otros robots, el grupo explotando en una pequeña explosión.

—Durante mucho tiempo no supe una mierda sobre ser feliz —dijo Beta—. Luego encontré a Val, ese maldito asaltante de Chalo. Todos los humanos. —Beta lanzó un cuchillo al aire, lo atrapó con la misma mano, repitió el movimiento con la otra y pronto tenía un malabarismo de cuchillos en marcha—. Mira, hacían cosas sin sentido. Cantaban canciones, bailaban, los niños jugaban a la mancha entre los montones de chatarra de los Junkers. Cuando les pregunté por qué, dijeron que los hacía felices.

—¿Y?

Beta atrapó los cuchillos y los hizo girar en sus fundas.

—Me invitaron a probarlo y, ¿sabes qué? Tenían razón. —Beta asintió hacia la plataforma—. Ya ha terminado. Es hora de irnos.

Los esfuerzos de Delta dejaron la entrada plana del Puente como un espectáculo de metralla, con puntas afiladas brillando por todas partes. Chispas y líquido refrigerante se acumulaban alrededor, con pequeñas explosiones blancas y brillantes cada vez que un componente fallaba y se despedía de su energía. La propia Delta reconoció su trabajo, de pie cerca de las puertas láser del Puente y mirando hacia atrás el desastre con los brazos cruzados y una expresión seria.

—Parece que ella también podría aprender sobre ser feliz —le dije a Beta mientras nos uníamos a nuestra tercera nave.

—Qué va, Delta lo entiende —respondió Beta—. Delta, ¿sabes cómo ser feliz, verdad?

—¿Ves eso? —Delta señaló el desastre con su hoja—. Felicidad.

Beta puso su mano en mi hombro.

—Encontrarás la tuya algún día, chico.

El último tramo hasta el Puente significaba pasar por las puertas láser. Delgados postes se elevaban a medida que la plataforma se estrechaba hacia un pasillo que iba directo a la proa de la Nave Estelar. Las bandas de brillo rojo tenían tres metros de alto, extendiéndose entre los postes. Antes, había lanzado el juguete de Alvie al resplandor para ver sus efectos y observé cómo la pelota se desintegraba. Cuando Alpha vino por aquí, lo ayudé a hackear las computadoras de la Nave Estelar y desactivamos los campos.

Ahora estaban arriba de nuevo.

—Brillante —dijo Beta.

—Tal vez pueda hackearlo de nuevo —ofrecí.

—No es necesario —dijo Delta, y Beta asintió rápidamente en acuerdo.

Antes de que pudiera preguntar por qué, Delta se agachó, recogió a Alvie y lanzó a mi pobre perro hacia arriba. Muy arriba. Lo suficientemente alto como para que el perro metálico volara sobre la barrera brillante y aterrizara con un fuerte golpe al otro lado. Alvie descartó cualquier preocupación rápidamente: el perro se paró sobre sus garras, emitió su ladrido jadeante y nos dio su mejor sonrisa de ojos amarillos.

—A mí no me van a lanzar —dije.

—Claro que sí —respondió Beta, moviéndose hacia mi lado derecho mientras Delta se acercaba a mi izquierda. Beta me quitó la sartén—. Sé que siempre has querido volar, Gamma.

—¿Cómo podrías saber eso? —dije, queriendo retroceder pero encontrando la mano firme de Delta contra mi espalda.

—Porque yo siempre lo he querido, y estamos hechos del mismo material.

Antes de que pudiera discutir, las dos naves bajaron sus manos, agarraron mis piernas y me lanzaron. En un momento estaba de pie, estable en el suelo, y al siguiente volaba, agitándome, en la misma trayectoria que mi perro. Un vuelo en picada, mi nariz acercándose demasiado al rojo, antes de que mis sistemas se pusieran al día con mi dirección.

Aterricé sobre mis pies, un diez perfecto.

—¡Atrapa! —Beta lanzó mi sartén, la agarré mientras caía.

Detrás de mí, el pasillo hacia el Puente estaba vacío. Esperándonos, realmente. Pero no escuché pasos aterrizando. Al voltear, encontré a Delta y Beta charlando suave y rápido entre ellas. Traté de captar lo que decían, pero fallé antes de que terminaran la secuencia con un asentimiento sincronizado entre ellas.

Antes de que pudiera ocurrírseme algo ingenioso que decir, Beta se movió detrás de Delta, la levantó y la sostuvo en un perfecto equilibrio sobre sus manos. Ambas se agacharon, luego se impulsaron hacia arriba, Delta saltando con el impulso para dar una voltereta sobre las barreras brillantes. Aterrizó a mi lado y Beta, como con mi sartén, lanzó la hoja de Delta después. Otra atrapada limpia.

—¿Y tú qué? —le pregunté a Beta a través del rojo.

—Yo me encargo de cubrirles las espaldas —dijo Beta, sonriendo—. Ahora entren ahí y atrápenlo.

—¿Podría haber hackeado estas cosas? —sugerí.

—Si Beta tiene mala suerte, esa barrera nos ayuda tanto

como a Alpha —dijo Delta—. La decisión está tomada. Vamos.

Su tono no dejaba lugar a desacuerdos, y con Kaydee tan cerca, tampoco tenía muchas ganas de discutirlo. Le deseé buena suerte a Beta y nuestro trío se dirigió al pasillo.

Casi llegábamos a Alpha, y esta vez no se nos escaparía.

NUEVE

EMBOSCADA DE ALPHA

Un pasillo más, un corredor sereno construido con respeto en mente. Las paredes estándar grises de la nave estelar dieron paso a losas plateadas con nombres grabados en el brillo. Ingenieros, arquitectos y los interminables garabatos de Alpha. La primera vez que vi su nombre grabado una y otra vez en los laterales, me había llenado de un temor programado, una precaución de que la persona con la que iba a tratar había dejado atrás la cordura hacía mucho tiempo.

Ahora, las palabras traían una sensación diferente: un filo de ira.

Alpha, este monstruo, tenía a Kaydee. Había estado a punto de destruir a mis amigos y a mí mismo varias veces. La nave había planeado arruinar la misión de la Starship, el único objetivo por el que se habían dedicado todos estos años, aterrizando en una roca desolada sin atmósfera. Todos los humanos a bordo, incluidos todos los que esperaban una oportunidad para vivir, serían borrados.

Mi impulso más básico, programado por Leo hace años y años, me empujaba a salvar a la humanidad a cualquier costo. Eso significaba Val, sí. El Vivero. Con un poco de ajuste, algo de borrosidad en los bordes, también significaba Kaydee.

Delta se mantuvo en silencio todo el tiempo. Las patas metálicas de Alvie acompañaron nuestra caminata con chasquidos. El rugido de la Starship continuaba. El aire apestaba, un olor nocivo de todo el refrigerante y otros productos químicos liberados por la masacre de Delta. No es que necesitara olerlo: un simple movimiento y mis sensores filtraron lo desagradable.

Al final del pasillo llegamos al Puente propiamente dicho, una entrada en forma de T que nos obligaba a ir a la derecha o a la izquierda. Delta asintió hacia la izquierda, así que fui a la derecha, con Alvie siguiéndome. Tenía la sartén lista. No había ruido, ni baile de mechs proveniente del Puente mismo. Un silencio preocupante: Alpha podía enviar señales silenciosas a sus mechs cuando quisiera.

Los niveles subían por el Puente, cada uno cubierto de largos escritorios con estaciones de trabajo incrustadas en la superficie, sobresaliendo como triángulos extraños. Sillas, viejas pero tan poco usadas que estaban en excelentes condiciones, atascaban los pasillos entre esos niveles. Las luces anidadas hacían que el techo se pareciera, si te esforzabas, al mismo campo estrellado fuera del gigantesco cristal frontal.

Al menos, así es como lo recordaba.

Ahora veía una ruina. Escritorios volcados yacían unos encima de otros, algunos colgando sobre los bordes de los niveles. Sillas rotas esparcían sus partes por el suelo, aunque en el lado derecho del Puente, acurrucados contra la pared, los cojines de las sillas habían sido apilados en forma de caja. Si estuviéramos tratando con niños, lo habría llamado un fuerte. Las pantallas de las estaciones de trabajo estaban destrozadas.

A través del enorme ventanal, en lo que parecía refrigerante marrón-negro, alguien -podía adivinar quién- había escrito HOGAR. La palabra habría cubierto el espacio negro, pero ahora manchaba una vista completamente diferente: una bola amarilla, arenosa y rayada y cambiante incluso mientras la miraba desde mi entrada.

El planeta que las Voces habían mencionado antes de que Alpha las obliterara. La dirección en la que nos había puesto a petición de ellas. Ahí estaba, el futuro hogar de la Starship, su misión completada. En ese momento, me recordó al desierto del Jardín, y esperé que no estuviéramos condenados a aterrizar en algún pantano cubierto de arena.

Para los mechs, un mundo así sería peligroso: unos pocos granos en el lugar equivocado y los circuitos podrían freírse.

—¡Gamma! —La voz de Alpha, como siempre explorando rangos tonales con cada sílaba, gritó mi nombre—. ¡Bienvenido, bienvenido, bienvenido!

La nave estaba de pie en la base del Puente, cerca del cristal. A su alrededor bailaban más flexi-mechs, moviéndose al ritmo de algún compás oculto. Alpha se veía muy parecido a como lo había dejado la última vez, con su largo cabello rojo y el cuerpo cubierto de cicatrices envuelto en una túnica sucia. La nave no tenía armas visibles y nunca lo había visto usar una.

Sin embargo, tenía esa misma sonrisa salvaje y de ojos saltones, como un predicador de culto llegando a su cenit.

A su lado, atado al asiento de una silla sin respaldo, había un mech que reconocí. Kaydee. O más bien, el cuerpo que había robado para salvarme. Sus brazos y piernas habían sido arrancados, dejando solo un torso y una cabeza. Un procesador y su banco de memoria.

Había sido mutilada, pero, a diferencia de Val, Leo u otro humano, no estaría sintiendo ningún dolor. Esas extremidades faltantes eran como habitaciones con las luces apagadas: ya no eran opciones, y eso era todo.

Y las luces podían volver a encenderse con el equipo adecuado.

Durante la carrera, las naves y yo habíamos elaborado un plan. Uno flexible, y lo puse en acción con el más mínimo movimiento de mis dedos derechos. Alvie, teniendo cuidado de caminar sobre las puntas de sus garras para mantener el silencio, se escabulló hacia la derecha. Siguió la pared mientras yo avanzaba hacia el centro del Puente, absorbiendo la atención.

Delta había desaparecido. Bien.

—Sabes por qué estoy aquí —dije.

—¿Para presenciar la historia? —respondió Alpha, imitando mi zancada para encontrarse conmigo en el centro, en la base de la delgada escalera que descendía por los niveles del Puente. Baldosas negras y duras entrelazadas con estallidos plateados—. ¿Para abrazar conmigo el viaje de un milenio?

—Estoy aquí por ella —señalé a Kaydee—. Puedes quedarte con tu historia.

El rostro de Alpha se crispó, la sonrisa que había estado luciendo se transformó en un profundo ceño fruncido antes de asentarse en algo más recto en el medio.

—¿Ella? ¿Esta cosa? —Alpha se volvió e hizo un gesto. El flexi-mech que bailaba más cerca de Kaydee detuvo su danza y puso sus diez dedos alrededor de la garganta mecánica de Kaydee—. ¿Qué quieres con ella?

Mis sensores se pusieron en sobremarcha por un

momento caliente, tomando lo que recordaba del cuerpo robótico de Kaydee e intentando determinar si destruir la cabeza aniquilaría la memoria. Eso era lo más importante, esos pequeños palos donde se almacenaba todo lo que nos hacía ser nosotros. Algunos mechs tenían cabezas simplemente para exhibición, para que los humanos los encontraran más normales. Otros las usaban igual que sus contrapartes biológicas.

Mis sensores no tenían idea. Kaydee podría estar muerta. Podría estar bien.

No podía arriesgarme.

—Lo único que importa es lo que tú quieres —dije—, y si me la darás a cambio.

—Oh, Gamma. Ya me has dado tanto —respondió Alpha, subiendo varios escalones hacia mí. A la derecha, capté, sin mirar directamente, a mi perro avanzando—. Este Puente, todo gracias a ti. ¿Las Voces? Las pusiste de vuelta en la red para que yo las destruyera. ¿Ese demonio dirigiendo la Guardería y corrompiendo a todos esos mechs antes que yo? Tú otra vez. Dite lo que quieras, amigo mío, pero has hecho más por avanzar mi causa que cualquiera en esta nave.

Algunas provocaciones podía dejarlas pasar sin respuesta. Otras, bueno, otras exigían una réplica.

—Entonces, ¿por qué estamos aterrizando aquí? —dije, levantando mi sartén hasta el pecho—. Querías una roca.

—Una es tan buena como otra —respondió Alpha—. He hecho las paces con ello, amigo mío. Si los humanos sobreviven al aterrizaje —poco probable—, entonces tendré más entretenimiento. Incluso he comenzado a diseñar un zoológico. Podemos conservarlos, Gamma. Mostrarlos a futuros mechs como una lección, que incluso los creadores pueden caer ante sus creaciones.

—Claro —dije, asintiendo hacia Kaydee por encima del hombro de Alpha—. Si ya tienes lo que querías, ¿puedo tenerla a ella?

Ahora en el medio del Puente, Alpha se detuvo. Suspiró.

—Fue idea de ella, ¿sabes? —dijo Alpha—. Todo el baile. Yo quería que los mataran a todos. Quemados hasta las cenizas. Convertidos en chatarra. Ella dijo que perdería demasiados mechs de esa manera. Dijo que eras pacífico, Gamma, que no te atreverías a dañar a los inofensivos.

Dejó que las palabras flotaran en el aire. No le di nada.

Alpha subió varios escalones más bajo mi mirada. Ahora estábamos a menos de dos metros de distancia. Tan cerca, con el resplandeciente planeta amarillo en la ventana, vi que Alpha había estado añadiendo a sus adornos. Vidrio enredado en su cabello, probablemente trozos tomados de las estaciones de trabajo destrozadas. No tenían un patrón, solo arrojados al rojo. No podía imaginar qué error de codificación habría provocado eso: quizás lo que Alpha había estado haciendo desde el principio, doblar lo esperado solo por hacerlo.

—Al principio no pensé que habías cambiado —dijo Alpha, más bajo ahora—. Aquí estás, con tu ropa humana, tratando de lucir justo como ellos. Aún siguiendo las órdenes de Leo.

Detrás de él, Alvie se escabulló entre varios mechs que bailaban ajenos. El perro llegó a la forma inmovilizada de Kaydee en la silla. El plan no había considerado una Kaydee inmovilizada, pero el perro podía improvisar.

Eso esperaba.

Alpha continuó, examinándome como un artista que mira una pintura, señalando todos los puntos donde ya debería haberme dado cuenta de que los humanos no tenían interés en mi supervivencia, en mi éxito. Me usarían hasta que muriera. Lo que sea.

—¿Por qué? —interrumpí, finalmente.

—¿Por qué? —respondió Alpha, por una vez sin hacer conexión.

—¿Por qué no estás tratando de destruirme? Estoy aquí, oponiéndome a ti, y me estás dando un discurso —levanté la sartén, sintiéndome un poco ridículo al hacerlo—. ¿Tus funciones se están desmoronando tanto?

Alpha se quedó allí. Su rostro se crispó. Ceño fruncido. Sonrisa. Risa. Gruñido.

Alvie cortó la cinta. A mi izquierda vi un destello. Delta, tomando posición.

—Eres mi hermano, Gamma. Mi único hermano —dijo Alpha, pero las palabras salieron planas. Ni una pizca de emoción en ellas—. Nuestras hermanas son diferentes. Tan violentas. Tú y yo, somos los artistas. Somos los que pueden hacer que Starship cante, los que pueden escribir la nueva historia para nuestros hermanos. Por eso. Estoy tratando de salvarte.

—¿Quieres salvarme? Entonces detén esto. Déjame ayudarte.

—¿Ayudarme? —preguntó Alpha—. ¿Crees que necesito ayuda?

La pregunta no era hostil. Era honesta, curiosa. Por una vez, el rostro de Alpha no se retorció ni se quebró, sino que permaneció enfocado. Alguna función en su código no se había roto del todo, se mantenía abierta a una opción.

—Sabes que la necesitas —dije, olvidándome por un momento de Alvie. Olvidándome de Delta y su hoja—. Tienes que sentirlo, Alpha. Tus sensores tienen que estar diciéndote que las cosas están mal. El monstruo que te hizo esto se ha ido, ahora puedes dejarnos reparar el daño.

Alpha cerró los ojos. Sus manos cayeron a su cintura. Por un largo momento esperé, me atreví a creer que podría decir que sí.

La espada de Delta llegó caliente, girando de lado en un corte perfecto hacia el centro de Alpha. Debería haber, habría partido el recipiente por la mitad de no ser por la intercesión de un mech bailarín. Como si saliera de una bruma, un flexi-mech dos niveles por debajo de Alpha saltó, atrapó la hoja con las manos extendidas y se desplomó sobre un escritorio volcado.

Por todo el Puente, los mechs bailarines cesaron su celebración, sus ojos rosados cobrando vida mientras buscaban objetivos. Alvie tiró con fuerza de la silla de Kaydee, haciéndola rodar por la base del Puente. Sin escaleras a los lados, solo rampas hasta la salida. Si Alvie pudiera llevarla hasta allí, entonces podríamos tener una oportunidad.

Pero Alpha había terminado de jugar a ser hermano.

Al agarre chillón del flexi-mech, los ojos de Alpha se abrieron de golpe, su sonrisa volviendo con toda su fuerza.

—¿Una trampa? —dijo Alpha—. Tan poco propio de ti, Gamma.

Me lanzó un golpe, un puñetazo salvaje con su mano izquierda. Lo bloqueé con la sartén, enviando el brazo de Alpha hacia afuera. Con el contragolpe, fui por la cabeza de Alpha, pero el recipiente saltó hacia atrás un nivel, dejándome golpeando el aire. Detrás de él, Delta se encontró sin hoja, enfrentando a media docena de flexi-mechs y sus manos taladradoras.

—¡Arruinaste la fiesta! —gritó Alpha, continuando su retirada—. ¡Estaba listo para la paz, y tú trajiste la guerra!

No había forma de que eso fuera cierto.

Un ladrido jadeante me atrajo hacia la derecha. Dos flexi-mechs presionaban a Alvie, arremetiendo contra el perro, que tenía que seguir empujando la silla de Kaydee hacia adelante para evitar que rodara rampa abajo. Así que hice lo que todos los luchadores hacen para salvar a sus amigos: lancé la sartén.

Mi extraño misil voló sobre los escritorios destrozados para golpear a un flexi-mech desprevenido en la espalda. El mech tropezó hacia adelante, por lo demás ileso. Al menos hasta que alcancé mi utensilio de cocina lanzado. Me arrojé, lanzándome hacia adelante para taclear al mech tambaleante y derribarlo.

No es que lo presionara mucho tiempo. Rodé hacia un lado, lanzándome hacia la silla de Kaydee mientras comenzaba a rodar rampa abajo. Alvie la soltó, aprovechando mi distracción como una oportunidad para saltar, garras arañando y dientes mordiendo al otro flexi-mech. Mi mano encontró las barras con ruedas en la base de la silla justo cuando Alvie hizo contacto, las manos taladradoras del flexi-mech golpeando a mi perro.

Un ruido terrible recorrió el Puente, metal desgarrando metal. Traté de no pensar en ello, en su lugar poniéndome de rodillas y empujando la silla de Kaydee por la rampa hacia la parte superior del Puente. La silla, con el cuerpo mech de Kaydee en ella, golpeó con fuerza contra la pared trasera del Puente antes de asentarse de lado. Si hubiera sido humana, podría haberle dolido.

Aun así, murmuré *lo siento*.

El flexi-mech que había derribado se puso de pie. No lejos de mí, vi mi amigable sartén abollada y la recogí. Alvie y su objetivo se golpeaban mutuamente alrededor del nivel a mi derecha. En cuanto a Alpha y Delta, el lado lejano del Puente contenía un espectáculo de destellos al que no podía permitirme prestar atención.

—¿Te sientes con suerte, punk? —le dije al flexi-mech,

robando una deliciosa línea de una de las películas del Bibliotecario—. ¿Lo estás?

El mech hizo girar sus manos y avanzó. Tomé eso como un sí.

Mi sartén se llevó el primer brazo con un golpe cruzado, a dos manos para mayor potencia. El estruendo destrozó la muñeca, enviando la mano giratoria rebotando lejos. El otro brazo atacó hacia mi pecho, pero dejé que el impulso de mi sartén me llevara a la derecha, rozando un escritorio y esquivando el ataque por centímetros. Incliné el ángulo de la sartén y golpeé hacia abajo, impactando la rodilla extendida del meca. Esta cedió con un chisporroteo, y la máquina, con su equilibrio ya no tan seguro, se desplomó hacia adelante.

Delta podría regañarme por no terminar el trabajo, pero dejé al meca allí y di dos largos pasos para llegar a Alvie. Los robots tenían sus brazos enredados, con trozos incrustados entre cables y metal. Rodaron hacia la rampa y aproveché la oportunidad, golpeando con la sartén para aplastar el solitario cráneo del meca. Los circuitos se rompieron y la máquina quedó inerte.

—Pero ¿cómo liberarte? —murmuré, estudiando la pesadilla enmarañada.

Un grito furioso desde el otro lado del Puente me hizo volver a la realidad. Delta seguía trabajando. Detrás de mí, el flexi-meca que había derribado se arrastraba hacia mis tobillos, con una mano funcional intentando ganar. No había tiempo para liberar a Alvie completamente.

Lancé la sartén hacia atrás, propinando otro golpe al pobre meca, luego recogí a Alvie y su enredo, corriendo de vuelta a Kaydee y su silla. Eché un vistazo al otro lado del Puente, vi a Alpha, todavía en el medio, observándome con esa gran sonrisa. Más allá de él, Delta parecía abrumada por los flexi-mecas, bailando y esquivando, usando cuchillos para causar daño.

Bueno, el plan no estaba saliendo exactamente como queríamos, pero iba a conseguir refuerzos muy pronto.

Dejé caer el lío de Alvie —los ojos amarillos del perro seguían brillando, afortunadamente— en la silla de Kaydee y empujé la combinación hacia fuera. Pasé la T, atravesé el pasillo de paredes plateadas y volví a las barreras rojo cereza.

Beta, serena como siempre, esperaba al otro lado.

—¿Qué es todo eso? —preguntó Beta mientras yo corría hacia ella.

—No hay tiempo —respondí—. Estas barreras tienen que caer. Delta necesita tu ayuda.

—De acuerdo.

Busqué un puerto, encontré uno en el lado derecho. Opuesto a su hermano. Por una fracción de segundo dudé: si me conectaba, Kaydee y Alvie quedarían abandonados y solos. Beta no podría ayudarlos si un flexi-meca o Alpha venían cargando.

Pero ¿qué más podíamos hacer?

Así que junté mis dedos y desaparecí, dejando una vez más la Nave Estelar por el mundo digital.

Y las trampas que me esperaban dentro.

DIEZ

BEINVENIDO A CASA

Un marco verde. Colores sólidos, sin degradados. Una simple caja en un negro infinito. Un programa en su forma más básica y yo estaba dentro. Bueno, no estaba de pie: no había suelo, solo los bordes de la función. En la parte superior de la caja comenzaba el comando de la barrera, y terminaba en una esquina debajo y lejos de mi pie derecho. En la parte más baja de la caja, extendiéndose en rígido texto rojo, se encontraba el estado actual del programa: ACTIVO. Entre medio, parpadeando mientras los miraba, había cadenas de código que establecían las condiciones de funcionamiento de la barrera.

Reglas para vivir, en otras palabras.

—Veamos cómo romperlas —dije, el sonido sin ir a ninguna parte.

Mi "mano" rozó el código, las líneas haciendo cosquillas en mi piel mientras tocaba y analizaba sus comandos. Asumí algo simple: un interruptor para encenderlos y apagarlos. En su lugar, encontré capa tras capa, todas diseñadas para activar o desactivar las barreras si se cumplían ciertas condiciones. Si Starship se recuperaba de un corte de energía, por ejemplo, o si alguien decía una contraseña específica.

Si el capitán emitía una alerta de motín desde las terminales del Puente.

Me estiré hacia arriba, hacia el mismísimo inicio del código. El interruptor comenzaba allí, una simple declaración que comprobaba si alguien había activado o desactivado las barreras. Ese interruptor físico probablemente estaba en algún lugar del Puente, un lugar al que no volvería pronto. O nunca, si pudiera elegir.

Todo lo que necesitaba hacer era introducir una pequeña inyección de código, un diminuto comando para decirle al programa que el interruptor había sido cambiado. Fácil. Como chasquear los dedos, escribí el comando y lo solté en la parte superior del código. La caja parpadeó, el programa ejecutando mi comando.

Me arrodillé, leí la salida del código en la parte inferior de la caja: ACTIVO.

Hmm.

Volví a ejecutar mi comando. Debería haber funcionado. Decirle al programa que el interruptor estaba apagado, y el programa debería desactivar las barreras. Esta vez observé, seguí el proceso mientras el programa seguía mi comando, cada línea parpadeando en un amarillo intenso mientras la pequeña computadora comprobaba mi solicitud contra su lógica.

Ahí. Hacia el final. Listado al final de una larga línea de excepción, comprobando esos motines, esos fallos de Starship: si nada de eso había sucedido, el programa confirmaría el interruptor una vez más.

No podía falsificar el interruptor, pero tal vez podría eliminar esa línea. Volviendo hacia la parte superior de la caja, me acerqué a la primera línea e hice una solicitud diferente. No para ejecutar un comando, no esta vez, sino para editar las líneas. No era una idea anormal —seguramente los ingenieros de Starship podrían cambiar este código desde alguna terminal—, pero al programa no le gustó ni un poco.

La caja misma se encendió en rojo. Mientras ACTIVO permanecía en la parte inferior, ACCESO DENEGADO reemplazó el código que corría por el medio. Cualquier privilegio que hubiera tenido fue revocado.

Un programa más complejo podría haberme dado más margen de maniobra. Otra puerta trasera para abrir. Este, probablemente a propósito, no daba tal juego.

Así que tendría que ponerme rudo.

Si no podía hacer una diferencia dentro de la caja, tendría que ir fuera de ella. Ignorando las grandes letras rojas, me dirigí hacia la esquina inferior, donde los resultados del programa se convertirían en acciones por la propia máquina de barrera. El programa terminaba en esa esquina, donde líneas de telaraña conectaban la caja con la palabra ACTIVO y su contraparte mecánica.

Construí dos piezas, las hice girar entre mis manos como alguien dibujando con un lápiz afilado. La primera devolvería un resultado ACTIVO directamente al programa, una especie de espejo que le diría al programa lo mismo que generaba. Yo imitando las palabras de Delta de vuelta a ella misma. La segunda pieza enviaría un único comando de apagado a la barrera.

Ponerlas en el orden correcto, y tendría mi bloqueo y mi libertad de un solo golpe.

—Mira eso —dije, con mis dos nuevos juguetes brillantes en mis manos—. Apreciarías esto, Kaydee.

Con un simple empujón, coloqué mis nuevos comandos en su lugar. Un destello, y DESACTIVADO apareció en verde brillante frente a mí.

¿Quién dijo que Gamma no podía ganar de vez en cuando?

Beta pasó corriendo junto a mí incluso cuando volví a la consciencia, con los cuchillos fuera y apresurándose a rescatar a Delta. No podía saber si llegaría a tiempo. En cualquier caso, no importaba: yo tenía a Kaydee. Las otras dos naves podían encargarse de Alpha. Y si no podían, ciertamente yo no sería el peso que inclinaría la balanza a nuestro favor.

Mi perro también estaba gimiendo de su manera metálica y jadeante.

—Bien, vámonos —dije, y nos impulsé a través.

El plan que había formado con Delta y Beta empezaba y terminaba con matar a Alpha. Mi misión siempre había sido distracción y luego extracción. Hacer entrar a mis dos asesinas, luego salir con mi amiga. Después de eso, todos nos encontraríamos en el único lugar que podíamos llamar hogar en Starship.

Tomó un tiempo, incluyendo maniobrar la silla de Kaydee alrededor de todos los escombros, llegar al apartamento de Leo, pero lo logramos sin acoso. Mientras avanzábamos, el Conducto brilló amarillo una vez más, declarando nuestra llegada inminente. Todos deberían estar tomando posiciones de aterrizaje, lo que sea que eso significara. Al menos no descendieron sobre nosotros ni mensajeros ni mecas flexibles.

El lugar de Leo ya no era el mismo con su entrada destrozada, pero con un empujón sobre los paneles deformados de la puerta en espiral, logramos entrar. Las paredes interiores aún conservaban aquellos carteles de películas, aunque ahora había más esparcidos por el suelo. Las estrellas de acción se convirtieron en víctimas manchadas bajo mis pasos y las ruedas plásticas y desvencijadas de la silla.

Nuestras cuatro literas estaban tal como las habíamos dejado, bajo una pálida luz azul. Un lugar tranquilo por el momento, un ambiente que arruiné cuando me puse manos a la obra.

Mis dos pacientes sufrían de dolencias diferentes, así que fui primero por el objetivo más fácil. Más fácil y menos aterrador. Los ojos de Alvie aún mantenían su brillo amarillo, el cachorro estaba magullado pero claramente vivo. Kaydee, sin embargo, no tenía movimiento, ni luces encendidas en su forma sin extremidades. Si encontraría algo aún dentro de ese caparazón...

Mis dedos trabajaron rápido siguiendo las instrucciones de mis ojos. Mientras observaba el metal y los cables que enredaban a Alvie con el cuerpo flexi-mech, mis sensores identificaron las partes correctas para tirar y las correctas para reconectar. Una pata suelta tuvo su articulación reajustada, un tornillo robado del flexi-mech y puesto a nuevo uso reemplazando el que se había fundido. Sin herramientas, fabriqué las mías propias, usando mi fuerza para romper fragmentos de metal en destornilladores, martillos y cuchillos.

Alvie permaneció callado durante todo el proceso, confiando en mí mientras lo desarmaba pieza por pieza. Ni un solo ladrido entrecortado que rompiera mi concentración. Solo ojos amarillos.

Evité que mis propios pensamientos divagaran. Centré mi atención en Alvie y dediqué el cien por ciento de mí mismo a la tarea. La cirugía no era tan compleja como para requerir tal concentración, pero no quería arriesgarme a sumergirme en tangentes, consumiéndome con cálculos de riesgo para Beta y Delta, para Kaydee.

Una tarea a la vez.

—¿Cómo te sientes? —le pregunté a Alvie, dejándolo libre y despejado en el suelo del apartamento.

Alvie probó sus patas una por una, levantándolas y bajándolas. Un paseo lento. Un salto. Un ladrido entrecortado. Noté un ligero tropiezo en su pata trasera derecha, calculé que su mandíbula no se abría tanto como antes. Las marcas que la vida tiende a dejarnos.

—¿Puedes vigilar por mí? —le pedí al perro, y Alvie, como Alvie siempre hacía, ladró y se dirigió a la entrada del apartamento.

Kaydee... No, no Kaydee sino el robot que ella había habitado, estaba sentado en la silla. Corté las ataduras que sujetaban el torso cilíndrico en su lugar. Miré en los ojos muertos y no vi nada. Una rejilla de altavoz marcada con arañazos permaneció en silencio.

Un único puerto se encontraba cerca de la sección media del mech, debajo de una pequeña placa en el lado derecho del artefacto. Si Kaydee no salía, tendría que entrar yo. No habría forma de reparar el mech, no con lo que tenía aquí.

—Así que vas a volver a casa —dije, juntando mis dedos y colocando el conector formado en el puerto.

ONCE

MEMORIAS CODIFICADAS

Un hombro me empujó, luego otro. Gente, mucha, pasando a mi lado a través de puertas familiares. Estas no tenían el brillo rojo, pero la entrada del Puente permanecía fresca en mi memoria y ahora cobraba vida ante mí. Los humanos se movían con determinación entrando y saliendo, sus cuerpos cubiertos con ropa limpia. Uniformes elegantes, placas con nombres. Cabello no en las trenzas desaliñadas de Val y sus supervivientes, sino en estilos arcoíris, en punta y liso, descuidado y sofisticado.

Música, una alegre combinación de saxofón y piano, sonaba en el Conducto a mi alrededor. Se suavizó cuando un mensaje interrumpió, un saludo del capitán de la nave, informando a la Nave Estelar el día y la fecha, para que notaran una nebulosa particular por el lado de babor, y que disfrutaran de otra fabulosa mañana en el mayor milagro de la humanidad.

—Como si lo fuera —dijo una mujer que se detuvo a mi lado—. ¿Qué gran milagro vendría sin mangos, no crees?

—¿Qué? —dije, dándome cuenta de que me hablaba a mí.

Mirarla me hizo hacer otro doble vistazo. Frente a mí, con el cabello lanzándose de manera muy similar a como solía hacerlo el de Kaydee, había una persona que había visto morir, o más bien ser eliminada, no hace mucho tiempo.

—Digo que podrían haber pensado en nuestros paladares —respondió Peony, con un tono juguetón envolviendo su sarcasmo—. Con todas las papayas que tenemos, pensarías que podrían haber incluido algunos mangos.

No se me ocurrió ninguna respuesta. ¿Qué se suponía que debía decir? ¿Simpatizar por una fruta que nunca había probado? ¿Que nunca podría probar?

—Oh, no te preocupes tanto —dijo Peony, su sonrisa creciendo ante mi confusión.

Tenía una mirada aguda, profesional pero con un toque activo, lista para ensuciarse las manos. Más desconcertante era su alegría. Todas las veces que me había encontrado con Peony, había intentado matarme o manipularme. Ahora, esperaba que ella-

—¿Qué te parece si vamos por un café? —continuó Peony—. Pareces un poco perdido, y algo de cafeína debería arreglarte.

Estaba a punto de negar la petición, decir que los mechs como yo no bebemos, bueno, nada, hasta que recordé que nada aquí era estrictamente real. El Conducto zumbando a mi alrededor, con mechs y personas desplazándose por las pasarelas, atravesando velozmente el abismo central, todo era una construcción. Un lugar que Kaydee había construido para sí misma.

El café aquí no era más que unos pocos bits que no iban a ninguna parte.

—Peony —comencé mientras ella me guiaba fuera de la entrada del Puente.

—¿Sabes mi nombre? —Las cejas de Peony se alzaron. Pensé rápido, señalé su placa de identificación, y ella se rio —. Cierto, a veces simplemente te olvidas de esas cosas.

—Me lo imagino —dije—. ¿Sabes dónde está tu hija?

Una curiosa inquietud quería más información, como el año, qué estaba sucediendo alrededor de la Nave Estelar. Kaydee había elegido un momento particular para recrear y, aunque quería saber por qué, más importante era encontrarla antes de que se agotara la fuente de energía del mech robado.

—¿Me conoces? —preguntó Peony.

Cruzamos a una pasarela que abrazaba el lado de estribor del Conducto. Las tiendas nos molestaban con anuncios, mientras los mechs pitaban afuera con bandejas de muestras gratis. Los trabajadores entraban y salían zumbando, recogiendo sus bebidas diarias o haciendo pedidos de artículos para recoger de camino a casa. Los del tercer turno se delataban al ir a la deriva hacia los varios bares cercanos, con ojos vidriosos buscando alguna forma de adormecer su camino a la cama.

—Una versión de ti —respondí.

—Vaya declaración —Peony se rio y sacudió la cabeza—. Eres un tipo extraño.

—Ambos lo somos —respondí.

—Supongo que tienes razón en eso.

El destino elegido por Peony tenía poco más que un mostrador para recomendarlo. Un mech que preparaba café servía bebidas a una docena de taburetes, cada uno emparejado con un pequeño disco negro en el mostrador. Cuando entramos, dos personas en los taburetes más cercanos se levantaron, dejaron sus bebidas de golpe y se fueron. Mientras Peony nos acomodaba, presionó su dedo contra el disco.

—Dos lattes, ligeros y espumosos —dijo Peony, y luego me guiñó un ojo—. Espero que estés de acuerdo con eso. Me parece que es más rápido pedir una cosa para todos.

—Claro —respondí. Nunca había probado un latte, y lo que fuera que el mundo de Kaydee me sirviera aquí tampoco sería uno real—. Volviendo a mi pregunta...

—¿Mi hija? ¿Por qué quieres saber? —Peony frunció la boca e inclinó la cabeza—. Tiene novio.

¿Un novio? ¿Qué tenía que ver eso con algo? De nuevo no pude elaborar una respuesta lo suficientemente rápido, y Peony tuvo otra excusa para reír.

—Relájate —dijo—. Solo estoy bromeando. No sobre el novio, por supuesto. Me temo que estás fuera de juego ahí. Kaydee ha estado firmemente enamorada desde que era pequeña.

—Um.

—Pero si el amor no es la razón —y aquí lo escuché, el verdadero yo de Peony, la Voz hervida y ardiente que gobernó los últimos años de la Nave Estelar—, entonces ¿cuál es, mi amigo perdido?

A través de todas las películas, libros e historias archivadas del Bibliotecario, había una línea que, cuando se pronunciaba, siempre parecía hacer que las cosas se movieran.

—Está en problemas —dije, destilando toda la gravedad que pude reunir.

—Siempre está en problemas —respondió Peony de inmediato—. ¿De qué se trata esto?

De acuerdo, no era exactamente lo que estaba buscando.

El mech del café me salvó de una respuesta rápida al deslizar nuestros lattes sobre el mostrador. El mío humeaba, su espumosa capa blanca espolvoreada con canela. Olí y encontré un aroma deliciosamente especiado para disfrutar.

Kaydee debió haber pasado mucho tiempo escribiendo esto. Había estado en las garras de Alpha durante mucho tiempo, horas y horas para quemar refinando su escape digital. Un lugar que Kaydee nunca compartiría, excepto conmigo.

Y, si se hubiera molestado en hackear el interior, Alpha.

—¿Hola? —preguntó Peony.

¿De qué se trataba esto? ¿Entendería un facsímil, una manifestación codificada de la madre de Kaydee, lo que estaba tratando de hacer?

Para el caso, ¿qué *estaba* haciendo yo?

Había arrastrado a Beta, Delta y Alvie hasta el Puente, diciéndoles que la razón era detener a Alpha, pero eso había sido una mentira. Una mentira clara. Necesitaba recuperar a Kaydee. No porque ella pudiera salvar la Nave Estelar, no porque mereciera vivir más que los humanos de Val, que Beta o Delta.

No, estaba haciendo todo esto porque la *extrañaba*. Porque la *necesitaba*.

—¿Estás bien? —dijo Peony, poniendo su mano en mi hombro.

Qué sentimiento tan humano, la necesidad. Claro, podría construir argumentos mostrando cómo la aportación de Kaydee me ayudaba a sobrevivir. Sus consejos daban a mis tareas una mayor probabilidad de éxito. Ella me mantenía funcionando sin problemas. Todos esos números, estadísticas, líneas planas declarando que mi misión de rescate valía la pena.

Y cada uno sería un manto ocultando la verdad.

—¿Dónde está ella, Peony?

Me sentí examinado en ese momento, más que antes.

Peony no solo miraba mi piel sintética, mi atuendo —un uniforme gris estándar de la Nave Estelar—, sino a través de mí. Mis ojos, sí, pero su programación escudriñaba la mía, buscando malas intenciones. Un escaneo de virus combinado con intuición, sospecha.

—No pareces problemático —reflexionó Peony—, pero siento que traerás problemas.

—Eso es algo que Kaydee debe decidir.

—¿No más pistas, entonces?

Negué con la cabeza.

—Es mi hija por quien estás preguntando.

—Lo sé. Créeme, lo sé.

Peony me observó durante varios segundos más, luego volvió a su café con leche con un suspiro.

Lo que hubiera tomado horas en la realidad tomó minutos en el mundo digital de Kaydee. Salimos de la cafetería y giramos a la derecha. El Conducto mantenía las apariencias, gente ajetreada, canciones resonando, mechs burbujeando. Tres pasos por la pasarela y la Universidad apareció ante nosotros, el Conducto pareciendo estirarse y llevarnos de golpe.

La gran construcción zumbaba con un ambiente que solo había vislumbrado en los recuerdos de Kaydee, cuando se filtraban en mi propia visión. Los estudiantes se agrupaban, discutiendo no solo sobre clases sino sobre planes de fin de semana. Bares y fiestas. Sesiones de estudio. Sueños y dramas. Peony se demoraba, nuestros pasos a lo largo de la hilera de la Universidad no nos movían precisamente a velocidad de la luz.

—Ella está estudiando aquí ahora —dijo Peony.

—¿Ahora?

—Tercer año —respondió Peony, rebosante de orgullo—. Cuando salga va a trabajar con esos mechs. —Aquí ese orgullo se deslizó—. Siempre ha sido una fanática de la robótica.

—Claro.

—Si te soy sincera —Peony esbozó una sonrisa—, podría haberse ido directamente a las Líneas de Fabricación. Es así de buena.

—¿Pero vino aquí?

—Vino aquí para alejarse de mí —respondió Peony—. Supongo que un hijo necesita alejarse de sus padres en algún momento, ¿sabes?

No tenía nada que decir a eso, así que me encogí de hombros, y seguimos adelante. Otros pasos más nos llevaron al Jardín. Peony me guió por un nivel medio, explicando su aportación en esta y aquella planta, que trabajaría en esos mangos por la tarde. Lo lograría uno de estos días.

—¿Por qué mangos? —tuve que preguntar.

—Porque Kaydee leyó sobre ellos cuando era niña. —Peony se detuvo, trazó la rama de un limonero—. Nunca quise que le faltara nada, sin importar lo que costara.

Más allá del Jardín, avanzamos rápidamente hasta otro punto de parada, uno que reconocí porque el Conducto real no había dejado atrás su ideal hasta ahora. El Parque, un largo y masivo tramo a lo largo del medio del Conducto, enlazaba senderos extensos con árboles, jardines y pequeños teatros. Una gran fuente descansaba cerca de un extremo, su chorro rociando una fina niebla en el aire. Parejas y familias bordeaban los senderos. Risas y una solitaria flauta cantaban en el aire.

—Si quieres encontrarla, está ahí dentro —dijo Peony.

—Gracias —respondí, y cuando empecé a avanzar, Peony se quedó atrás.

—Si haces algo para lastimar a mi niña —me gritó Peony —, me aseguraré de que te arrepientas.

De eso, no tenía ninguna duda.

Kaydee no fue difícil de encontrar. Nunca había sido silenciosa. Seguí una risa particular, un brillo particular, hasta llegar a un bosquecillo de magnolias en flor. Pétalos rosados y blancos caían a mi alrededor mientras salía al otro lado, donde una pequeña mesa redonda se encontraba en medio de la hierba verde primaveral. Vino, queso y platos servidos coronaban el picnic, atendido por una pareja en particular.

Leo estaba sentado frente a Kaydee, con una sonrisa más grande y auténtica en el rostro del hombre que cualquiera que hubiera visto en la vida real. El estrés no asaltaba sus hombros, y no llevaba partes metálicas en el pecho ni en la cara. Los fallos de código parpadeantes no interrumpían sus gestos mientras llevaba alguna historia a su fin. Hizo un ademán con su copa de vino, derramando algo de rojo sobre el césped.

Kaydee se rio. Una carcajada completa, su cabello color turquesa brillando bajo la luz blanco-amarillenta del Conducto. Inocencia resplandeciente. Una cabeza que se sacudía, ojos centelleantes, manos sobre su boca. Era lo más puro que jamás había visto.

Esperé en el borde bajo aquellos pétalos. Los relojes avanzaban, el desastre esperaba afuera. La Nave Estelar pronto estaría entrando en la atmósfera, con quién sabe qué consecuencias. Beta y Delta podrían estar muertos, podrían estar mirando el cadáver destruido de Alpha.

Pero esperé de todos modos.

Cuando la risa se apagó, Kaydee deslizó una mirada hacia mí, su sonrisa suavizándose. Dio un golpecito con el dedo en el mantel y Leo se congeló. No solo él, sino también el vino que giraba en su copa. Los pétalos que caían quedaron suspendidos en el aire. Cuando ella se levantó de la silla y dio un paso hacia mí, la hierba se dobló como metal rígido bajo sus pies.

—Hola Gamma —dijo.

—Hola —respondí.

¿Qué le dices a alguien que pensaste que nunca volverías a ver? Comencé y detuve una docena de frases diferentes en tantos segundos, tratando de encontrar una combinación que transmitiera lo aliviado que estaba de verla, cuántos problemas teníamos, cómo teníamos que sacarla de aquí.

—¿Conociste a mi madre? —Kaydee canceló mis planes de un plumazo.

—Yo... ¿sí?

—Bueno, tienes razón —la sonrisa de Kaydee se torció en una media sonrisa—. Es mi madre como deseaba que hubiera sido. Ya sabes, una fantasía. Porque este es mi mundo de fantasía.

—Es hermoso. —Hice un gesto con la mano hacia los pétalos, el animado Conducto—. ¿Era así?

—¿Tan feliz? No. No creo —dijo Kaydee, alzando la mano para tomar un pétalo crema-rosado del aire—. En ese entonces todo tenía siempre un tinte depresivo. Como agua con un regusto a cobre.

—¿Porque todo el mundo sabía que la Nave Estelar no aterrizaría en sus vidas?

—Eso y los otros mil dramas que los humanos tenemos que afrontar —dijo Kaydee—. Entonces, ¿qué está pasando allá fuera? Si estás aquí, ¿significa que Alpha está muerto?

Le conté toda la historia, sin omitir nada desde el momento en que abandoné a Kaydee cerca de las Líneas de Fabricación hasta el segundo en que atravesé el bosquecillo para verla. La batalla en el Jardín, la misión a Pureza. Nuestro asalto al Puente.

—Están vivos —Kaydee sorbió y asintió—. Eso es bueno. Delta y Beta podrán salvar el día.

—Eso espero.

—¿Y los dejaste por mí, Gamma? —Kaydee puso los ojos en blanco—. Tus prioridades están desordenadas.

—Mis prioridades son perfectas.

—Ajá.

—Te necesito, Kaydee. Todos te necesitamos.

Con los brazos cruzados, dijo —Bueno, duh. Eso es obvio.

—¿Entonces estás lista para volver?

—¿Te refieres a si quiero compartir espacio en tu maldita cabeza otra vez, Gamma? No, la verdad que no. —Kaydee asintió hacia el Leo congelado—. Es bastante agradable aquí, ¿sabes? —Antes de que pudiera responder, continuó—. Pero ya puedo sentirlo y solo he estado aquí, ¿qué, unas cuantas horas del mundo real?

—¿Sentir qué?

—La podredumbre. —En su mano, el pétalo de magnolia se volvió negro por los bordes, se enrolló y se desvaneció—. Estoy creando un mundo de fantasía y cada minuto se hace más y más difícil salir de él. Creo que quedaría atrapada en mis propias funciones, inmersa en una mentira, y me quedaría aquí riendo con Leo hasta que las baterías de mi cuerpo se agotaran.

—Ni siquiera estoy segura de que lo notaría, Gamma. Me quedaría aquí, escuchando las mismas historias, riendo de las mismas frases hasta que me apagara. Moriría sin siquiera saberlo. —Extendió una mano hacia mí, con pequeños fuegos artificiales estallando sobre sus dedos—. Ayúdame a vivir, amigo.

Extendí la mano para tomar la suya, para transportarnos

de vuelta a la realidad, cuando ella retiró su palma bruscamente.

—Una cosa más —dijo Kaydee—, si vuelvo, le daremos un cambio de imagen a nuestro hogar. Nada de esta porquería de llanura gris y cristales.

Esta vez me reí.

—Trato hecho.

DOCE

LA MEJOR MITAD

La realidad hacía que el jardín de magnolias de Kaydee pareciera bastante genial.

La nave espacial se sacudió. Las alarmas resonaron por todo el Conducto, una voz demasiado tranquila indicaba a los pasajeros que buscaran sus asientos y se prepararan para el descenso. La voz estimaba que el aterrizaje tardaría una hora.

Alvie ladraba a mi alrededor mientras me incorporaba bruscamente del cuerpo anterior de Kaydee. Tan pronto como solté el puerto, el torso mecánico rodó de la silla y cayó con un golpe sordo.

—Vaya, no traté muy bien a ese meca —dijo Kaydee, apareciendo en la silla y mirando hacia abajo a su antiguo ocupante.

—Culpa de Alpha —respondí, saboreando el momento. ¡Kaydee había vuelto!

—Supongo que veré si el seguro acepta esa excusa.

—¿Qué?

—Es una broma, Gamma.

—Oh.

—Ambos estamos fuera de práctica —Kaydee se encogió de hombros—. Bueno, el tiempo corre. ¿A dónde vamos?

El plan era reunirnos en el Jardín. Sin las Voces, ninguno de nosotros, los recipientes, podía pilotar la nave, y el aterrizaje sería automatizado de todos modos. Los humanos tenían el Jardín, y sería un lugar relativamente seguro para capear cualquier desastre. ¿Podría llegar hasta allí en una hora?

—Veamos qué tan rápido podemos correr —le dije tanto a Kaydee como a mi perro.

Resultó que correr era muy rápido cuando podías ir cuesta abajo. Esencialmente un gran cohete precipitándose por el espacio, la nave espacial se dio la vuelta para aterrizar, apuntando su trasero lleno de motores hacia la superficie del planeta. La gravedad real se hizo presente, arrastrando a Alvie y a mí por el pasillo hacia el Jardín.

Normalmente, tenía que creer que el plan de aterrizaje de la nave espacial requería preparación. Atar cosas, asegurar almacenes y hogares. Fijar los mecas en varios asientos. No se había hecho absolutamente nada, y el Conducto se convirtió en un terror.

Mientras corríamos por el pasillo, los objetos se deslizaban a nuestro lado. Los mecas golpeaban los muebles, entre sí o los mismos pasillos, el caos crecía a medida que el ángulo de la nave se hacía más pronunciado. Las explosiones sacudían la nave cuando las baterías chocaban entre sí, los aparatos reventaban sus enchufes. El cristal hecho añicos volaba a nuestro alrededor mientras mi carrera se convertía menos en un avance paso a paso y más en una caída controlada.

Alvie saltó, clavando sus garras en mi espalda cuando el pasillo se acercó a la vertical. Usé la barandilla, dejándome caer de un agarre al siguiente. La luz azul del Conducto había desaparecido hacía tiempo, reemplazada por un naranja parpadeante.

La voz nos decía que mantuviéramos la calma.

Kaydee maldecía lo suficiente por ambos, pero detecté un deleite loco en su tono. Tal vez todo el zen en su pequeño paraíso la había hecho necesitar algo de adrenalina.

Yo no necesitaba nada de eso. Varios mecas ya habían estado cerca de arrancarme la cabeza, y tenía demasiados fragmentos de vidrio clavados en la piel para contarlos. Las caídas repentinas me destrozaban las manos, la piel sintética haciendo todo lo posible para evitar que mi esqueleto crudo hiciera contacto.

—Nunca llegaremos al Jardín —dijo Kaydee mientras me deslizaba, rebotando el trasero contra el pasillo—. Te vas a aplastar primero.

—¿Aplastar?

Me impulsé hacia la izquierda para esquivar un meca de basura destrozado atrapado en la barandilla. Su núcleo hueco se agrietó, derramando chatarra aleatoria por todas partes. El rugido de la nave espacial se intensificó, ahogando el mensaje de advertencia. La luz amarillo-naranja me hacía sentir como si estuviéramos deslizándonos por un rayo de sol al atardecer.

—¡Haz algo! —gritó Kaydee, así que lo hice.

Continuando mi embestida hacia la izquierda, me lancé hacia una puerta destrozada. Me herí los brazos en la espiral rota pero detuve mi descenso. Tirando, me levanté y pasé por encima de los dientes retorcidos. Viejas fotos, impresiones colgantes y un taburete roto me esperaban al otro lado, estrellados contra la que era la pared del apartamento. Aplasté aún más el montón con mi caída.

Mientras continuaba el estruendoso descenso de la

nave, escuché el caos afuera. Observé, frente a mí, los restos del apartamento. Los muebles se estrellaban entre sí, sofás y mesas de café crujiendo y pasando unos sobre otros. Me movía según era necesario, deslizándome sobre el vidrio, el metal doblado, para esquivar lo peor. Lo que no podía evadir lo atrapaba y lo arrojaba a un lado, siempre con la espalda presionada contra la pared.

Justo cuando sentí que había descifrado mi posición, una fuerza repentina me golpeó con fuerza contra mi respaldo. Tan fuerte que mis sistemas me dijeron que un humano normal se habría desmayado, posiblemente muerto sin restricciones. La nave rugió, mil crujidos y pernos reventados silbaban mientras la nave se convertía en lo que mil años habían planeado.

Podía imaginar a Volt moviéndose frenéticamente en su Núcleo de Energía, agitando los brazos de terminal en terminal, tratando de evitar que nuestra gran nave se partiera. Bimu, la esposa monstruo del meca, tendría sus cuatro garras gigantes clavadas en el suelo para mantenerse estable.

¿Y los humanos? ¿Cómo estarían sobreviviendo? ¿Agarrándose a los árboles? ¿Chocando entre ellos? ¿Qué pasaba con todas sus espadas y flechas, armas improvisadas que de repente se convertían en peligro mientras la gravedad las atraía de vuelta hacia sus dueños?

Habíamos estado tan preocupados por lo que sucedería después del aterrizaje que nunca consideramos el aterrizaje en sí.

—Bueno, sí —dijo Kaydee mientras me aplastaba contra la pared del apartamento—. No se supone que sea tan malo.

—¿No? —dije, Kaydee captando las palabras incluso cuando mi pequeña caja de voz luchaba por crear el sonido.

—¿Te parece normal esto, Gamma? ¿Como algo que un diseño inteligente crearía?

—Los humanos no han demostrado precisamente ser diseñadores inteligentes.

Kaydee, inmune a la atracción de la gravedad, apareció frente a mí. Parecía descansar en un sofá azul marino de lado. Con un chasquido de dedos, una pequeña nave espacial apareció en el aire. A su lado, más grande, giraba un planeta verde-azulado.

—Solo observa, listilla —dijo Kaydee.

La nave se precipitó hacia el planeta, pero en lugar de estrellarse como aparentemente estábamos haciendo nosotros, entró en órbita. Giraba alrededor de la esfera azul-verde de Kaydee una y otra vez, cada vez un poco más lenta. Luego, como si descendiera por una rampa, la nave se deslizó dentro del planeta. Una entrada suave. Kaydee aumentó el tamaño mientras el aterrizaje continuaba, mostrando cómo la nave se deslizaba hacia un agradable amerizaje en una costa marítima.

—¿Ves? No es necesario un freno vertical —dijo Kaydee—. Un viaje fácil.

—¿Entonces qué es esto?

—Es Alpha siendo un maniático, eso es. No quiere esperar varios años para desacelerar, así que lo está haciendo al estilo de emergencia. Quemando toda nuestra energía de reserva para hacer un aterrizaje más rápido.

—Suena a él.

Kaydee asintió, y parecía que estaba a punto de lanzarse a otra crítica cuando ambas notamos algo: la nave había chocado y la presión había desaparecido. La gravedad, más fuerte que cualquier cosa que hubiera sentido, pero no aplastante, mantenía mi espalda contra la pared. Pero eso era todo. Solo gravedad.

—¿Estamos en tierra? —le pregunté a Kaydee.

—Le estás preguntando a alguien que nunca ha tocado tierra en su vida, ni en su vida pasada —respondió Kaydee.

—Justo. —Me atreví a incorporarme, aplastando los escombros con mis pies. La nave seguía en posición vertical—. Se siente diferente.

—Me decepcionaría si no fuera así.

Gravedad, aterrizaje o no, seguía atrapada en el apartamento. Con la nave en vertical, los pasillos eran solo toboganes hacia un final prematuro. Algunas cosas seguían cayendo por ahí, mechs y otros cachivaches sacudidos por la llegada.

—Dime que no nos vamos a quedar así —dije.

—No nos vamos a quedar así —respondió Kaydee—. Mejor prepárate.

Como si tomara sus señales directamente de Kaydee, la nave se estremeció. La voz siempre tranquila volvió a sonar por el Conducto, con un zumbido en sus palabras esta vez. El anuncio: permanecer sujetos hasta que la nave estuviera nivelada.

Mis sensores lanzaron una alarma incluso cuando sentí que la nave se movía. Giré a la derecha, extendí mis brazos para sostenerme en el suelo del apartamento mientras la nave se reorientaba. La gran mole pasó de vertical a horizontal, un movimiento que me dejó cubierta de porquerías. Una ducha de cristales rotos. Un restregón de metralla. Sentí las cosas en mi ropa, mi pelo, mi piel.

—Esto apesta —dije mientras la nave se asentaba, restaurando por fin su antigua posición.

—Bienvenida a tu nuevo hogar —respondió Kaydee—. ¡Disfrútalo!

El ladrido herido y jadeante de Alvie desde mi espalda dijo que definitivamente no lo haríamos.

Mi perro, a pesar del viaje accidentado, lo superó sin daños graves. Unos cuantos rasguños más para añadir a su colección. Muy parecido a mí. La piel sintética sanaba las cosas rápidamente. Claro, mi atuendo, como la mayoría de mis atuendos, había quedado hecho jirones.

Pero bueno, estaba acostumbrada a eso.

De vuelta afuera, el Conducto parecía tranquilo. El amarillo-naranja se había desvanecido, reemplazado por un suave verde. Lo último que había escuchado de la voz del techo era que el capitán de la nave daría más instrucciones.

—No es probable —murmuró Kaydee mientras nos dirigíamos de vuelta hacia el Jardín.

Si el Conducto había sido un desastre antes, el aterrizaje solo aumentó la catástrofe. Todos los golpes dejaron los letreros debilitados, junto con postes, estructuras y quién sabe qué más. Las últimas piezas persistentes de la vida humana de la nave se estaban desmoronando ahora, cayendo con estrépito hacia la base del Conducto llena de basura.

Más allá de esos golpes y ruidos metálicos, lo más fascinante era el silencio. Al principio, el mundo se sentía hueco, como si le hubieran robado la vida. Los rumores de fondo, el zumbido de los motores, los purificadores filtrando el aire mientras la nave corría a través del vacío, casi todos se habían ido. El corazón palpitante de la nave se había detenido.

—Ya era hora —dijo Kaydee, de pie junto a mí—. Tanta gente vivió y murió en esta nave sin tener la oportunidad de ver nada más. Nunca tuvieron elección.

La generación que viviría en el Jardín, y los encontramos dentro del enclave verde. El aterrizaje causó un tipo diferente de estragos aquí: dentro del Jardín sellado, las plantas y el agua habían volado por todas partes. Árboles desarraigados de sus delgados lechos de tierra se habían estrellado contra las paredes, mientras que las plantas más pequeñas se amontonaban, sus tallos enredados. Frutas aplastadas en pulpa, verduras reventadas y sangrantes. El agujero central del Jardín, a través del cual el agua fluiría de un nivel a otro, se convirtió en un hogar colgante de horrores, donde plantas y algunas personas tenían sus cuerpos rotos entre las cadenas y plataformas.

Val, Chalo y los otros supervivientes se habían levantado cuando llegué. Había huesos rotos por todas partes, pero toda la tierra evitó las peores consecuencias. Al menos a corto plazo. Val, empapada, magullada y sangrando por innumerables pequeños cortes, apenas logró su típica mirada fulminante cuando la encontré, en los niveles bajos del Jardín.

—Los cultivos están arruinados —dijo primero, mirando más allá de mí hacia la carnicería—. Todos nuestros productos frescos están destruidos.

—Dañados —corregí—. Aún puedes plantar las semillas. Cultivar nuevos.

—¿En qué tierra? —Val señaló la tierra en nuestro nivel, lo que una vez había sido un bosque de pinos templado. El agua derramada de Pureza había empapado y arrastrado la tierra por todas partes, dispersando el suelo utilizable—. ¿Qué bioma seguirá funcionando después de todo esto?

Es cierto, los muchos sistemas de la nave parecían sacudidos. Si el desierto de abajo aún podría funcionar para los cactus, o si la humedad podría mantenerse arriba para los plátanos, no podía decirlo. Pero tenía una obvia réplica.

—Hay todo un mundo ahí fuera —dije—. El que planeabas conquistar, ¿recuerdas?

Val asintió, un gesto cansado. Sin su lanza —dónde había ido el arma, no lo sabía y no pregunté— las manos de la líder humana parecían perdidas, agarrando el aire. Sus ojos vagaban. Su respiración era corta y agitada.

—Está tratando de no entrar en pánico —dijo Kaydee—. Dale algo de esperanza, Gamma.

—Recuerda —intenté—, la nave no aterrizaría en ningún lugar donde no pudiéramos sobrevivir. Estaría en pánico si no tuviéramos oxígeno. Si no hubiera una oportunidad.

—Una oportunidad —dijo Val— es algo que tendremos que arriesgar. —Volvió a mirarme, su rostro sacudiéndose parte del cansancio—. ¿Dónde están las otras dos? ¿Beta y su amiga?

No las llamaría precisamente amigas, pero eso no era importante.

—Lidiando con Alpha —dije—. Estoy aquí para ayudarte.

—¿Ayudarnos?

—Mi misión. La razón fundamental por la que estoy viva es protegerte, ¿recuerdas?

—Honestamente, Gamma, no. No lo recordaba —Val se frotó un bulto rojo que se extendía en su frente—. Pero está bien. Elige un humano. Ayúdalo. Luego recoge lo que puedas y ayuda a empacarlo. Tan pronto como podamos, nos moveremos hacia popa.

—¿Hacia popa y luego afuera?

—Hacia popa y luego afuera —Val echó una última mirada al Jardín destruido—. Hemos estado en esta nave durante demasiado tiempo.

TRECE

VARIEDAD DE JARDÍN

Los humanos necesitaban ayuda y yo tenía tiempo que matar. A pesar de las órdenes de Val, su gente no estaba lista para mucho más que una comida y una siesta después del accidentado aterrizaje. Aprovechando mis conocimientos almacenados, fui de persona en persona, examinando heridas, vendando cortes y laceraciones con la tela que pude encontrar, y dando algunos pequeños consejos aquí y allá para prevenir infecciones. La mayoría de las veces recibí un agradecimiento, un apretón de manos o un asentimiento como respuesta.

Algunos se alejaron o me dijeron que siguiera adelante.

Así era ser un mech en un mundo humano.

La pareja de Val, no por amor sino por gestionar a los humanos, no había regresado del Vivero. Leo no había enviado ninguna comunicación, así que nadie sabía si todos esos embriones habían sobrevivido al impacto. Kaydee argumentó que no habría forma de que la Nave Estelar pusiera en riesgo su carga más preciada. Yo argumenté que los humanos habían demostrado una y otra vez que no sabían lo que estaban haciendo.

—Aun así —dijo Val, acercándose para pararse junto a mí mientras enderezaba un árbol caído—, continuaremos *haciéndolo* una y otra vez.

—Ya lo sé a estas alturas.

—Beta y Delta no han regresado.

La implicación recubría la declaración. Las dos naves eran atléticas, eran agudas. Deberían haber podido soportar el aterrizaje sin ningún daño serio. Deberían haber vuelto aquí para ahora, listas para ayudar a escoltar a los humanos hacia su nuevo mundo. Alpha debería ser nada más que un cascarón arruinado, muerto en el Puente para siempre.

—Hay posibilidades —dije, dándome cuenta de lo poco convincente que sonaba.

—Las hay —respondió Val—. No pueden esperar. Pronto estaremos listos para irnos. Quiero que vengas con nosotros.

Las razones, continuó Val, eran muchas: yo era fuerte, capaz de mover escombros o rocas para ayudar a construir refugios fuera de la Nave Estelar. Tenía conocimientos: ningún humano vivo había construido jamás un refugio por sí mismo, o hecho un fuego por su cuenta. ¿Lo más importante? Necesitaría ir al Vivero y trabajar con Leo sobre qué llevar.

—¿Qué llevar? —pregunté.

—Los embriones —respondió Val—, y también lo que necesitamos para usarlos.

—¿Qué quieres decir?

Val miró hacia otro lado, apretó los labios.

—La Nave Estelar tiene demasiados secretos. No arriesgaré perder el acceso a la nave por culpa de algún mech o cualquier otra cosa. Si podemos llevarnos los embriones con nosotros, si podemos llevarnos nuestra esperanza con nosotros, entonces debemos hacerlo.

—Sigo sin entender por qué quieres irte en lugar de simplemente reparar lo que podamos —dije y señalé el árbol enderezado—. Llevará tiempo arreglarlo, pero ya hemos aterrizado. Tienen tiempo.

—¿No viste lo que acaba de pasar? —respondió Val—. Este aterrizaje casi nos mata a todos. ¿Quién sabe qué más dañó? ¿Qué pasa si algo se rompió y la Nave Estelar es una bomba esperando explotar? ¿Qué sucede cuando falla una batería en el dominio de tu amigo y nos quema a todos hasta la muerte? La Nave Estelar era un arca y nos ha llevado a nuestro destino. Ahora es un riesgo.

—Como si el exterior fuera seguro. No sabes lo que te espera ahí fuera.

—No, pero hemos estado esperando mil años para verlo, Gamma. —Val puso su mano en mi brazo, con un agarre firme—. No estoy haciendo una petición. Esto es una orden. Vendrás con nosotros, ayudarás a Leo. Haz aquello para lo que fuiste creado, máquina.

Soltó mi brazo, ladró una orden para que el grupo se pusiera de pie y se alejó.

—Es tan agradable —dijo Kaydee, apareciendo a mi lado —. Deberíamos invitarla a nuestras fiestas.

—¿Nuestras fiestas?

—Claro, cuando todos se hayan ido de la Nave Estelar, Gamma, podremos decorarla. Será nuestro gran patio de juegos. Súper divertido.

—Claro.

Antes del aterrizaje de la Nave Estelar, antes del asalto al Puente, había convertido el Jardín en una cáscara. Usando una terminal en la parte superior del Jardín, había sellado casi todas las puertas para evitar que los mechs de Alpha entraran y abrumaran a los humanos en el interior. Leo había forzado una puerta varios niveles más arriba para dirigirse al Vivero, pero Val quería que las otras también se desbloquearan. Los humanos estarían transportando alimentos y materiales útiles, y los mechs de Alpha ya no parecían ser un problema.

Después de todo, la última vez que los vi, estaban bailando.

—¿Realmente hiciste eso? —le pregunté a Kaydee mientras subíamos por los niveles del Jardín.

—Esperaba que no me lo preguntaras.

—Es difícil no hacerlo.

—Has estado cerca de Alpha. ¿Querrías revivir alguno de esos momentos?

—No, pero si te dejó cambiar todo su ejército de mechs, sería bueno saber cómo. Por si acaso.

Kaydee no respondió de inmediato, lo cual estaba bien ya que tenía que sortear una sección de escalones pantanosos. El Jardín tenía ascensores, pero con todo el daño, sus puertas de cristal se declaraban no funcionales. Las escaleras mismas no estaban lejos, los escalones normalmente negro y púrpura estaban cubiertos de escombros. Barro, ramas, piedras y metal roto yacían esparcidos por cualquier lugar donde un pie pudiera querer plantarse, haciendo que la subida fuera lenta y cuidadosa. Los sensores en mis ojos detectaban y resaltaban cualquier amenaza potencial.

Un humano no tendría tanta suerte.

—Me llevaron ante él después de que saltaste —dijo Kaydee. Flotaba junto a mí, su proyección mirando hacia algún punto intermedio—. Protesté, pero Alpha debe haberlos puesto bastante suspicaces. Los mechs dijeron que estaba funcionando mal y nos fuimos. Si estás pensando que podría haberlos combatido, Gamma, apenas entendía cómo moverme.

—¿Recuerdas cuando acabas de despertar? Me contaste

que el Bibliotecario te guió a través de todos esos ejercicios, mostrándote tus funciones, cómo mover tus piernas, hacer que tus manos se movieran. No recibí nada de eso. Como un niño arrojado a un juego que no sabía cómo jugar. Incluso mover una pierna se sentía como resolver un acertijo, conectando las piezas correctas para que el comando pasara.

Lo recordaba. Se sentía como si toda mi vida hasta ahora la hubiera pasado aprendiendo y reaprendiendo cómo usar mi propio cuerpo, de lo que un recipiente podía ser capaz.

—Para cuando llegué a Alpha, o mejor dicho, para cuando me llevaron hasta él, ya había dominado el arte de la protesta. Los maldije a todos. Se sentía bien hablar. Quiero decir, hablar de verdad —Kaydee se rio—. Todo lo que te digo es en silencio, ¿no? Como si fuera un fantasma. Pero durante un tiempo pude hablar de verdad, y se sentía increíble. La gente reaccionaba a lo que *yo* decía. A lo que *yo* hacía. Te hace extrañar estar viva.

—Seguro que a Alpha le encantó eso.

—¿Sabes qué? Sí le encantó —dijo Kaydee. Ya habíamos pasado los niveles templados, y el aire se volvía pesado por la humedad. El rocío mojaba las paredes. Enredaderas se extendían por el suelo, probablemente ya buscando apoderarse de su nuevo paisaje—. Alpha pensó que yo era hilarante. Lo más entretenido que había visto jamás.

—Eres bastante graciosa.

—Lo sé —respondió Kaydee—. Lo que pasa, Gamma, es que siento que Alpha estaba realmente aburrido allá arriba. Tenía todos estos mechs sin cerebro listos para obedecer sus órdenes y ni un alma con quien hablar. Así que cuando no hice lo que me dijo, cuando le dije que se fuera al diablo, eso pudo haber sido lo más divertido que había tenido en días.

—¿Y por eso te dejó jugar con sus mechs?

Kaydee hizo un sonido de zumbido, —Vale, esto va a entrar en territorio teórico, ¿de acuerdo?

—Siento que pasamos la mayor parte del tiempo allí.

—Claro que sí. En fin, mira. Alpha es un receptáculo como tú. Leo los construyó a todos para absorber el mundo, aprender de él, reprogramarse según fuera necesario. Cuando le di toda esa insolencia a Alpha, creo que lo rompió un poco.

—Él ya está bastante roto.

—Me refiero de una manera diferente. Piénsalo. El tipo prácticamente tenía todo lo que quería. Las Voces desaparecidas, la Nave Estelar en su poder, aterrizando en un planeta que él eligió. Sus enemigos huyendo. Ahora está rodeado de aduladores aburridos. Entonces llego yo y le demuestro con algunas palabras bien elegidas que aún hay más diversión por tener.

Algo en las palabras de Kaydee despertó una preocupación, una idea. Aceleré el paso, saltando los escalones. Resbalé aquí y allá, pero unas botas embarradas y unos pantalones sucios eran bajas aceptables.

—Así que empezamos a hablar, y yo le estaba tomando el pelo todo el tiempo —continuó Kaydee—. Pensé que eventualmente me mataría, porque arrancó los brazos y las piernas de mi mech muy rápido, así que quería mantenerlo hablando. Supervivencia, ¿no?

—Ajá.

—Luego me pide que le explique todas estas palabras que estoy usando. Me pregunta qué solían hacer los humanos para divertirse. Así que le hablo de, ya sabes, juegos y clubes y películas y todo eso y él dice, oye, ¿qué pueden hacer estos? —Kaydee, flotando a mi lado, hizo la pantomima de señalar algún objeto invisible—. Está mirando a sus mechs. Dice que estos son los que tiene,

¿cómo podemos hacer que se diviertan, que sean más divertidos?

—Y tú sugieres el baile.

—Llegamos a eso. Primero intentamos otras cosas, pero los mechs no podían manejar juegos de palabras. No podían, como, participar en teatro. Pero ¿alimentarlos con rutinas de baile programadas? Absolutamente, Gamma. Esos mechs flexibles pueden moverse.

La parte superior del Jardín estaba como la dejé: un cementerio de metralla con cuerpos de mechs por todas partes. Volt, Chalo, Bimu y yo habíamos realizado una destrucción brutal para asegurar el lugar, y nadie se había molestado en limpiarlo. Pasando por encima de los restos, encontré las terminales aún funcionando, listas y dispuestas a aceptar mi orden de abrir las puertas.

Una pequeña bendición en medio de una pesadilla.

El Jardín zumbó cuando la orden se transmitió, todas sus salidas traseras abriéndose de golpe.

—Estás muy callado, Gamma —dijo Kaydee.

—Estoy pensando.

—Peligroso, eso.

—Dijiste que Alpha estaba aburrido. Que tú le diste ideas.

—Cierto. El receptáculo está loco, pero está loco y aburrido.

Creo que ahora sabía por qué no habíamos visto a Beta y Delta regresar a casa.

CATORCE

OBTENIENDO RESPUESTAS

Al principio, Kaydee se preguntó por qué no me apresuraba a volver para unirme a Val. El Vivero, después de todo, no se evacuaría solo. Los humanos probablemente podrían usar mi ayuda con un sinfín de cosas. Pero ese no era el problema. Los humanos sobrevivirían. Tenía que creer que la Nave Estelar no se autodestruiría de inmediato.

Alpha, maestro de los trucos, era la mayor preocupación.

—Está bien, entonces planeas ir, ¿qué, de vuelta al Puente? —dijo Kaydee mientras salíamos del Jardín dirigiéndonos, efectivamente, hacia el Puente.

—Si tengo que hacerlo —respondí.

—¿Todo porque crees que Alpha ha descubierto algo?

—No algo, una cosa muy específica.

—¿Que es?

—Cómo ser humano.

Kaydee apareció frente a mí, lo suficientemente grande como para llenar el pasillo. Podría, por supuesto, atravesarla. Ella no era real en ningún sentido físico. Pero es difícil ignorar una palma gigante frente a ti, con la palabra ALTO en la piel en rojo neón.

—¿Puedes repetir eso? —preguntó Kaydee.

—Le enseñaste a Alpha cosas humanas —respondí—. Eso es peligroso.

—¿Bailar, contar chistes? ¿Eso es peligroso?

—Mucho —Me toqué la sien—. ¿Cuál es nuestro propósito principal, Kaydee? ¿La razón por la que se diseñaron los recipientes, incluido Alpha?

—Para ayudar a los humanos —Kaydee, aún gigante, retiró su palma. Se encogió de hombros—. Claramente Alpha ya ha superado ese punto. Ha estado intentando asesinarlos a todos durante un tiempo.

—No es Alpha quien me preocupa —dije—. Leo debe habernos programado para reconocer a los humanos de alguna manera. No solo visual, ¿verdad? Porque los humanos podrían estar usando ropa. Los recipientes podrían verse exactamente como ellos. No, si estoy programado para reconocer humanos, será por comportamientos. Las cosas que un humano haría que un meca nunca haría.

De vuelta en el taller del Chatarrero, cuando conocí al niño por primera vez, mis sistemas lo identificaron como humano porque gritó. Nos miró con esos ojos inocentes e hizo algo que ningún meca haría jamás, y desde ese momento sentí la necesidad de mantenerlo a salvo.

Kaydee no conectó los puntos inmediatamente, pero mientras repasaba la historia, mientras repasaba cómo había querido mantener a salvo a ese niño a toda costa, el reconocimiento se hizo visible en sus ojos.

—Estás pensando que podrían no hacerle daño —dijo Kaydee.

Ya había empezado a alejarme de la parte superior del Jardín, corriendo hacia la única puerta del nivel superior que habíamos abierto durante nuestra incursión inicial al Puente hace unas horas. Esta vez Kaydee captó rápidamente mi intención.

—¿Crees que están, qué, encerrados allí en el puente con Alpha? ¿Incapaces de hacerle daño?

—Intentarían encontrar una forma de evitarlo —respondí—. No es como si fueran a esperar a morir. Pero puede que no tengan elección. Si Leo nos hizo de esta manera, entonces...

—Entonces todos están jodidos.

Porque tú le enseñaste a jugar a ser humano, no dije. No necesitaba decirlo. Kaydee maldijo para sí misma. Tenía un amplio espectro de maldiciones, diferentes tonos y palabras dependiendo de quién fuera su objetivo. Cuando era ella misma, la maldición salía baja, frustrada y silenciosa. Una admisión secreta.

No tan secretos eran los cambios del Conducto. Habíamos entrado en el Jardín con el abismo central hecho un desastre crujiente, cada pieza aparentemente decidiendo si era el momento de desprenderse o no. Ahora esas decisiones habían sido tomadas.

El Conducto descansaba en paz, un verde tranquilo reemplazaba la niebla azul. La niebla también parecía estar disminuyendo. Como si la Nave Estelar, habiendo encontrado su hogar, ya no necesitara proveer. Una madre dejando salir a los niños de casa.

—Entonces llegas allí —preguntó Kaydee mientras yo corría—, ¿y qué pasa? ¿Alpha te ensarta?

—No exactamente —dije—. Puede que Delta y Beta no puedan hacerle daño, pero podrían mantenerlo acorralado. Entonces todo lo que necesito hacer es hackear a uno de ellos, encontrar la función principal que Leo puso en nosotros y modificarla. Decirle a Delta o Beta que Alpha no es de ninguna manera un humano y luego dejarlos trabajar.

—Suena como muchas corazonadas.

—Toda mi existencia se ha basado en corazonadas.

Correr por el Conducto debería haberme expuesto a otros riesgos. Si Alpha tenía a Beta y Delta bajo su control, entonces podría haber, debería haber liberado a los mecas de su fiesta de baile y enviado a sus esbirros de chatarra a cazar humanos. Como tal, mantuve mis ojos escaneando, buscando una emboscada. En cambio, escuché y vi silencio.

Al menos al principio.

Casi habíamos llegado a la Universidad cuando aparecieron los mecas. No estaban armados, no se escondían, así que al principio pensé que podrían haber sido algo que quedó de los primeros días del Conducto. Corruptos, seguro, pero no guiados hacia una postura asesina. En cambio, los mecas caminaban. Incluso deambulaban. No hacia mí, el Jardín, los humanos, sino hacia el Puente.

No, ni siquiera eso: mientras me detenía y observaba, los tres mecas flexibles abordaron un ascensor y lo tomaron hacia abajo. ¿Abajo?

—¿Ideas? —le pregunté a Kaydee.

—¿Un ataque muy extraño? —ofreció Kaydee, acariciándose la barbilla, frunciendo los labios. Pensamiento exagerado—. Tal vez van a dar la vuelta por detrás y destriparte.

—Qué agradable —respondí. A mi izquierda se encontraba una de las frecuentes escaleras del Conducto, descansando entre una vieja librería y un bar—. Opciones.

—¿Quieres seguir adelante o ver qué están tramando?

—Siempre al grano, Kaydee.

—¿Quieres mi opinión?

—Me la vas a dar de todos modos.

—Me conoces tan bien —dijo Kaydee—. Tienes una

curiosa banda de mecas que podría ofrecerte algunas pistas. O sigues adelante hacia lo que probablemente sea una muerte segura.

—Oye.

—Gamma, el juego ha cambiado. Por primera vez en milenios, la Nave Estelar está en la superficie. Ya no se trata solo del Puente. La nave. Todo el planeta es nuestro nuevo campo de juego. Tenemos que saber qué planea hacer Alpha con él.

Me debatí entre las opciones, con la mano en la escalera. La nueva evaluación de la general Kaydee podría ser correcta, pero había precipitado las cosas demasiado rápido. No podía centrarme en un conflicto planetario cuando solo teníamos unos cientos de jugadores entre los mechs y los humanos.

—Vale, buen punto. Me estoy adelantando —Kaydee se encogió de hombros—. Pasé mucho tiempo en mi propia cabeza allá atrás, ¿de acuerdo?

—Un compromiso —dije—. Seguiré a los mechs por un minuto. Veamos si podemos aprender más mientras se dirigen hacia el Puente.

—Trato hecho.

Nuestro retraso tuvo una ventaja: intenté y logré llamar el ascensor de vuelta a mi posición. No había necesidad de bajar corriendo docenas de niveles. En su lugar, pasé por la puerta de cristal a la altura de la cintura y... me detuve. ¿Cómo saber qué nivel habían elegido los mechs?

—Solo pulsa uno más abajo y usa tus ojos.

Movimiento audaz, Kaydee, pero lo hice de todos modos. El ascensor bajó disparado, aumentando la velocidad conforme pasaban los niveles. Miré a la izquierda, esperando tener una vista de los mechs.

—¡Allí! —gritó Kaydee después de una caída de quince segundos.

No había tiempo para pulsar otro botón en el ascensor, así que flexioné las piernas y salté, superando la barrera de cristal y aterrizando con un golpe seco en la pasarela. Me gustaría decir que mi salto rodante fue digno de una película de acción, pero mis extremidades se agitaron y terminé de culo, con la espalda apoyada contra la barandilla de la pasarela.

—Cero puntos por estilo, colega, pero lo lograste —dijo Kaydee, señalando—. Y mira, tienes una oportunidad.

Los tres mechs estaban vacilando. Bueno, no vacilando: al ponerme de pie y mirar más de cerca, vi que el trío tenía sus ágiles manos hurgando en algunos restos destrozados de mechs. Otras víctimas. Mientras me acercaba, pegado a una pared lateral, los robots arrancaban baterías y tarjetas de memoria.

—Las piezas más valiosas —dijo Kaydee—. Cosechando para los nuevos.

Mi oportunidad llegó cuando el tercero, el más cercano a mí, decidió hacer una excavación extra mientras sus dos compañeros avanzaban. El mech tenía las manos hundidas en las entrañas de un mech basura mientras yo me acercaba sigilosamente, juntando mis dedos para crear un conector. La ranura que necesitaba estaba justo detrás de las orejas del flexi-mech, o donde estarían las orejas si esas cosas fueran humanas. Di los pasos lentamente, tratando de sincronizarlos con el desgarro de placas metálicas, cables y circuitos.

—¡Ve! —susurró Kaydee, aunque nada podría haberla oído si hubiera gritado. Cuando hice la arremetida final, el flexi-mech levantó la mirada hacia mí. Sus ojos rosados me miraron fijamente, y esperé que soltara su botín y cargara, con las manos listas para despedazar a un mech diferente. En cambio, se quedó mirando, esperando, observando. Pasivo. Después de un largo segundo, con mis propias manos listas para una defensa desesperada, Kaydee me instó a seguir adelante. Que atacara ya.

—Hola —dije, acercándome un paso más—. Solo tengo una pregunta.

El flexi-mech permaneció quieto, mirándome impasible.

—Bien —continué—. Esto solo tomará un segundo.

Al alcance de mi brazo, deslicé mis dedos juntos y los conecté a mi oponente inmóvil. Y encontré mi respuesta plasmada justo encima de su código.

QUINCE

EL GRAN AIRE LIBRE

El mech había quedado estupefacto. Su código, todas esas funciones diseñadas para crear una máquina flexible y asesina, reducidas a unas pocas líneas que especificaban búsquedas de baterías, memorias USB y un destino.

—¿La rampa de abordaje? —preguntó Kaydee—. ¿Qué es eso?

—Una salida —respondí, liberando al mech.

La máquina, aún sosteniendo su botín, se alejó cojeando para unirse a sus dos compañeros en una marcha constante hacia la proa de la Nave Estelar. Hasta ahora, ir en esa dirección tan abajo terminaría en ascensores y escaleras hacia el Puente. ¿Había cambiado eso?

Kaydee y yo especulábamos incluso mientras corría junto a los mechs que caminaban. Alpha controlaba toda la red de la Nave Estelar, lo que significaba que podía enviar señales inalámbricas a las máquinas cuando quisiera, reescribir sus comandos para, digamos, aprovechar un mundo completamente nuevo que de repente estaba a sus pies.

—¿Entonces abandonaría la Nave Estelar? —dijo Kaydee mientras pasábamos por debajo de la Universidad.

Traté de no pensar en cuántos kilómetros había recorrido yendo y viniendo en esta nave—. ¿Simplemente se llevaría todos sus mechs y se iría?

—De ninguna manera —respondí—. Alpha necesita las Líneas de Fabricación. Necesita chatarra. Y probablemente algunas fuentes de energía, al menos hasta que averigüen si pueden obtener suficiente energía solar afuera.

—Bien, entonces ¿qué está haciendo?

—Lo que dijiste antes —respondí—. Está iniciando una guerra planetaria.

Y Val, con su caravana de humanos heridos, estaría caminando directamente hacia ella.

En cuanto a corazonadas, nuestra suposición resultó ser tan correcta como podía serlo. Aunque nos tomó algo más de tiempo correr, llegamos a la proa de la Nave Estelar con un mínimo de problemas. Pasé más robots en el camino: mechs flexibles, mensajeros y otros que habían abandonado sus puestos para ir a buscar chatarra y caminar hacia la proa.

Y vaya proa. Todo el grueso casco gris había desaparecido, la gran nariz de la Nave Estelar se abría como una flor. La luz nos golpeó primero desde lejos, estropeando el resplandor verde con un rocío broncíneo caliente. Como láseres suaves, la luz del sol se colaba dentro, salpicando el frío metal de la Nave Estelar y haciéndolo brillar. Mis sensores respondieron, bajando protectores sobre mis ojos. El calor, también, venía con la luz, un verdadero calor captado por mi piel.

—Así que así se siente —dijo Kaydee, disfrutando a mi lado, con los ojos cerrados mientras nos acercábamos—. Mágico.

Mirando más allá de la luz, vi, por primera vez, un horizonte real. No alguna construcción digital, sino una línea real donde unas colinas lejanas se encontraban con un cielo gris dorado. Esas colinas, también, ondulaban con hierba amarillo mostaza que se mecía. El viento, viento real, no aire soplado por algún ventilador de enfriamiento, barría esas jorobas curvas, jugando con la sombra y la luz en líneas móviles.

Era casi lo suficientemente hermoso como para olvidar los mechs al frente.

A pesar de la masacre que Delta llevó a cabo frente al Puente, conté varios cientos de mechs más esperando en la rampa. Se agrupaban apretados, de pie con chatarra en sus brazos y mirando fijamente al sol.

—¿El sol? —dijo Kaydee—. No estamos en la Tierra, Gamma.

—Hasta que alguien lo llame de otra manera, lo voy a llamar así —dije—. Es más fácil.

—¿No crees que podríamos nombrarlo?

—Hay prioridades más importantes.

—Aguafiestas.

Las prioridades más importantes estaban a la cabeza de las columnas de mechs. Desde la parte superior de la rampa, sombreado por las gigantescas placas desplegadas, podía ver a Alpha, Delta y Beta parados en la parte inferior de la rampa. Sus zapatos sobre tierra dorada, sobre hierba pisoteada.

Mis amigos tenían sus armas desenvainadas, la espada de Delta y los cuchillos de Beta apuntando al cuerpo de Alpha. Como verdugos esperando la orden de atacar.

—Sabes, Alpha podría no ser el que está a cargo aquí —dijo Kaydee—. Me pregunto.

Yo también me preguntaba qué estaba esperando el colectivo. Alpha no parecía estar haciendo nada, solo estaba ahí parado, y aunque seguían llegando más mechs, su número era escaso. Un solitario disperso aquí, un mech de basura pitando allá. Cualquier conquista debería estar comenzando. No es que planeara esperar por ello.

Había llegado hasta aquí para asegurarme de que Beta y Delta completaran su misión, y eso es lo que haría.

—Ve por ellos —dijo Kaydee mientras empezaba a bajar, filtrándome por el lado izquierdo de la formación de mechs.

Ni un solo ojo rosa se volvió para verme mientras avanzaba, y después de los primeros metros abandoné cualquier intento de sigilo. Alpha me vería antes de que me acercara de todos modos. Si quería que estuviera muerto, estaría muerto. Solo tenía que esperar que Beta o Delta terminaran el trabajo primero. Ambos, sin embargo, me vieron acercarme. Sus cabezas giraron casi al unísono, con muecas que coincidían con sus brazos mientras levantaban sus armas.

No, quería gritar, maten a Alpha, no jueguen a hacer las paces. Quería hacerlo, pero no lo hice. ¿Por qué? Porque Alpha me dio la sonrisa más serena que jamás había visto adornar un rostro. Con los brazos extendidos como un viejo predicador, se acercó a mí mientras yo salía de las últimas filas de sus mechs.

—Si tan solo tuvieras un cuchillo —dijo Kaydee mientras Alpha me envolvía en un fuerte abrazo, manteniendo la pose por demasiados segundos.

—Gracias —dijo Alpha y traté, traté de descifrar su juego. Mis funciones se aceleraron, analizando su postura, su tono, sus posibilidades, pero no tenía una respuesta clara —. Gracias. Sin tu interferencia, esto no habría sido posible.

—¿Esto? —pregunté. Detrás de él, Delta y Beta se acercaron, ambos con rostros inexpresivos—. ¿Qué quieres decir con esto?

—Mira hacia arriba —dijo Alpha. Seguí sus ojos y vi el cielo.

El amarillo dorado, sí, pero algo más en una inspección

más cercana. El color perfecto se doblaba aquí y allá, estropeado y enturbiado. Como píxeles olvidando su propósito por breves parpadeos.

—Síguelos —murmuró Alpha.

Las manchas rotas se movieron. Se deslizaron, en realidad, por el cielo. Encontré una, enfoqué mis ojos en ella, el zoom aumentando más y más hasta que vi la fuente. No era un extraño error, ni polvo a la deriva, sino una telaraña de gasa atrapando el viento y volando. Sobre esa telaraña correteaban pequeñas criaturas, como insectos hechos de hebras plateadas.

—Nueva vida —dijo Alpha—. Milagroso. Al igual que la hierba bajo nuestros pies. Somos los primeros, Gamma, y posiblemente los únicos en ver esto.

—¿Y me estás dando las gracias?

—Supongo que esas infernales Voces merecen algo de crédito —Alpha dio un paso atrás, mantuvo sus manos sobre mis hombros. Pensé en quitármelas de encima, pero mantuve la esperanza de que Delta o Beta aprovecharan el momento para apuñalar a Alpha por la espalda, así que mantener su atención parecía la mejor idea—. Pero fuiste tú quien proporcionó el cambio que nos permitió aterrizar intactos. Fuiste tú quien nos trajo a nuestro nuevo hogar.

Nos sentamos, los cuatro recipientes a la sombra de la Nave Estelar. Beta y Delta, con el permiso concedido por Alpha, dijeron lo que yo había supuesto: él había engañado su programación. Aunque sabían que no era humano, Alpha cumplía con suficientes criterios para detener sus cuchillas. La estricta definición de mech de Leo resultó ser nuestra perdición allí en el nuevo mundo, una definición quizás codificada primero para evitar que los recipientes se volvieran rebeldes. Ahora, el viejo código nos condenaba.

—Pero Alpha lastimó a humanos —dijo Kaydee mientras nos sentábamos, Alpha contento de observar la puesta de sol del planeta—. ¿Cómo pudo hacer eso con el bloqueo de Leo?

Una pregunta respondida con una revelación.

—Alpha nunca lastimó a un humano —dije, y los tres recipientes me miraron—. ¿No es así?

—¿Directamente? —Alpha sonrió—. Nunca podría. Nuestra ley fundamental. Pero, por supuesto, no todos los mechs sufren de nuestra aflicción.

—Así que aún vas a matar a los sobrevivientes.

—Sí, y destruir el Vivero también —dijo Alpha—. No hay razón para mantenerlos. Es supervivencia, Gamma. Debes ser capaz de verlo. Los humanos nos desarmarán, nos esclavizarán si se les permite crecer. —Alpha asintió hacia las colinas cubiertas de hierba—. Ya arruinaron un páramo prístino. ¿Por qué darles otro?

—Tiene un punto —añadió Delta.

—¿Un punto? —respondí—. Está corrupto. Sus funciones se están deteriorando.

—No significa que no tenga razón —dijo Delta—. Tampoco significa que no lo destruiré si puedo descubrir cómo.

—Totalmente —dijo Beta—. El tipo está muerto entonces.

—Es un verdadero motivador —dijo Alpha—, estar rodeado por un par de bombas de tiempo como ustedes. —Se puso de pie, se estiró, algo que un recipiente nunca necesitaba hacer. Algo que un humano podría hacer—. Pero quizás es hora de ponerse a trabajar.

—No vamos a hacer ni una maldita cosa que digas. —Me puse de pie para enfrentar al recipiente—. Ni una sola cosa.

—No tienen que hacerlo. —Alpha levantó su mano y

todos esos flexi-mechs se pusieron en alerta—. Me temo que nuestro tiempo juntos ha llegado a su fin. Váyanse ahora, o mis amigos los harán pedazos.

—Te abraza, te agradece, amenaza con matarte —dijo Kaydee—. Suena como Alpha.

Beta y Delta podrían luchar contra los flexi-mechs sin problema, pero había tantos. No teníamos cobertura, ni pasillos estrechos para reclamar alguna ventaja. Nos habían superado, de nuevo.

—La discreción es la mejor parte del valor y todo eso —dijo Kaydee.

—Vámonos —le dije a Beta y Delta—. Ya pensaremos en algo.

—Mejor apresúrense —respondió Alpha—. Cada minuto ahora aumenta mi ventaja. Cada minuto los acerca a ustedes y a sus humanos a su fin.

—Suenas descompuesto —le respondí.

—Oh, lo estoy —respondió Alpha—, y estoy muy emocionado por ello.

Empezamos a rodear el muro de mechs de Alpha, esos ojos rosados siguiendo nuestros pasos bajo el cielo dorado. La Nave Estelar parecía una boca a punto de tragarnos, una mordida detenida cuando Alpha emitió un fuerte tsk tsk.

—Por ahí no, mis amigos —dijo Alpha, señalando hacia las colinas ámbar—. Creo que ya han hecho suficiente ahí dentro. ¿Por qué no van a ver cómo trata nuestro nuevo hogar a los mechs?

—Métetelo por donde te quepa —respondí, con Kaydee añadiendo un 'bien dicho' después—. Iremos a donde queramos.

—Irán a donde yo quiera y cuando yo quiera que vayan —dijo Alpha—. Pueden hacer todos los alardes que quieran, pero no tienen influencia aquí.

—Tiene razón, Gamma —Beta habló suavemente, molesto—. No hay nada que podamos hacer aquí excepto morir.

—Que es exactamente lo que haremos allá afuera —respondí—. ¿O has olvidado que funcionamos con baterías? ¿Necesitamos cargarnos?

Delta puso su mano en mi brazo. —Ya pensaremos en algo. Mejor que morir aquí.

Al menos aquí podríamos llevarnos a algunos con nosotros, pensé pero no dije. Delta y Beta habían tomado la decisión, y no tenía mucha opción excepto ir con ellos. Las colinas doradas nos esperaban, y por primera vez en mi existencia, pronto me encontré de pie en otro planeta, alejándome de mi único hogar.

DIECISÉIS

UNA MÁQUINA DE MATAR

Las sorpresas de un mundo natural eran muchas. Primero, el viento. Este mundo tenía mucho y parecía algo vivo, arremetiendo y deteniéndose sin razón. Aullaba y susurraba mientras nos alejábamos de la Nave Estelar, azotaba y mordía nuestras ropas y cabellos mientras la luz del día se desvanecía.

Un suave frío se unió al viento a medida que la noche se acercaba, mi programación categorizando la sensación como clima para usar chaqueta para un terrícola. El suelo natural se mecía con nuestro andar, los tallos se doblaban sin quejarse mientras los pisábamos. Cada paso, sin embargo, liberaba delgadas semillas rubias en el aire. Las pequeñas cosas se elevaban más allá de nuestras cabezas, iniciando una danza milagrosa mientras el viento las arremolinaba.

—Esto sería mucho más genial si, ya sabes, no estuviéramos exiliados —dijo Kaydee—. Es muy molesto que todo esto termine con nosotros muriendo.

—No sabes si así es como terminará —respondí, atrayendo las miradas de Beta y Delta.

Lo cual, bien. Tenía pensamientos, enojados, que necesitaba compartir con esos dos.

Pensamientos puestos en espera por un largo momento cuando un estruendo mecánico se elevó detrás de nosotros. Todos nos dimos la vuelta y observamos cómo la enorme puerta de la Nave Estelar se elevaba y cerraba. De Alpha y su ejército de mechs, no había señal.

—El cobarde volvió adentro —dijo Delta.

—Ese cobarde sabe que no estamos allí para mantener a salvo a los humanos —dijo Beta—. Es estrategia.

—De todos modos no hay nada que podamos hacer al respecto —respondí—. Val está por su cuenta ahora.

Con suerte, ella y Leo podrían escapar como lo habían planeado. Demonios, tal vez incluso podrían hacer explotar la Nave Estelar. Qué giro sería ese, el gran triunfo de Alpha robado con una sola bomba masiva.

—¿Cómo pudieron ustedes dos dejarlo vivir? —pregunté mientras veíamos cerrarse la puerta—. Él no es humano. Habría agujeros.

—Yo la bloqueé —dijo Beta mientras Delta miraba fijamente a la distancia—. Hay puertas que no podemos abrir, Gamma. Si Delta empezara a encontrar lagunas, comportamientos que pudiera eludir, ¿qué le impediría hacer lo mismo con cualquier humano real?

—¿La lógica?

—La lógica es flexible y lo sabes.

Lo que yo sabía era que estos dos parecían estar jugando a lo seguro después de demasiado tiempo al filo de la navaja. Beta y Delta solían ser asesinos sedientos de sangre, listos para destrozar a un millón de mechs en un instante. ¿Ahora estaban asustados por alguna programación?

—Bueno, como ustedes dos no pudieron hacerlo, ahora Alpha va a matarlos a todos, luego vendrá por nosotros y terminará el trabajo —me senté en la hierba. Seca, flexible—. Felicidades.

—Cámbialo —dijo Delta—. Puedes reescribirnos. Evitar las lagunas, pero dejarnos eliminar a Alpha.

—¿Puede hacer eso? —preguntó Beta.

—Es lo que hace.

Bueno, nunca había reescrito una línea central antes. Esto sería entrar en territorio sensible. Allí, podría convertir a Beta y Delta en mechs totalmente diferentes. Hacerlos pacifistas, asesinos sedientos de sangre, serenos cantantes de canciones folclóricas. Podrían ser mis sirvientes sin mente propia.

—Te estás dejando llevar con esto, ¿no? —preguntó Kaydee.

¿Dejándome llevar? ¿Lo estaba haciendo? Estábamos en un planeta nuevo y fresco. Nada hecho jamás por manos humanas o de mechs había estado aquí antes, respirado este aire, escaneado su hierba y reclamado como hogar. Estábamos muy lejos de nuestros objetivos originales. Val y los humanos seguían adelante sin nosotros. Beta y Delta eran incapaces de protegerlos de la mayor amenaza para los humanos.

¿Dejándonos llevar? Habíamos sido arrastrados por todo lo que nos rodeaba.

La mente interna de Delta coincidía con lo que habíamos visto antes: Kaydee y yo estábamos de pie en una isla flotando libremente en un éter rosado y gaseoso. Enormes cadenas se extendían en la distancia, conectando nuestra isla con otras similares. Unos pocos pasos podían llevarnos del final de una isla a otra.

—¿Crees que debemos seguir las cadenas de nuevo? —preguntó Kaydee.

Eso nos llevaría al núcleo de Delta, su interruptor de

encendido y apagado. Lo que buscábamos hacer esta vez era un poco diferente, y no estaba muy seguro de cómo, pero tenía una idea.

—¿Recuerdas cuando me hablaste sobre el borrado? —pregunté—. ¿El botón que podría presionar, muy abajo, que borraría todo?

—Claro, pero eso no es lo que vamos a hacer, ¿verdad?

—No, pero nos señalará hacia donde necesitamos ir. Si lo que dijiste es cierto, esa función tiene un camino claro hacia el corazón de Delta.

—De acuerdo, pero ¿cómo encontramos ese botón?

No tenía una respuesta para eso. Podría concentrarme hacia adentro, separar las piezas de mí mismo y eventualmente, enterrado debajo de ellas, el botón estaría ahí sentado. Preguntándome si era lo suficientemente valiente para presionarlo.

—Tenemos que cavar —dije.

Kaydee chasqueó los dedos, haciendo aparecer palas en el suelo frente a ella. Delta siendo amable con nosotros, permitiéndonos alterar la realidad dentro de sus sistemas.

—No literalmente —caminé hacia el borde de la isla—. O sí, literalmente, solo que no ese tipo de excavación.

Kaydee se acercó a mi lado, con una pregunta en su rostro, una que ya sabía que no valía la pena hacer. Cada mech, cada sistema de computadora tenía su realidad definida por función tras función. No solo definían cómo se movía el mech, cómo la computadora manejaba un clic desviado, las funciones también controlaban el espacio que usábamos. El aire en el que estábamos de pie.

—Delta, lo siento —dije, y luego alcancé el vacío fuera de la isla y tiré.

Mi amiga nos había dado control, derechos para hacer cualquier cosa en su espacio digital. Con esos derechos, despegué los programas que ocultaban las líneas de Delta. El rosa se deslizó, se desprendió como una capa suelta, revelando las entrañas, los huesos que nos hacían ser quienes éramos. Líneas verdes contra negro se frotaban contra los bordes rosados deshilachados. Arranqué más, exponiendo las líneas. Una grieta lo suficientemente grande, ahora, como para que pudiéramos atravesarla.

—Sabes, esto se ve realmente áspero —dijo Kaydee—. ¿Qué pasa cuando entramos ahí?

—Perderemos nuestros cuerpos, pero no los necesitaremos —respondí, recordando la caja verde-negra alrededor de las barreras—. Apuesto a que no es muy diferente de lo que sentiste durante todos esos años.

—¿Qué, cuando estaba a la deriva esperándote? —Kaydee dio un paso atrás—. Gamma, esos años fueron horribles. En serio, fueron terribles. No podías sentir nada allí dentro. No tenía idea de qué era el tiempo. No quieres eso.

—No será por mucho tiempo —dije—. No tienes que venir.

—¿Qué pasa si no voy y no regresas?

—Supongo que descubrirás lo que significa ser yo.

—Un sueño hecho realidad.

Había extrañado ese sarcasmo.

No caminé ni salté, sino que más bien floté hacia el código de Delta. En un momento estaba de pie en esa isla, un cuerpo renderizado por programas que lo permitían. Al siguiente, era solo un cursor, esquivando de línea de código en línea de código, buscando lo que necesitaba. Delta, probablemente como yo, contenía millones. Más allá del rosa, las líneas se extendían hacia lo que parecía el infinito. Una gran pared verde que se extendía por encima y por debajo de mí. Sin horizonte, sin espacio 3D. Solo variables, lógica y sintaxis por siempre.

Pero Delta me había convertido en un dios en su reino, y un dios tenía poderes.

Primero, aislé una variable, la que pedía la prioridad máxima de Delta. Si pudiera encontrar su última o primera mención, eso debería llevarme a su prohibición contra eliminar humanos. Iniciar la búsqueda atenuó la pared verde, las líneas que no contenían mi término elegido se desvanecieron de la vista. Con un pensamiento, las borré por completo, filtrando el código innecesario y colapsando todo ese verde frente a mí. Millones se convirtieron en unos pocos miles en un instante.

Desplacé el código, puse la primera mención de la variable a la altura de mis ojos, el resto esperando debajo. La línea tenía una elegante simplicidad: si nada más, respeta este uno. En cuanto a lo que podría ser este "uno", las líneas de abajo hacían el trabajo. Desde la integridad del casco de la Nave Estelar hasta la capacidad del Jardín para cultivar, pasando por los embriones del Vivero y los durmientes criogénicos en la sección de lujo, los requisitos de Delta como guardiana estaban detallados uno tras otro. En la parte inferior, el último elemento que se leería para definir la prioridad máxima de protección de Delta, había una simple línea: por encima de todo, preservar la vida sensible.

La palabra sensible hacía el trabajo allí, y la seguí. El código salpicó ante mis ojos de nuevo mientras escaneaba, tratando de encontrar la lógica. Y me detuve. No necesitaba sensible. Para nada. Volviendo a la última línea, tomé mi bisturí. Borré la condición. Ahora, la prioridad más alta de Delta sería defender la vida. Toda la vida. Misión cumplida.

—Eres un idiota —dijo Kaydee cuando abrí los ojos de golpe, vi a Beta inmovilizando a una furiosa Delta en el suelo.

—Gamma, ¿qué demonios? —dijo Delta, luchando

contra el agarre de Beta—. Estás parado sobre este césped y no puedo pensar en otra cosa que no sea asesinarte.

—¿Césped?

—Está vivo, imbécil —dijo Kaydee, golpeándose la frente con la mano—. Simplificaste demasiado.

—Arréglala —gruñó Beta—, antes de que tenga que matarla.

—Como si pudieras —replicó Delta, enroscando sus piernas alrededor del cuello de Beta.

Con un tirón, Delta lanzó a Beta hacia adelante. Me deslicé a un lado mientras mi amigo recipiente rodaba por el césped junto a mí. Césped, debo añadir, que adquirió un espléndido brillo amarillo cuando la estrella de este mundo se hundió tras el horizonte.

—¡Cuidado! —gritó Kaydee y me agaché, la espada de Delta silbando por encima.

—No quiero matarte —dijo Delta, tomándose más tiempo del necesario para revertir su golpe.

—Yo tampoco quiero eso —respondí, lanzándome hacia sus pies. Delta empezó a retroceder solo para que Beta la placara, derribándolas a ambas cerca de mi cara. La cabeza de Delta aplastó los tallos a menos de medio metro de mi mano. Perfecto. Junté mis dedos y los clavé en el puerto.

Esta vez lo tenía.

—¿Eso crees? —dijo Kaydee mientras estábamos de pie sobre Delta. Beta, mejor preparado esta vez, tenía una hoja en la garganta de Delta con la esperanza de que la autopreservación del recipiente mantuviera la violencia a raya—. Porque yo estoy perdiendo la fe.

—Redefiní sensible —dije, arrodillándome sobre el rostro de Delta—. Inteligencia biológica, no programada.

—Oh, así que puede matarnos sin problemas —dijo Kaydee.

—Cierto, pero no necesita hacerlo.

—Por ahora.

Negué con la cabeza y toqué el hombro de Delta.

—¿Cómo te sientes? —Delta parpadeó. Sus ojos ámbar apenas captaban luz ahora que la oscuridad se cerraba.

—Creo que a Alpha se le acabó el tiempo.

DIECISIETE

NOCHE NATURAL

Después de levantarnos del césped y recomponernos, nos encontramos con la oscuridad descendente y pocas opciones. La nave espacial estaba cerca, y vagamos de vuelta a su mole por falta de ideas.

—Realmente es enorme —dijo Kaydee mientras nos acercábamos, y no se equivocaba.

La gran estructura tallaba una losa contra la llanura, una línea negra que se extendía recta a nuestra derecha hasta tocar el horizonte. Su oscuridad absoluta era una sorpresa: el inventario del Bibliotecario mostraba vehículos humanos con luces de posición por todas partes, pero aquí estaba esta enorme nave sin nada en el exterior.

—¿Por qué? —pregunté en voz alta, mientras Beta y Delta compartían mi breve mirada a la nave.

—¿Por qué no hay una entrada manual? —preguntó Beta—. Estoy de acuerdo. Ridículo.

—O por qué Alpha huyó —murmuró Delta—. Cobarde.

Solo Kaydee intentó realmente responder a mi pregunta:

—¿Micrometeoritos? O tal vez los diseñadores eran

paranoicos y pensaron que podríamos necesitar aterrizar de forma sigilosa.

—¿Sigilosa? ¿En esto?

—Sí —reflexionó Kaydee—. Supongo que eso no es probable.

Delta blandió su espada, un tajo que percibí por la luz de las estrellas y nada más. No había luna alrededor de este planeta, solo luz plateada. La espada golpeó el casco de la nave espacial y rebotó sin dejar un rasguño. Una solitaria chispa se anidó en el suelo y desapareció.

—Valía la pena intentarlo —dijo Delta cuando nos pilló mirándola—. ¿Qué? No es como si vosotros dos tuvierais mejores ideas.

Beta le dio la espalda a la nave, caminó unos pasos y se sentó en la hierba. Delta continuó pinchando y sondeando, clavando la espada en remaches y juntas. Yo hablé con Kaydee, mi única ventana real a la mente de un humano. Porque, lo entendieran Beta y Delta o no, los humanos eran nuestra mejor oportunidad de volver a entrar.

—Val dijo que saldrían por la popa —dijo Kaydee—. Así que, si nos dirigimos hacia allá, deberíamos poder encontrarnos con ellos.

—Si Alpha no llega a ellos primero.

—Bueno, sí, pero ¿qué otras opciones tienes?

No hace mucho, Delta, Alvie y yo habíamos logrado entrar en la nave espacial con la ayuda de Volt. El meca había podido abrir una escotilla desde el interior. Si pudiéramos volver a otra, Volt podría dejarnos entrar de nuevo.

—¿Escalar una escalera en la oscuridad en este mundo ventoso? —dijo Kaydee—. Parece peligroso. Me gusta.

Con un parpadeo, cambié mi visión del espectro habitual a uno más adecuado para la poca luz, un verde borroso que se arrastraba sobre todo, volviéndose más brillante en aquellos puntos donde la luz de las estrellas entraba con fuerza. Me volví para hacer la sugerencia a Beta y Delta y me detuve. El cielo, que hasta hace un minuto había sido ese lienzo moteado, estalló con nubes brillantes. Delgados hilos se agrupaban, las bolas flotaban sobre nosotros, cabalgando alto en el viento. Las semillas de las plantas captaban la luz de las estrellas. También se elevaban desde el suelo a nuestro alrededor mientras las hebras atrapaban una ráfaga, los insectos anidándose en ellas construían telarañas brillantes, destellando todo el camino.

—¿Qué...? —dijo Kaydee.

—Un segundo —respondí—. Voy a intentar algo.

En un parpadeo volví al espectro normal, solo que esta vez amplifiqué mi detección de luz. En un día soleado, o alrededor de una lámpara, todo se lavaría en un resplandor cegador. Ahora, sin embargo, saqué la plata. Realmente, a nuestro alrededor volaban estos pequeños hilos. La nave espacial ya tenía una manta golpeando sus costados. Las pequeñas redes también rebotaban en nosotros, haciéndonos cosquillas con frágiles hebras que desaparecían con el más mínimo roce. Hermoso, extraño.

—Eres la primera humana en ver esto —le dije a Kaydee unos minutos después, después de haber incluido a Beta y Delta en el grupo. Todavía estábamos observando las telarañas flotantes.

—Tengo que decir, Gamma, que no hay muchas ventajas en vivir como una mente, pero ver esto casi lo hace valer la pena.

Las emociones humanas no eran algo que yo entendiera realmente, pero la voz de Kaydee trajo un poco de calidez a esa noche fría.

No pudimos encontrar una escalera. Oh, encontramos donde habían estado, pero los peldaños, como las garras de un gato, se habían retraído de vuelta al casco de la nave espacial. Delta intentó sacar uno con su espada, pero fracasó.

—El maldito aterrizaje —dijo Beta, volteando un cuchillo en la oscuridad y atrapándolo por la hoja una y otra vez—. Apuesto a que todo se retrae para hacerlo aerodinámico.

—Ella estaría apostando correctamente —dijo Kaydee. ¿Cómo lo sabría Kaydee?—. Porque aprendimos todo sobre la nave espacial mientras crecíamos. Clases obligatorias, solo en caso de que las cosas se fueran al traste y algunos de nosotros fuéramos los únicos que quedaran.

Tenía un sentido sombrío, eso.

Sin una forma de subir a la escotilla, nos decidimos por una larga carrera a lo largo de la nave espacial. La hierba permitía un trote suave, las plantas no demasiado rígidas amortiguaban nuestros pies y nos impulsaban al siguiente salto. Manteniendo el volumen de la nave a nuestra izquierda, las estrellas arriba y las colinas a nuestra derecha, corrimos en silencio. El planeta no ofrecía nada más ni menos que su belleza natural y el chasquido cantarín del viento. Varias horas a un sprint muerto nos llevaron a la popa de la nave espacial, sin amanecer a la vista. Los enormes motores colgaban arriba, las toberas chamuscadas se mostraban incluso con la luz mínima. Ninguna puerta se ofrecía.

—¿Y ahora qué? —dijo Delta, mirándome fijamente—. No digas que tenemos que correr todo el camino de vuelta.

—No —respondí—. Llamamos.

Antes, cuando Delta y yo habíamos pasado un tiempo de calidad rearmándonos en los cuarteles de motores de la nave espacial, había echado un buen vistazo a lo que componía los grandes cañones que propulsaban la nave hacia adelante. El combustible líquido no serviría para un viaje tan largo como este, así que la nave dependía en su lugar de baterías y energía solar. Volt manejaba toda esa energía, enviándola cuando la nave la solicitaba. Esperaba que notara si veníamos a llamar. Delta y Beta me levantaron esta vez, equilibrando mis pies en sus manos. La tobera del motor más baja estaba a diez metros de altura, un labio curvado que desaparecía en un negro aún más oscuro que nuestro frío exterior.

—¿Listo? —preguntó Beta.

—Si es mi idea, ¿puedo decir que no?

—No puedes —respondió Delta.

—Entonces vamos.

Las dos naves se agacharon y me lanzaron hacia arriba. Por un maravilloso momento, floté en el aire, elevándome y sintiéndome libre. Envidié a esos robots mensajeros y sus propulsores, capaces de experimentar esto cuando quisieran. Luego, a diferencia de esos mensajeros, aterricé.

—Menos mal que Leo os hizo a todos súper fuertes —dijo Kaydee, de pie junto a mí mientras me levantaba dentro de la barquilla—. Si fuerais todos, no sé, unos debiluches, sería un asco.

—Vaya comentario, Kaydee.

—No es mi mejor momento, lo siento.

El motor de la nave espacial se veía de un verde oscuro sólido con mi visión nocturna, un cambio forzado al dejar atrás la luz de las estrellas. Más adelante, la tobera se estrechaba hasta llegar a un anillo dos veces más alto que yo. Cuando se activara, ese anillo escupiría energía electromagnética para impulsar la nave espacial durante las maniobras en el espacio.

—Y ahí está el gran combustible —dijo Kaydee, arrodillándose junto a varias tuberías más pequeñas—.

¿Recuerdas todos esos hornos en Pureza, horneando cosas hasta convertirlas en lodo? Estás mirando su objetivo final. Una gran pila de biocombustible para cuando llegáramos.

Tal vez la Canciller había estado allí, encontrando finalmente su merecido final cuando la nave espacial aterrizó. Miré fijamente el anillo, los cables blindados alojados detrás. En algún lugar de aquí tenía que haber una forma de enviar una señal de vuelta a Volt.

—¿Ideas? —le pregunté a Kaydee, y ella me devolvió la mirada.

—Eres demasiado grande —dijo.

—¿Para qué?

—Para colarte ahí dentro —Kaydee señaló donde se juntaban los cables—. No es que hubiera una forma de entrar.

—Me refería a ideas útiles.

—¡Oh! Deberías haberlo aclarado.

Sacudiendo la cabeza, eché otro vistazo. Estudié los cables. Tendrían que enviar cargas de energía masivas cuando fuera necesario, y probablemente podrían causar todo tipo de problemas si se activaran en el momento equivocado. Tendría que haber algún tipo de sensor. Alcancé la derecha y arranqué los cables del anillo. Los saqué todos. Volaron chispas, crepitaciones iluminaron la noche, y Kaydee preguntó si había perdido la cabeza. Empezó a gritar cuando metí el grupo de cables en la barquilla metálica a mis pies.

Un rayo se arqueó, un circuito creado sin ningún control. Sentí que los cables se calentaban, los blindajes empezaban a derretirse, y las suelas de mis pies, con botas de goma, se calentaban a pesar de todo. Así que saqué los cables y luego los volví a meter. Fuera, dentro. Una y otra vez, pero no al azar. Kaydee se había quedado sin maldiciones cuando se dio cuenta de lo que estaba haciendo. Para cuando entendió que mi cadencia de relámpagos estaba enviando un mensaje muy particular a, con suerte, el único robot que estuviera escuchando.

—Eres un genio, Gamma —dijo Kaydee mientras yo colocaba los cables sobre el anillo, poniendo fin al caos—. Un genio loco.

Era lo más bonito que me había dicho nunca.

DIECIOCHO

LO QUE QUEREMOS

Aunque Volt hubiera escuchado mi señal, pasaría mucho tiempo antes de que el mech pudiera correr, o conseguir que algún humano corriera, todo el camino de vuelta para dejarnos entrar.

Después de limpiar los cables, volví al borde del motor. Miré hacia abajo, listo para pedir que me atraparan, y noté que ambas naves estaban sentadas espalda con espalda. Ninguna parecía moverse.

—Modo de suspensión —dijo Kaydee antes de que pudiera ponerme nervioso—. Mira la espada.

Era cierto, la hoja de Delta sobresalía de la tierra como un mástil, la luz de las estrellas brillaba en su borde irregular y rebelde. No la habría dejado allí si alguna pelea hubiera salido mal. Y qué, aquí fuera, ¿podría ser una amenaza para nosotros?

—Están esperando a que las llames, ahorrando energía —dijo Kaydee—. No es mala idea para ti tampoco, amigo.

Sin enchufes y sin choques cinéticos para obtener energía, mis propias baterías se estaban agotando. El modo de suspensión podría extender mi suministro casi indefinidamente. No era mala idea. El viento silbaba a mi alrededor, metiéndose de nuevo dentro del enorme círculo del motor. Frío, brillante, me senté para mantener mejor el equilibrio, dejé colgar mis piernas por el borde antes de darme cuenta de lo que estaba haciendo.

—Lo siento, no pude evitarlo —dijo Kaydee—. Solíamos hacer esto en el Conducto cuando éramos niños. Subíamos en un ascensor hasta el nivel más alto que podíamos y dejábamos que nuestros pies colgaran.

—Suena peligroso. —Mientras lo decía, sin embargo, sentí la emoción: mis sensores me decían que debería retroceder un par de metros para estar seguro—. Esto no soy yo, ¿verdad?

—¿Recuerdas cuando me dejaste dentro de ese mech? ¿De vuelta en las Líneas de Fabricación?

—Tuve que hacerlo. Un segundo más y podría haber sido borrado.

—No te estoy culpando —dijo Kaydee, y apareció a mi lado, sus piernas también colgando en la oscuridad. A diferencia de las mías, las suyas goteaban motas doradas con cada movimiento. Un efecto digital—. Estoy intentando ponerte en el estado mental adecuado.

—¿Para qué?

—Para lo que estoy a punto de decir. —Kaydee arqueó una ceja, esperó una interrupción, pero yo había captado el punto. Mantuve la boca cerrada—. Bien, así que me encargué del grandote. Agarré su memoria y me la quedé.

—Bien hecho.

—Obviamente. Era yo quien lo hacía —dijo Kaydee—. Al principio, pensé que había muerto. Realmente muerto. No podía sentir nada, no podía ver ni hacer nada. La arena desapareció.

Una unidad vacía. Si le quitas la interfaz a un mech, te

quedarías con extremos sueltos, funciones sin un nudo central que las una.

—Me sentí como Dios allí dentro, aprendiendo a crear un universo —dijo Kaydee—. Escribí nuevas líneas, conecté los ojos, los brazos, las piernas. Y entonces te vi. Realmente te vi.

—Antes de que intentara matarte.

—Sí, buen trabajo ahí, por cierto. —Kaydee asintió hacia el horizonte más allá de mí. Todas esas redes plateadas flotantes seguían allí, un mosaico de luz estelar a través de la llanura cubierta de hierba—. Por un momento fue así. Hermoso, frágil. Posibilidades que no había sentido en tanto tiempo, Gamma. Tanto maldito tiempo. No quería renunciar a ellas.

»Después de que cayeras, después de que Alpha me llevara, seguí encontrando cosas nuevas. Seguí aprendiendo cómo mover mi pequeño cuerpo de máquina. Por eso Alpha me quitó los brazos y las piernas: los movía, pateaba o golpeaba sin siquiera intentarlo. Era como una droga, hacer todo esto, hasta que él me lo quitó todo de nuevo.

Empecé a relacionar la historia con lo que acababa de suceder, por qué ella había hecho que mis piernas colgaran por el borde. —Probaste y no quieres renunciar a ello.

—Tan perspicaz, Gamma. —Kaydee se acercó y me dio un apretón fantasma en el hombro—. Me dejaste tener todo ese acceso. Es como sacar a alguien de rehabilitación y llevarlo a un bar.

—¿Una referencia que debería entender porque…?

—Mira, el punto es que tú y yo somos socios. Ahora, solo un poco más que antes.

Envié una búsqueda excavando a través de mis unidades, mis funciones. Antes de todo esto, Kaydee se mantenía para sí misma, un programa funcionando en su pequeño lugar en mi memoria. Ahora, sin embargo, encontré sus toques por todas partes. Alteraciones, adiciones, permisos aplicados a casi todas las funciones que tenía. Cuando intenté cortarla, ¿nada. La capacidad simplemente había desaparecido. Ella había apuntado a la autopreservación, al estilo de programa.

—Hiciste todo eso sin que me diera cuenta —dije, volviendo mi percepción a nuestro balanceo en el borde del motor—. Estoy impresionado.

—¿No estás molesto?

—¿Debería estarlo? —Le di a Kaydee lo que esperaba fuera una sonrisa amable—. El peor momento de mi vida fue cuando no estabas aquí. No creo que los mechs puedan sentirse solos como un humano, pero te eché de menos de todos modos.

Me volví hacia las redes flotantes, las estrellas sobre ellas. Comparado con los estrechos confines de la Nave Estelar, la inmensidad abrumaba algunos de mis sensores, los que intentaban calcular distancias y escanear posibles amenazas. Los había apagado hacía horas, dejándome con poco más que mis ojos. Poco más que lo que vería un humano.

—¿Qué quieres, Kaydee? —pregunté.

—Continuar —respondió ella—. Tanto como pueda, quiero continuar.

DIECINUEVE

LA VIEJA GUARDIA

Aunque pasaron horas, la noche no había terminado cuando escuchamos un clic y un silbido debajo de nosotros. Delta y Beta se levantaron de un salto, como si hubieran disparado una pistola. Kaydee y yo, arriba en la góndola, sumidos en una lenta visualización de la película favorita de Kaydee, despertamos más lentamente. Cuando miré hacia abajo, Delta ya estaba repeliendo un feroz ataque de ladridos jadeantes de mi perro favorito.

—Baja aquí —me dijo Beta—. Te atraparemos. Lo prometo.

Sopesé mis opciones colgándome primero, usando mis dedos para agarrarme al borde frío y acanalado de la góndola. Los dos metros ganados no hicieron mucha diferencia, ya que los dos recipientes me atraparon en el aire justo cuando las puntas de mis botas tocaron la hierba.

Alvie había venido corriendo a toda velocidad desde el Núcleo de Energía, el hogar de Volt cerca de la parte trasera de la Nave. El mech de gestión de energía había captado las extrañas señales, pero no había descifrado mi mensaje codificado.

—Cámaras exteriores, mis buenos amigos —dijo Volt a través de una terminal justo dentro de la puerta que Alvie abrió, una escotilla de mantenimiento del motor—. Vi a Gamma sentado allí solo y supuse que algo debía haber salido mal. Aunque fue Alvie quien salió inmediatamente.

La puerta que usó el perro funcionaba como una esclusa de aire sellada, destinada a abrirse solo cuando los motores no estaban en marcha. En otras palabras, solo si hubiera habido alguna emergencia o si la Nave hubiera llegado a su destino.

—Ahora estáis mirando la puerta trasera —dijo Volt—. No es gran cosa, ¿verdad?

Comparada con la vasta entrada que se desprendía del frente de la Nave, no, la puerta trasera no era mucho más que un pasillo de doble ancho. Sin rampa gloriosa, solo una palanca para abrir una escotilla gris poco llamativa.

—Val dijo que planeaba sacar a los humanos por la parte trasera —dije, mirando a Volt a través de la pantalla transparente de la Terminal—. ¿Se refería a esto?

—Lo más probable, si es que siquiera sabe que existe —dijo Volt, sus ojos destellando en azul—. Y está actuando según esa idea. Su grupo se dirige hacia vosotros, aunque van despacio.

—¿Qué hay de Alpha?

—No te lo vas a creer, Gamma, pero las cosas están muy raras ahora mismo.

Corrimos, Delta y Beta una vez más adelantándome por los estrechos pasillos. Alvie, al menos, me hacía compañía, sus patas repiqueteando con cada salto.

—No puedo creer que se llevaran las armas —dijo Kaydee, trotando conmigo—. Aunque supongo que no debería sorprenderme. Es muy propio de ellos, en realidad.

—Toda especie quiere defenderse —respondí—. Lo que hicieron coincide con el comportamiento humano normal.

—Deja de hablar como un robot.

—Soy un robot.

—No, eres más que eso —Kaydee frunció el ceño hacia mí mientras corríamos—. Ni se te ocurra actuar como un niño pequeño.

—¿Actuar como un niño pequeño?

—Eres más humano que algunos humanos que conozco, Gamma. Acéptalo.

Quería responder con un cortante "¿o qué?". Quería hacer algún comentario sarcástico sobre cómo Kaydee podría simplemente hacerme más humano si eso era lo que quería, pero me contuve. ¿Por qué? Llámalo intuición, llámalo preferencia por que a Kaydee le caiga bien, llámalo como quieras.

—Lo siento —dije mientras pasábamos por la gran cafetería hacia el último tramo antes del Conducto—. Ya no estoy seguro de quiénes somos, de quién soy yo. No controlo todo de mí mismo.

—Sigues siendo Gamma. Yo sigo siendo Kaydee. Eso es todo.

Tajante, pero yo lidiaba mejor con lo tajante. Ahora solo tenía que averiguar quién era Gamma.

El Conducto seguía cambiando. Esta vez, sin embargo, el cambio no era mechs derribando paredes o quemando viejos almacenes. Esta vez, era la suave luz roja reemplazando la niebla azul y un anunciador en el techo que declaraba que todos los residentes debían regresar a sus hogares y esperar más instrucciones. A lo largo de los lados del Conducto, pequeñas luces parpadeaban en un rojo más intenso al ritmo del mensaje.

—El sistema de emergencia —dijo Kaydee mientras

nuestro cuarteto miraba a lo largo del gran canal de la Nave

—. Lo usaron la última vez. Cuando estábamos luchando.

—¿Crees que Alpha hizo esto? —pregunté al grupo.

Beta y Delta asintieron, pero Kaydee, a mi lado, negó con la cabeza:

—De ninguna manera a Alpha le importaría. Esto es obra de ellos.

Ellos siendo el cambio del que Volt nos había informado. El aterrizaje de la Nave había desencadenado una serie de cosas que nadie esperaba, incluido el despertar de cierta colección de humanos en criogenia. Según Volt, cincuenta de las personas más poderosas de la Nave y sus familias habían despertado para encontrarse en un nuevo mundo. Peor aún, habían acaparado la mayoría de las armas de la nave.

—¿Cuál es el punto? —Beta apuntó un cuchillo hacia la luz más cercana—. ¿Quién está vivo para escuchar esta basura?

—Tal vez esperan que Val mantenga a su grupo dentro —dije. La gente de Val estaría muy superada en armamento. La historia humana predecía un final sombrío para su grupo si los otros los alcanzaban—. No estoy seguro...

—El Vivero —interrumpió Delta—. Los durmientes no saben qué queda en la nave, así que están tratando de asustar a todos para que se queden quietos.

Por supuesto. Val y Leo planeaban llevarse lo que pudieran del Vivero, una misión de salvamento que acababa de adquirir una nueva importancia con una segunda facción humana en juego. Llevaría tiempo, pero con unos miles de embriones, la tribu de Val podría superar o esperar a los nuevos. Reclamar algo para ellos mismos.

—Entonces, ¿qué hacemos? —preguntó Beta.

—El mismo plan —respondió Delta antes que yo—.

Alpha sigue siendo la mayor amenaza. Los humanos podrían matarse entre sí, pero quedarán humanos.

—Vaya perspectiva más brutal —murmuró Kaydee, pero por lo demás todos estuvimos de acuerdo.

No es que tuviera sentido correr ciegamente de vuelta al Puente de la Nave Estelar de inmediato. Propuse un compromiso, uno que Beta aceptó de inmediato por alguna lealtad persistente hacia los humanos que había protegido durante décadas. Primero sacaríamos a Val y a su gente de la Nave Estelar, les daríamos la oportunidad de sobrevivir, y luego volveríamos por la nave.

Encontramos a todo el grupo de Val fuera del Vivero. O más bien, alejándose de él. Todos los humanos llevaban mochilas hace tiempo saqueadas o ensambladas, cajas de metal o plástico colgando de sus espaldas y, para los más fuertes, también de los costados. La mayoría rebosaba de comida, con jarras de agua ocupando otras. Los Forjadores, el grupo mitad robot de Leo, llevaban un tipo diferente de carga.

Al parecer, el Vivero había sido diseñado con potencial portátil en mente. En caso de, según dijo Kaydee, que la Nave Estelar hiciera un aterrizaje forzoso o que alguna otra necesidad requiriera una evacuación. Los embriones no eran exactamente grandes, y sus viales ya estaban asegurados en embalajes separados, todo para mantener a cada uno a salvo de sus hermanos y hermanas. Esto significaba que los Forjadores parecían llevar maletines colgados sobre sus hombros.

Val y Leo parecían tan atónitos por nuestra presencia como nosotros lo estábamos por su caravana humana. A pesar de ver aparecer ante ellos tres naves que creían muertas, ninguno de los dos líderes ordenó a su grupo detenerse.

En su lugar, la pareja se reunió con nosotros en el vestíbulo del Vivero mientras la tribu seguía avanzando.

—Entonces entendéis por qué no podemos reducir la velocidad —dijo Leo después de que los pusiéramos al día sobre lo que sabíamos, lo que había sucedido—. Volt nos dijo que Alpha y estos nuevos humanos están luchando entre sí ahora. Eso nos compra tiempo.

—¿Nuevos humanos? —dijo Delta—. ¿No sois todos iguales?

Kaydee se rio. Val negó con la cabeza. —Son tan parecidos a nosotros como vosotros lo sois. No conocen nuestra experiencia, y nos verán como alguien a quien someter. No me inclinaré ante un paleta congelado solo porque tenga un arma.

Como siempre, Val sostenía su lanza, y la golpeó contra el suelo al terminar de hablar. Me di cuenta, también, de que ella, Chalo y algunos otros llevaban puesta la armadura de metal emplumada. Las armas estaban al alcance donde podían, listas para ser usadas. Claramente Val esperaba escapar antes de que hubiera un derramamiento de sangre, pero habían vivido en guerra y estaban listos para ella.

—No podemos llevar todos los embriones de todos modos —dijo Leo, asintiendo hacia atrás. El vestíbulo del Vivero tenía un agradable aspecto verde y blanco, pero detrás de él, a través de puertas seguras, esperaba un futuro mucho más directo—. Tendrán suficientes para crecer.

—Si ganan —dijo Delta.

—Un gran si —concordó Leo.

—Necesitamos seguir moviéndonos —Val puso fin a la conversación—. ¿Nos vais a cubrir?

Lo que debería haber sido una respuesta simple, lo que debería haber coincidido con lo que habíamos decidido en la entrada trasera del Conducto, se volvió confuso en el momento. Nuestra programación se encontró en conflicto. Aquí, sí, estaba un grupo humano haciendo su escape. También aquí, en el Vivero, había embriones indefensos. Cuando Delta y yo nos fuimos la última vez, habíamos asegurado las puertas para mantenerlos a salvo. Esas puertas ahora estaban destruidas, voladas por Leo para entrar.

Lo más extraño de todo, me sentí impulsado a dirigirme hacia el Puente. Para encontrar a estos nuevos humanos y protegerlos también.

VEINTE

CAMBIO DE PLANES

Val desbarató nuestras estrategias. Mientras Beta, Delta y yo intentábamos decidir quién iría a dónde, lucharía contra qué y salvaría a quién, Val ordenó a su grupo que se pusiera en marcha. Eso no fue sorprendente. Lo que vino después...

—Una vez que nos vayamos —dijo Val a nosotros tres—, harán que Volt sobrecargue las baterías de la Nave Estelar y la destruya.

Nadie respondió durante un largo minuto mientras permanecíamos en el Conducto justo fuera del Vivero. Los humanos marchaban más allá de nosotros, sus mochilas cargadas se dirigían hacia la salida en la popa de la Nave Estelar.

Procesé la petición de Val a través de mi código, mis rutinas, tratando de determinar si era una acción aceptable. Claro, una humana había hecho la petición, pero también implicaba matar a otros humanos, así que ¿qué prevalecía?

—No lo hagan, obvio —dijo Kaydee—. Es una locura.

—Es supervivencia —dijo Val, como si respondiera al comentario de Kaydee—. Alpha nos quiere fuera. Los humanos que están despertando ya intentaron matarnos una vez. O somos nosotros o ellos.

—Pero la Nave Estelar tiene todo lo que necesitan para sobrevivir —intenté argumentar.

—Ya hemos asegurado suficiente comida, suficientes semillas para plantar —dijo Val—. Será lento, será difícil, pero es lo que conocemos. Nos las arreglaremos.

—No —dijo Delta con una voz que no admitía réplica—. No harás esto y no te ayudaremos.

Val, la mujer de voluntad férrea, apuntó su lanza hacia Delta. Debía saber que el recipiente podría destrozarla en un instante, así que admiré su valentía, si no su propósito.

—Esto no es una pregunta, meca. Es una orden —dijo Val—. Hagan lo que fueron programados para hacer.

—El código puede cambiar —respondió Delta, y antes de que Beta o yo pudiéramos reaccionar, agarró la lanza de Val, la partió y arrojó ambas mitades al Conducto—. No somos tus esclavos.

Val evaluó la sombría situación. Me pareció fascinante ver a los humanos pasar por el mismo procesamiento que nosotros hacíamos todo el tiempo: los ojos de Val parpadearon, sus manos temblaron y su respiración se aceleró. ¿El resultado final?

Lógica.

—Si no van a escuchar, entonces no puedo obligarlos —dijo Val—. Les estoy pidiendo ayuda. ¿Qué pueden hacer en su lugar?

—Lo que dijimos que íbamos a hacer —hablé por encima de Delta—. Volveremos al Puente. Delta ya no tiene el bloqueo, así que podemos eliminar a Alpha. En cuanto a los otros humanos... veremos cuáles son sus intenciones.

—Entonces les pido un favor —respondió Val—. No les digan a dónde vamos ni lo que hemos tomado. Al menos, eso nos dará tiempo. —Un suspiro profundo—. Nunca pensé que viviría para ver aterrizar la Nave Estelar, pero en todos mis sueños, nunca terminó así.

Beta se rio entre dientes.

—Bienvenida a la realidad.

Después de otra rápida despedida de Leo, los tres recipientes nos pusimos en marcha. Hice que Alvie se quedara con los humanos, como guardián y también como mensajero: si algo salía mal para Val y su gente, se suponía que el perro vendría corriendo tras nosotros.

¿Seríamos capaces de ayudar a tiempo? Quién sabe, pero podríamos intentarlo.

Hicimos una parada más en nuestro camino hacia el Puente, en el brillante y frenético Núcleo de Energía. Volt y su enorme compañero meca armado con láser, Bimu, mantenían el control del lugar. Incluso con la Nave Estelar aterrizada, Volt todavía tenía que dirigir una sinfonía energética. Confirmó que había importantes consumos de energía provenientes del Puente, junto con fallos del sistema en esa dirección.

—¿Lo cual significa? —le pregunté al meca negro mientras estábamos rodeados de gráficos brillantes a nivel del suelo.

—Una gran pelea —respondió Volt—. Los humanos están destruyendo las cámaras, destrozando terminales, así que no tengo ojos en nada.

—¿Por qué?

—Porque no son estúpidos, sería mi suposición. Si te das cuenta de que un meca ha tomado el control de la nave, lo último que quieres es un sistema de seguridad integral vigilando cada uno de tus movimientos.

No estaba seguro de que Alpha fuera lo suficientemente astuto como para usar todas esas cámaras, pero no había nada que pudiera hacer al respecto. Salvo, por supuesto, refunfuñar una vez más por los humanos destruyendo máquinas sin el menor remordimiento.

—Oye, no lo sabes —dijo Kaydee—. Podrían estar llorando cada vez que disparan a una cámara.

—No crees eso.

—Nop, ni un poquito. Pero yo lloré una vez cuando se le acabaron las pilas a mi conejito de peluche cantarín.

—Significa mucho para mí escucharte decir eso, Kaydee.

—Gamma, ¿estás siendo sarcástico? —Kaydee hizo estallar fuegos artificiales mientras nuestro trío de recipientes reanudaba la marcha—. ¡Qué día para celebrar! ¡Te estás volviendo más interesante!

A pesar de mi nueva cualidad, nuestro paseo llegó al Jardín sin interrupciones interesantes. Solo Conducto, las mismas viejas tiendas destrozadas, un hospital lleno de mecas muertos y un Parque vacío. Un nuevo mundo no había cambiado los milenios pasados. Caminamos la ruta en silencio también, cada uno perdido en sus propios pensamientos.

O tal vez no. Quién sabe qué pasaba por las cabezas de Delta y Beta. Sin Mentes, ¿realmente reflexionaban mucho más allá del objetivo?

Si era porque tenía demasiado miedo de preguntar o porque era demasiado perezoso, no podía estar seguro. En cualquier caso, mis labios permanecieron sellados.

El Jardín tenía poco que ofrecer ahora. Sus diversos niveles estaban arruinados, plantas e infraestructura de soporte esparcidas por todas partes gracias al caótico aterrizaje de la Nave Estelar. Nuestra entrada al nivel superior, hacia un cubil de selva tropical, significaba caminar por una compuerta que se desbordaba de enredaderas rotas, ramas moribundas y pétalos de flores mezclados. Tuberías reventadas escupían agua extraída de Pureza formando charcos alrededor de nuestros pies, contenida del Conducto por las gruesas puertas del Jardín.

Una piña rozó mi pantorrilla.

Llegamos al centro de nuestro nivel, donde el agujero que conducía hacia abajo goteaba. Enredaderas que se enganchaban entre sí formaban un baluarte alrededor del agujero, un desorden obstruido. El agua corría alrededor de nuestros pies, buscando escapar. Un vago olor a putrefacción impregnaba el aire, fruta empapada y madera descomponiéndose.

No es que hubiera prestado mucha atención a esto, excepto porque nos detuvimos.

—Hay una pelea adelante —dijo Delta, desenvainando su espada del hombro—. Metal contra metal.

Beta asintió, sacó sus cuchillos y los hizo girar entre sus dedos. Intenté escuchar, afinando mi oído, y capté los choques entrecortados. Sin ritmo, sin desesperación, solo un sonido constante de ruptura.

—No es una pelea —dije—. Es una masacre.

Y venía hacia acá.

Los mecas flexibles corrían. Salpicaron al entrar en el Jardín, levantando porquería mientras sus piernas y brazos se agitaban. Nos escondimos bajo cubierta, usando un árbol caído y sus hojas enredadas para observar cómo las fuerzas de Alpha huían en la dirección equivocada.

—¿Van tras Val? —pregunté mientras un meca tropezaba con algún palo sumergido y se precipitaba por el agujero central.

—Desarmados —dijo Delta— y dispersos. Esto es pánico, no un plan.

—¿Cómo entran las máquinas en pánico? —preguntó Beta.

—No son los mecas —respondí—. Es Alpha. Les está ordenando que corran.

Esperamos para averiguar exactamente de qué huían los mecas, pero el sonido de metal contra metal no se acercó más. Mientras los mecas flexibles seguían pasando —oímos a otros pasar por debajo y por encima de nosotros, una retirada multinivel—, el ruido del conflicto se apagó, reemplazado solo por esas pisadas chapoteantes.

Los últimos mecas confirmaron mi sospecha: lo que fuera que perseguía a estas máquinas se había detenido en la entrada del Jardín. Los últimos mecas flexibles pasaron tambaleándose con cuerpos ardiendo, miembros faltantes. Chispas y refrigerante goteando.

—Atrapa uno —le dije a Delta—. Tengo una idea.

El recipiente no dudó, saliendo disparada de nuestro escondite, esparciendo hojas por todas partes, y derribando al último meca flexible en el agua.

La seguí, Beta tomando una posición de guardia sobre nuestro trío mojado. Delta volteó al meca flexible, exponiendo el puerto de la cosa —detrás de la oreja, justo como nosotros— y junté mis dos dedos.

—¿Vas a entrar? —preguntó Kaydee—. ¿No es peligroso?

—¿Por qué?

Delta, inmovilizando al meca en el agua, me dijo que me apresurara, pero mantuve mi mano alejada.

—Alpha es un virus, Gamma. No sabes lo que te espera ahí dentro.

—Prefiero arriesgarme a eso que ir a ciegas hacia lo que nos espera aquí fuera.

VEINTIUNO

LO QUE VIO LA NAVE

Una selva densa. Lianas sombrías goteaban alrededor de Kaydee y de mí, con suave musgo bajo nuestros pies. El canto de los pájaros, hermoso al principio, pero con un segundo de concentración se revelaba como un bucle repetitivo. Las moscas zumbaban en círculos perfectos alrededor de nuestras cabezas. Sin tocarnos nunca, solo zumbando.

Kaydee y yo estábamos con ropa ligera, pantalones caqui y sombreros finos. Botas de senderismo. Como si fuéramos a dar un largo paseo por un terreno accidentado, que, tal vez, era lo que íbamos a hacer. Sin embargo, no se apreciaba ningún sendero evidente: los árboles y los helechos se apretujaban a nuestro alrededor, cerrando cualquier vía obvia.

—Abarrotado —dije, mirando a Kaydee. Su pelo color turquesa aplastado bajo el sombrero, cayendo sobre sus ojos, su rostro fruncido—. Diseño extraño.

—Está llenando estas cosas —respondió Kaydee, extendiendo la mano para tocar una liana baja, nudosa y marrón verdosa—. No son solo sirvientes, cáscaras vacías, sino repositorios.

—¿De qué?

—Si tuviera que adivinar, Gamma, se está metiendo a sí mismo aquí.

—¿Clonándose? —Miré alrededor, esperando a medias que Alpha saliera y se regodeara—. Los mechs no actúan como él.

—Aún no —respondió Kaydee—. Vamos a movernos. Tal vez encontremos la respuesta.

Sin buenas opciones, hicimos lo que se supone que hay que hacer en estas situaciones: elegir un camino al azar y caminar.

Yo iba delante, usando mis brazos para apartar las ramas y hojas que se interponían. Los árboles, que inicialmente parecían lo suficientemente cercanos como para encerrarnos, tenían huecos por los que colarse. No es que colarse nos llevara a ninguna parte: cada paso solo conducía a más de lo mismo: follaje, y mucho.

—Aunque no es exactamente lo mismo —dijo Kaydee varios minutos después de iniciar la caminata—. Quiero decir, no se está repitiendo.

No, lo que significaba que no era simplemente un juego. La construcción tenía un uso distinto al de simplemente confundir a los intrusos. Miré un árbol a mi derecha, su tronco era como una camilla cubierta de hongos que se extendía hacia arriba hasta un cielo cubierto de dosel. Pequeños insectos se escurrían por las grietas de la corteza. Evité sus líneas mientras colocaba la palma de mi mano contra la dura corteza.

Como con la liana de Kaydee, la superficie brilló y se desvaneció, revelando funciones debajo. Más que funciones: archivos almacenados, códigos y comandos. Grabaciones.

—Los árboles son carpetas —dije mientras Kaydee

miraba junto a mí—. No necesitamos encontrar una salida de aquí, solo encontrar el árbol correcto.

—¿El árbol correcto con qué?

—Alpha está almacenando videos aquí —dije—. Apuesto a que, si presiono un poco...

La corteza invisible cedió a mi presión, el árbol mismo, junto con todas sus hojas e insectos, se convirtió en una lista de archivos vertical. Los nombres en blanco y negro, un corte bidimensional en la selva por lo demás completamente 3D, parecían extraños, pero bueno, este era el mundo digital. La normalidad tenía poco que ver aquí.

Los nombres de los archivos se sentían como barba incipiente bajo mis dedos, un toque ligero me permitía desplazarme por las diversas opciones. Este árbol parecía contener recuerdos de los primeros días de Alpha, grabaciones hechas desde su despertar inicial en el familiar apartamento de Leo hasta los primeros viajes de la nave al caótico Conducto.

—No tenemos tiempo para ver todo esto —murmuró Kaydee mientras yo leía los títulos lentamente—. Además, ya sabemos lo que le pasó.

Se había encontrado con ese mech arruinado que dirigía el Vivero, había tenido su código roto, corrompido, destrozado. No, no necesitaba revivir ese horror para mí mismo. El árbol tampoco tenía mucho más que ofrecer, así que lo dejé. Retiré mi toque y el código volvió a su robusta corteza.

—Supongo que buscaremos entonces —dije.

—¡El ganador recibe un helado gratis de Pop's! —gritó Kaydee, saltando y dirigiéndose hacia el siguiente árbol.

—¿Helado? ¿Pop's?

—Algo que hacíamos de niños —respondió Kaydee, sonriendo, una sonrisa que vaciló al encontrarse con mi mirada desconcertada—. Lo siento, sé que eso no significa mucho para ti.

—Suena divertido.

—Cuando ganabas, seguro. —Kaydee inclinó la cabeza—. Oye, cuando salgamos de todo esto, ¿qué tal si abrimos nuestro propio Pop's? Batidos y más para los humanos.

—¿Cómo haremos la leche?

Kaydee movió un dedo. —No te quedes atascado en los tecnicismos, Gamma. Ya se nos ocurrirá algo. ¡Ahora a excavar!

Juntos, Kaydee y yo examinamos las plantas. Cada árbol y liana ofrecía respuestas, detalles en los que no teníamos tiempo de profundizar. Alpha, al parecer, grababa casi todo lo que hacía. Encontré sus encuentros con Delta y conmigo al principio, encontré largas conversaciones, unilaterales, que había mantenido con mi perro mientras lo dejábamos atado en el Jardín.

Encontré la emboscada que Alpha desencadenó, encontré cómo lo hizo.

—Inalámbrico —dije—. ¿Por qué no pensamos en eso?

—Porque no les dimos esa opción —dijo Kaydee, abandonando su propio tronco blanco grisáceo para hablar—. Por lo que recuerdo, los mechs críticos nunca tenían conexión inalámbrica. No se podían abrir al sabotaje externo.

—Pero Alpha lo está usando.

—Autocirugía —respondió Kaydee—. Viste todas esas cicatrices, ¿verdad? No debería ser posible con la piel que todos ustedes tienen, pero ¿y si el tipo se ha estado modificando a sí mismo?

Conectividad inalámbrica. Si Alpha podía conectarse a la red de Starship desde cualquier lugar, si podía comunicarse con sus mechs sin importar dónde estuvieran, bueno, eso explicaría por qué le había resultado tan fácil rastrearnos. Emboscarnos. Superar a nuestro equipo a pesar de ser solo uno contra todos nosotros.

—¿Eso no lo haría vulnerable? —pregunté.

—¿A quién? —respondió Kaydee—. Nadie más estaba en la red. Delta y Beta no juegan de esa manera. Val no es precisamente una hacker. Tal vez Leo, al menos su mitad cibernética, pero ese tipo ni siquiera sabía que Alpha existía hasta que tú arruinaste su vida de fantasía. Las Voces estaban demasiado ocupadas conspirando como para darse cuenta.

El décimo árbol que probé tenía algo más interesante. Había estado rastreando las plantas, encontrando que los archivos guardados progresaban en una dirección, cada árbol a lo largo del camino haciéndose más y más reciente.

Este se abrió con un video que reconocí. Los ojos de Alpha mientras nos obligaba a Delta, Beta y a mí a salir a las llanuras inexploradas. Con una llamada a Kaydee diciéndole que lo había encontrado, metí mi mano y me sumergí en los recuerdos de Alpha.

El video venía con más que solo una imagen. Al tocar el archivo, la jungla a nuestro alrededor se desvaneció, reemplazada por la realidad completa de la grabación. Sentí, de nuevo, el viento azotador del exterior. Escuché los ruidos metálicos y los gorjeos mientras todos los flexi-mechs de Alpha se giraban y volvían al interior de Starship.

Alpha miró hacia atrás una vez mientras la enorme rampa de Starship se cerraba, una mirada que se detuvo en nuestras tres espaldas. Quería saber los pensamientos del recipiente en ese momento: qué sintió mientras nos miraba, pero la grabación no capturaba nada tan profundo.

Una vez que la rampa se cerró, Alpha entró en modo de general total. Habló con dureza, sus palabras variando en las líneas maníacas de Alpha: una orden salía como un susurro, la siguiente como un grito. Ninguna parecía necesaria, ya que los mechs recibían las órdenes a través de la conexión remota de Alpha. Los flexi-mechs se lanzaron en todas direcciones mientras Alpha mismo tomaba un ascensor hacia el Puente.

Las órdenes eran simples: peinar el Conducto, trabajar de vuelta y aniquilar a cualquier humano que encontraran. El recipiente emitía órdenes más pequeñas a sus fuerzas dispersas, los mechs trabajadores desenterrando basura del fondo del Conducto o refinando apartamentos destrozados en espacios de trabajo útiles: seguir construyendo nuevos mechs, pero no solo luchadores.

Alpha necesitaría más constructores, más máquinas de construcción. Ahora tenía todo un mundo para crear.

—¿Tenemos que ver cada segundo? —interrumpió Kaydee, su voz flotando—. Ninguno de nosotros estaba en la grabación de Alpha. —El tiempo corre, ¿no?

Buen punto. Me había dejado llevar por el momento, por la fantasía de poder de Alpha hecha realidad. Sus órdenes, menos las que pedían, ya sabes, destruir a todos los humanos, encajaban con lo que yo podría hacer: un nuevo mundo para rehacer para una nueva generación de mechs.

Siguiendo la idea de Kaydee, avanzamos rápidamente a través de varios videos más, llegando a un momento particular cuando Alpha dejó el Puente. Había estado entre esas terminales durante horas, mirando el cielo nocturno y escuchando actualizaciones mientras sus mechs hacían su trabajo. Al menos, asumí que eso era lo que estaba haciendo: ninguna palabra llegaba a él, ningún mech hacía un informe verbal. Sin embargo, si las máquinas podían actualizar a Alpha a través de la red, entonces...

—Aquí —dijo Kaydee—. Se está yendo. Y rápido.

Alpha se apartó de la gran pantalla del Puente, echando a correr rápidamente pasando las terminales, por el pasillo que conectaba el Puente con el Conducto. Cuando Alpha llegó a la plataforma plateada, el nexo de todas las pasarelas que llegaban a la proa de Starship, flexi-mechs, mensajeros y más se unieron a él.

Alpha señaló hacia arriba, hacia la parte superior de Starship, y los mechs se dirigieron en esa dirección. Alpha se unió, tomando un ascensor y subiendo. A su alrededor, los mensajeros y sus jets resoplaban. Alguna máquina le entregó a Alpha uno de sus nuevos rifles de energía. El recipiente parecía listo para la guerra.

Y la encontró.

Cuando el ascensor de Alpha llegó al nivel superior, la luz lo envolvió. No del tipo inofensivo, sino la energía ardiente y mortal que se encontraba en el mismo rifle que Alpha sostenía. Sus ojos vieron la pasarela del nivel superior, la vieron inundada de llamas mientras sus mechs se lanzaban a la devastación. Los flexi-mechs salieron corriendo del ascensor, disparando mientras avanzaban, solo para ser aniquilados cuando rayos azul-blancos se estrellaban contra sus delgados esqueletos. Alpha, y nosotros, no podíamos ver de dónde venían los disparos debido al espeso humo que escupían otras máquinas destruidas.

El mismo Alpha se escondió en una residencia destrozada cerca del ascensor. Escondido detrás de una columna, asomó la cabeza y vio cómo los mensajeros eran derribados del cielo, vio cómo sus flexi-mechs se desmoronaban disparo tras disparo. Si sus propias fuerzas estaban logrando algún impacto, Alpha no tenía forma de saberlo.

—Vaya —dijo Kaydee—. El tipo está siendo aplastado.

—¿Por quién? —pregunté.

Alpha parecía tener la misma pregunta. Dando la vuelta a la esquina, usando un nuevo escuadrón de flexi-mechs como cobertura, Alpha cargó por la pasarela. Mantuvo apretado el gatillo de su rifle, disparando fuego al azar mientras avanzaba. El humo lo envolvió, las partes de los mechs lo hicieron tropezar. Su visión se nubló, destellos azules de su rifle interrumpiendo el gris.

Hasta que una sombra se alzó ante él, enorme y oscura. Alpha apuntó su rifle hacia la forma, pero un puño oscilante derribó el arma. Alpha intentó hacer una pregunta, pero en su lugar se encontró elevándose: había sido levantado, sostenido en alto por la figura envuelta en humo.

La vista cambió, el humo se movió, luego se despejó para mostrar el techo de Starship alejándose. Un descenso rápido. Alpha, cayendo rápidamente. Cayendo demasiado rápido para sobrevivir ahora con la gravedad completa del planeta en juego.

Al menos hasta que Alpha se retorció, miró hacia abajo y vio al menos una docena de mensajeros reuniéndose debajo de él. Los mechs, con sus jets resoplando al unísono, formaron una extraña almohada, atrapando a Alpha en el aire. Por un segundo, todo lo que Alpha vio fueron esos robots tipo abeja, su cuerpo enredado en sus partes.

—Qué salvada —dijo Kaydee.

—Suertudo.

Los mensajeros dejaron a Alpha de vuelta en la plataforma del Puente. El recipiente no esperó, sino que corrió de vuelta a las terminales. Tecleó, reactivando esas barreras rojo cereza, apagando los ascensores alrededor del Puente. Y le dijo a sus flexi-mechs que corrieran, que lucharan, que sobrevivieran.

Y para los otros, los que había encargado de hacer el nuevo futuro de los mechs?

Abandonar esa esperanza. En cambio, cada segundo, cada recurso, se dedicaría a las armas.

VEINTIDÓS

PRIMER CONTACTO

Resolver misterios, según las historias del Bibliotecario en mi sistema, debería haber sido satisfactorio. Descubrir que Alpha había dedicado todo su empeño a fabricar destrucción era todo lo contrario.

—Bueno, eso es una mierda —dijo Kaydee mientras nos encontrábamos de nuevo en el Jardín.

Delta, siguiendo mi señal, había liberado al mech flexible. La máquina ni siquiera intentó luchar, en su lugar se escabulló salpicándonos a todos en su prisa aleatoria.

Ahora nosotros tres, junto con la presencia virtual de Kaydee, intercambiábamos ideas sobre qué demonios íbamos a hacer.

—Quiero decir —continuó Kaydee—, no podemos simplemente abandonar nuestra misión. Alpha tiene que desaparecer.

Transmití el sentimiento a Delta y Beta, quienes parecían más interesadas en sus armas que en lo que yo tenía que decir. Beta reveló la razón un segundo después:

—Así que los eliminamos a ambos —dijo Beta—. Fácil.

—Ni siquiera sabemos quiénes son los otros —protesté —. O qué son.

—Nosotros sí —dijo Delta, colgándose la espada al hombro y marchando hacia la salida del Jardín, la que conducía al Puente—. No sé si recuerdas nuestro viaje a la cima. El mech de allí. Dijo que había más humanos esperando.

Winston. El Mayordomo. Un mech espeluznante más interesado en algunos días de gloria que en ayudarnos a salvar la Nave Estelar. Había murmurado una y otra vez sobre lo poco aptos que éramos para caminar por la alfombra carmesí, y sí, había mencionado un grupo único de élites que se habían congelado para esperar un mañana mejor.

—Las cosas que luchaban contra esos mechs flexibles sabían lo que hacían —dije, chapoteando a través del agua que nos llegaba a los tobillos tras Delta—. No eran unos imbéciles bebedores de vino.

Palabras directamente de la boca de Kaydee a la mía. Ella sentía poco aprecio por la porción pretenciosa de la Nave Estelar.

—O saben cómo luchar o tienen máquinas dispuestas a hacerlo por ellos —respondió Delta—. Pero lo que describiste no suena como ningún mech que yo conozca.

—Suena como alguien en un traje de protección —dijo Beta.

—Podría ser —añadió Kaydee—. Tal vez se despertaron, se dieron cuenta de que la Nave Estelar había aterrizado pero no confiaban en el aire. Salieron listos para pelear.

—No es del todo malo —dijo Beta después de que nos agachamos bajo otro árbol caído—. Se matan entre ellos, nosotros limpiamos lo que quede.

Ese brillante sentimiento nos acompañó mientras

salíamos del Jardín. El Conducto de este lado crepitaba de actividad: más mechs flexibles y mensajeros zumbaban alrededor, algunos huyendo alrededor del Jardín, otros avanzando hacia las Líneas de Fabricación. Ni uno solo nos prestó atención.

No es que nosotros les prestáramos mucha: sobre nosotros, la niebla amarillenta del Conducto centelleaba. Los destellos delante se reflejaban a través de las gotas de agua en chispas intermitentes mientras estallidos, explosiones, gritos y crujidos seguían.

—¿A quién primero? —preguntó Beta.

—A los recién llegados —dijimos Delta y yo al mismo tiempo, y luego nos miramos.

—Tú primero —dijo Delta.

—Podrían ser posibles aliados —dije encogiéndome de hombros—. Si los ponemos de nuestro lado, nos ayudarán a acabar con Alpha. Si no, tal vez tengamos que intentar lo contrario.

—¿Aliarnos con Alpha? —preguntó Beta.

—Ni de coña —murmuró Kaydee.

—Estaban destruyendo todos los mechs —argumenté—. Haciéndolos pedazos. ¿Qué crees que nos pasará a nosotros? ¿O incluso a Val? Necesitamos saber qué quieren, quiénes son.

—Y si no son lo que necesitamos, los acabamos rápido —concluyó Delta.

Nadie tuvo una opinión discrepante. Claro, Alpha podría usar el tiempo extra para hacer otro mech o tres, pero eso no cambiaría nuestras probabilidades tanto como un enemigo desconocido reclamando la Nave Estelar.

Tomamos el ascensor más cercano hacia arriba, dirigiéndonos directamente al nivel superior. Tres recipientes armados y listos para cualquier cosa. La espada de Delta, los cuchillos de Beta y mi rifle. Nuestra piel sintética cubría partes y tornillos dañados por demasiadas peleas. Nuestra programación borraba miedos y defectos con lógica. Nos dirigíamos a un futuro incierto, y ninguno de nosotros tenía miedo.

—Ninguno de vosotros, tal vez —dijo Kaydee mientras el ascensor se asentaba en la pasarela superior—. Yo tengo nervios de sobra si queréis algunos.

—No, gracias —respondí mientras nos poníamos en marcha, dirigiéndonos hacia el Puente.

En el paradigma social de la Nave Estelar, los niveles superiores significaban una posición más alta. Al estilo humano, a los ricos y poderosos les gustaba mirar desde arriba a los que gobernaban. Por lo tanto, los lugares por los que pasábamos aquí arriba no eran restaurantes y tiendas, sino hogares. Más grandes y más pulidos, con placas de nombres en lugar de números, con barreras brillantes cubriendo puertas en espiral no dañadas por mechs corriendo descontrolados. Los alcances dividían cada propiedad, nichos para máquinas guardianas altas que ahora, afortunadamente, estaban vacíos.

—¿Dónde puso Alpha todos esos? —se preguntó Beta mientras pasábamos junto a otra abertura de tres metros.

—He visto algunos —respondí—. Cerca de Alpha, principalmente. Tal vez vigilando sus piezas más valiosas.

—O destruidos —sugirió Kaydee—. Apuesto a que estos no tenían mucha flexibilidad en su código. Aplastar cualquier cosa que no tuviera el permiso para entrar y eso es todo. Alpha no habría tenido mucho con qué trabajar.

Aquí arriba, también, los sonidos cambiaban. El combate se escuchaba más claramente, los destellos también. Adelante, la pasarela desaparecía en el mismo humo que habíamos visto en los recuerdos de Alpha, un blanco vainilla que se iluminaba intensamente cada vez que un disparo lo atravesaba.

Esos disparos ahora no eran solo para espectáculo: nos apretamos contra el lado izquierdo de la pasarela, apretujándonos contra la barandilla mientras el ocasional estallido escupía a través de la niebla y rozaba el suelo cerca de nosotros.

—¿De qué lado nos ponemos? —preguntó Delta mientras nos acercábamos a los bordes del humo—. ¿De los mechs de Alpha o de lo que sea que los está matando?

—El enemigo de mi enemigo —murmuró Kaydee.

—Mantengamos las armas bajas si podemos —dije—. Nada de cuerpos a menos que sea necesario.

La primera prueba llegó a no más de diez metros dentro del humo, una sustancia espesa que mis sensores identificaron como un supresor de incendios derramado. Los pies de Delta golpearon primero a un mech flexible caído con sus dígitos temblando a pesar del agujero del tamaño de una explosión en su pequeño pecho. Mientras ella pasaba su espada por el procesador de la cosa y ponía fin a su miseria, vimos acercarse una pesada sombra.

—Armas arriba —siseó Beta, y Delta tenía su espada lista para un bloqueo y estocada en un segundo.

La sombra se movió, levantó una mano.

—Este está sosteniendo alguna basura como si fuera una espada. ¿Hemos visto algo así antes?

La voz sonaba joven, curiosa. Para nada amenazada.

—Te enseñaré lo que es basura —gruñó Delta, pero puse mi mano en su hombro.

—No nos han disparado —dije.

—Aún.

Otra sombra se unió a la primera, las dos cubriendo ahora el ancho de la pasarela con su volumen. Capté pala bras volando de un lado a otro entre ellos, un ligero murmullo.

—Nada como tener tu destino discutido justo frente a ti —dijo Kaydee.

Buen punto.

—Oigan —anuncié a las dos figuras—. Nosotros, eh, venimos en paz.

La frase parecía ser favorecida en tantas películas antiguas, pensé que valía la pena intentarlo.

Gané su atención. Ambas sombras se enderezaron, miraron en mi dirección, un giro que solo pude ver gracias al humo moviéndose con su movimiento.

—¿Este también está hablando? —dijo la misma voz de antes, la más joven—. Casi se siente como en casa.

—Excepto que te arrancarán el corazón tan pronto como te preparen el desayuno —dijo la segunda, palabras ásperas de una mujer.

Como Val, si hubiera pasado unas décadas masticando papel de lija.

—No vamos a arrancarle el corazón a nadie —dije, ignorando el "tal vez" susurrado de Delta—. No estamos con estos otros.

—¿Ah, no? —respondió la mujer—. ¿Entonces eres un mech?

Detrás de mí, noté que Beta giraba un cuchillo a posición de lanzamiento. Delta cambió su peso a una pierna, lista para impulsarse.

—No como los que ustedes conocen —intenté—. Solo queremos hablar. Entender qué está pasando aquí.

—¿Qué está pasando? Lo que está pasando es una guerra, y ustedes están del lado equivocado.

Cuando terminó de hablar, Beta lanzó su cuchillo. Silbó junto a mi oído, dando en el blanco contra algo metálico en los brazos de la mujer. Una luz azul destelló, la mujer dejó caer el objeto, y Delta, con una fuerte patada voladora, la derribó. En el mismo movimiento, el brazo derecho de Delta golpeó su espada contra la garganta de la otra sombra.

—Llámala basura otra vez —gruñó Delta mientras la alcanzaba.

Las sombras se resolvieron en algo más y menos de lo que había imaginado. El volumen provenía de pesados abrigos de protección, gruesos uniformes hechos, como me informó Kaydee, para manejar desastres tóxicos o incendiarios. Aumentados con estructuras potenciadoras de fuerza para manejar cargas pesadas, o levantar recipientes como Alpha. Sus máscaras no eran atuendos siniestros, sino respiradores oscurecidos por el tiempo y la corrosión. Podía ver, a través de las placas de plástico que protegían los ojos del joven, el mismo miedo que había visto en demasiados humanos.

—Delta, relájate —dije, luego me concentré en el hombre—. Tendrás una mejor oportunidad de sobrevivir si sueltas el rifle.

El hombre no necesitó más persuasión. Con un estrépito, el arma golpeó el suelo y sus manos fueron hacia el techo.

—¿Quiénes son ustedes? —se atrevió a preguntar.

El compañero del hombre se adelantó a su respuesta, alcanzando desde el suelo para intentar derribar la pierna de Delta. Mala idea. El recipiente vio venir el movimiento, apartó su espada de la garganta de su rehén para clavar, con la punta hacia abajo, a la mujer de nuevo al suelo. No es que el rehén pudiera hacer mucho con su momentánea libertad: Beta tenía dos cuchillos contra él, uno en su cuello y el otro presionando su espalda, antes de que esos brazos cubiertos pudieran bajar.

—Somos curiosos, eso es lo que somos —dije—. ¿Quiénes son ustedes?

—No les digas nada —dijo la mujer desde el suelo—. No sabemos para quién trabajan, qué quieren. Bastardos.

El hombre miró a la mujer, me miró a mí. Su rostro oculto detrás de esa máscara grande e inútil. Mis sensores indicaron que el humo era inofensivo, un poco irritante para los pulmones pero nada que acabaría con sus vidas.

Así que me acerqué y le arranqué la máscara al hombre. Expuse un rostro en estado de shock, ojos abiertos que llamaban la atención sobre el acné, la piel suave. Su voz me hizo calificarlo como joven, su rostro me hizo llamarlo adolescente.

—¡No! ¡No respires! —gritó ahora la mujer, o empezó a hacerlo antes de que Delta moviera la punta de su espada hacia la garganta de la mujer.

El chico mantuvo la boca cerrada, con los ojos desorbitados. Nunca había visto a un humano intentar contener la respiración antes y la vista resultó extraña. Las venas se hincharon. Los labios se comprimieron. Los ojos no parpadeaban.

—Diablos, Gamma, dile que está bien —dijo Kaydee—. Estás siendo un idiota.

Cierto.

—Es seguro respirar —dije—. No te preocupes.

El chico inclinó la cabeza, pareció conectar algo de lógica y abrió la boca.

—Eres humano y estás respirando, ¿verdad?

—Más o menos —dije—. Ahora, ¿qué tal si empiezas a hablar y veremos si Delta mantiene su espada bien guardada?

—Está bastante afilada —añadió Delta, esbozando una sonrisa siniestra.

Ya fuera por la sonrisa o por la espada, el chico habló bastante. También lo hizo, después de que la desarmamos, la mujer, la madre del chico. Los alejamos del humo para que no tosieran cada minuto y nos contaron las horas, días, años que habían quemado dormidos en la Nave Estelar.

Lo que equivalía a sueños y poco más. Una sensación, sueño frío seguido de un despertar. Entre medias, sueños dirigidos. Repetición interminable repasando lo que los civiles dormidos necesitarían para sobrevivir.

—Supongo que se grabó en nosotros —dijo el chico—. Aprendimos cómo sostener un arma. Cómo cultivar. Cómo hacer, como, cualquier cosa.

Kaydee silbó mientras hablaban, apoyándose contra el casco del Conducto. Le dije a Delta y Beta que continuaran con el interrogatorio y me acerqué a mi mente, le pregunté qué pensaba.

—Ese era el respaldo —dijo Kaydee—. Si las cosas se rompían demasiado, algunas almas afortunadas podrían llegar a la cámara criogénica y conectarse.

—Pensé que el punto era congelarte para que nunca envejecieras.

—Mayormente, sí —respondió Kaydee—. Apuesto a que pasaron el noventa y ocho por ciento de todo este tiempo en estado de cubito de hielo total. Antes de eso, el programa los bombardeaba con imágenes y sensaciones. Como una configuración de realidad virtual, para que aprendieran todas estas cosas.

—¿Todo porque podrían despertar en medio de un desastre?

—Porque se habrían quedado dormidos en medio de uno —respondió Kaydee.

Sus palabras me transportaron al tiempo en que Kaydee estaba viva, cuando cambió de bando y encontró una causa común con los trabajadores sufrientes de la Nave Estelar. Habían intentado una rebelión y, cuando fracasó, Kaydee fue por los motores. Amenazó con volar la nave a menos que se cumplieran sus demandas.

—No fui yo —Kaydee negó con la cabeza—. Perdí, ¿recuerdas? No hay manera de que todos los ganadores se hayan asustado así.

—¿Entonces qué?

Kaydee se encogió de hombros. —Supongo que deberías preguntarles a ellos.

Sin embargo, el dúo de madre e hijo se calló bastante rápido después de que regresé. La madre me preguntó qué había estado haciendo, hablando solo contra la pared. Un error en el que había caído sin pensarlo. Hasta ahora, los dos humanos pensaban que éramos como ellos, algunos sobrevivientes aguerridos.

Era hora de que la mentira muriera.

Solté apenas la información suficiente. Mechs avanzados, encargados de mantener la Nave Estelar en funcionamiento. Me gané muecas, labios apretados, nada más salvo que la mujer dijo que deberíamos ir a hablar con Pravda y Fang.

—¿Quiénes son ellos? —pregunté.

La última vez que estuve en la habitación de alfombra carmesí, la había dejado arruinada al abrir un agujero hacia el espacio con mi perro. La succión resultante del vacío hizo volar mesas y sillas, rompió botellas de licor y rasgó la alfombra aquí y allá. Según Kaydee, parecía que había habido una fiesta de lo más salvaje.

Según Pravda, un hombre menudo con un porte tembloroso e inclinado, yo había arruinado todo lo que importaba.

—El vino, el ron, el vodka —se quejó Pravda, guiándonos a los tres en un recorrido por las ruinas. Detrás de nosotros seguían otros seis, vestidos de manera similar con trajes de protección, aunque estos se habían quitado las máscaras—. Todo irreemplazable, ¿entienden?

—No nos importa —dijo Beta.

Pravda levantó un solo dedo, dándonos la espalda. —Por supuesto que no les importa, son máquinas. ¿Cómo podrían siquiera saber, mucho menos preocuparse por lo que es realmente importante?

—Ya odio a este tipo —dijo Kaydee, con los brazos cruzados a mi lado.

Ya había clasificado a Pravda como un nuevo arquetipo humano. No encajaba en el molde fuerte de Val, ni en el liderazgo investigativo de Leo. Pravda no parecía tan abiertamente hostil como Peony, ni tan amable como Sybil, la arquitecta de la Nave Estelar. En cambio, era un diletante quejumbroso, agraviado por pérdidas menores pero dispuesto a asumir un futuro mejor en la medida en que sus subordinados pudieran encontrarlo para él.

¿Y esos subordinados?

Pravda nos dio el recuento completo rápidamente. Casi cincuenta habían sobrevivido al proceso de criopreservación —no diría cuántos no habían despertado—, pero cada uno llevaba consigo conocimientos letales. Más importante aún, cada uno sabía que su supervivencia dependía del Equipo.

—El Equipo —continuó Pravda, rodeando el bar destrozado— está dispuesto a pasar por alto su condición de no vivos a cambio de su ayuda. Ayuda que, creo, estaban en camino de proporcionar antes de encontrarnos, ¿no?

—Alpha es un riesgo para la Nave Estelar —respondió Delta sin emoción—. Vamos a eliminar ese riesgo.

—Así que Alpha es el líder de estas molestas máquinas —Pravda detuvo su recorrido, se volvió hacia nosotros y golpeó con un solo dedo la barra de granito gris—. Entonces trabajemos juntos. Ustedes tres con sus... cuchillos, y nosotros con nuestros rifles. Una solución rápida, y luego pasaremos a cosas más importantes.

Aún no habíamos mencionado a Val. No lo habíamos hecho porque tanto Beta como Kaydee sugirieron que lo mantuviéramos en secreto. Beta porque no confiaba en Pravda, y Kaydee porque el grupo de Pravda habría sido el que encerró a los antepasados de Val en su mazmorra de chatarra.

Así que cuando Pravda se embarcó en preguntas sobre la Guardería y la civilización venidera liderada por el Equipo, respondí y me apegué a una versión de la verdad.

—Está a salvo —respondí—. Alpha no ha destruido ni un solo vial.

—Perfecto —asintió Pravda—. Entonces váyanse. Fang los incorporará al asalto.

Delta y Beta me miraron y yo asentí. —Hagamos lo que vinimos a hacer.

Kaydee me observó mientras esperábamos en el Conducto. Fang, la principal luchadora del Equipo —Pravda no especificó cómo se habían ganado tales calificaciones, solo que Fang tenía el trabajo— estaba en camino. Mientras tanto, podíamos mirar hacia abajo a través del humo que se disipaba para ver la lucha debajo.

Alpha había cortado los ascensores, obligando a los humanos a descender por las escaleras un paso lleno de láser a la vez. Los mechs flexibles y los mensajeros acosaban a la fuerza descendente, pero la resistencia parecía fragmentada según el progreso, detallado por los destellos láser descendentes. Si ese progreso continuaría una vez que el Equipo se acercara al Puente y los nuevos mechs de Alpha entraran en juego...

—¿Qué? —pregunté mientras Kaydee, mirando a través de una lupa virtual, escudriñaba mis ojos.

—Estoy tratando de averiguar qué te pasó —dijo Kaydee—. La última vez que un humano te dio órdenes, te quedaste rumiando sobre ellas, intentando decirme cuánto mejor sería si los mechs dirigieran todo.

—Así que cambié. Tú lo haces.

—¿Cambiaste cómo? ¿Es este un cambio de "Gamma ha visto la luz" y ahora estás encantado de hacer el trabajo sucio de Pravda?

Puse los ojos en blanco, otra afectación de Kaydee. —Sé cómo usarlo.

—Vaya. ¿Así que ahora eres un conspirador?

—Si quieres llamarlo así —dije, y luego bajé la voz a un nivel demasiado bajo para que los humanos reales lo oyeran. Kaydee técnicamente no necesitaba una respuesta audible, pero el reflejo y el hábito me lo hacían más fácil—. Este equipo, toda esta gente descongelada, facilitará detener a Alpha. Después de eso, los usaremos para evitar que Val haga explotar la Nave Estelar.

—¿Qué? ¿Crees que...?

—La escuchaste —dije—. Por eso dejé a Alvie atrás. No creo ni por un segundo que Val vaya a dejar que sobreviva una amenaza para su tribu. Una vez que piense que es seguro, detonará la nave de alguna manera.

—¿Pero cómo? —preguntó Kaydee.

—No tengo idea —respondí—. Pero no voy a apostar en su contra.

Podía ver a Kaydee preparándose para preguntarme exactamente cómo usaría a Pravda para mantener a Val pacificada, pero las palabras no llegaron a salir antes de que nuestra nueva comandante apareciera en escena.

Fang subió sola el último escalón, con dos rifles colgados

sobre una capa cicatrizada en su espalda. A diferencia de la mayoría de los humanos, había descartado el uniforme de protección por uno más cómodo, aunque parecía ser una combinación gruesa de abrigo y pantalones con más bolsillos y lazos de los que jamás había visto. Y cada uno de ellos, además, contenía armas, dispositivos, botiquines médicos.

Además, Fang tenía algo más que los otros no: si Pravda y los demás criogénicos parecían delgados y desnutridos, Fang tenía corpulencia. No se había matado de hambre, no había jugado a largo plazo.

—¿Vosotros tres sois mis nuevas estrellas? —anunció Fang, con una voz que sonaba como acero repicando. Nos examinó de arriba abajo, entrecerrando los ojos con las manos sobre las empuñaduras de dos pistolas en su cintura.

—Estamos aquí para matar a Alpha —ofreció Delta.

A Fang se le dibujó una inquietante y fina sonrisa en el rostro.

—Entonces habéis llegado justo a tiempo.

TU ENEMIGO, MI ENEMIGO

Nos apresuramos escaleras abajo mientras Fang nos daba detalles por el camino. Primero, amplió la historia de Pravda, informándonos sobre los emocionantes momentos posteriores a la criogenia cuando los despertados emergieron para encontrar la Nave Estelar no exactamente como esperaban. Fang hizo el primer movimiento hacia las armas, armando a la gente y recordándoles los sueños de entrenamiento que habían tenido durante su sueño de siglos.

—Hemos estado disparando desde entonces —dijo Fang mientras llegábamos al final del tercio superior.

El Conducto pasó de lujo a administrativo, los lugares aquí descartaban los ornamentos por claridad y funcionalidad. Comida y fundiciones, apartamentos junto a cafeterías. Todo casi prístino, todo protegido por las mismas cosas que, según Fang, ahora se interponían en su camino.

Los grandes mechs medían tres metros, empuñaban porras más grandes que yo, y tenían al cuarteto de avanzada de Fang acorralado dos niveles debajo de nosotros.

—Antes de que preguntes, cuatro es todo lo que puedo

permitirme —dijo Fang mientras explicaba la situación—. No tenemos números ni suficientes combatientes.

—Pensé que habías entrenado a todos —dije mientras nuestra bajada se ralentizaba. Delta descolgó su espada del hombro, Beta sacó dos cuchillos—. ¿No deberían ser todos tus tripulantes combatientes?

—Saber disparar un rifle y querer hacerlo son dos cosas muy diferentes —respondió Fang—. Deberías saberlo.

Le lancé a Fang una mirada interrogante. Había estado dando información más que recibiéndola, pero sus palabras habían sido todas superficiales. Historia. ¿Qué sabía ella sobre los mechs?

—No me mires a mí —dijo Kaydee—. Ella apareció mucho después de que me desterraran a la nada gris.

Fang no esperó a que encontrara una buena respuesta. Continuó directamente con las órdenes, diciéndoles a Delta y Beta que encontraran una forma de bajar que no requiriera pasar directamente por sus posiciones defensivas.

—No me importa —dijo Delta a eso mientras bajábamos del escalón un nivel por encima de la lucha.

—¿Qué? —respondió Fang, añadiendo una mirada entrecerrada.

—Tus posiciones defensivas —habló Beta por Delta, quien se dirigió al borde de la pasarela y miró hacia abajo—. No somos tuyos para que nos des órdenes.

—Entonces considéralo una petición, no una orden —respondió Fang, esbozando una sonrisa insincera.

Me uní a Delta, mirando hacia abajo a los destellos. Durante el descenso habíamos pasado un mech destruido tras otro, quemaduras de láser por todas partes. Escalones enteros habían sido fundidos por disparos fallidos, convirtiendo el suelo en un lodo endurecido. Ahora veíamos el momento en que se creaba el lodo.

El cuarteto de Fang libraba una batalla desesperada, agachándose en la escalera un descanso por encima del nivel, a medio camino entre nosotros y esos monstruosos mechs. Esta vez habían fundido los escalones a propósito, derritiendo el camino para que los colosos no pudieran subir. Los humanos se agazapaban allí con sus abrigos negros y sus máscaras de gas, disparando ocasionalmente contra los grandes mechs.

Esos disparos encontraban una armadura rígida, gruesas pieles metálicas dispuestas a resistir el calor de un láser con apenas una mancha. Cinco grandes observaban la escalera rota, sosteniendo sus porras en una inútil advertencia a los humanos.

—Parece un punto muerto —dije.

—Una falla en su código —añadió Kaydee—. Apuesto a que quien los armó nunca pensó que necesitarían evaluar escalones rotos en la Nave Estelar.

—Hasta que Alpha los cambie —repliqué, atrayendo miradas de mis amigos y Fang—. Él estará observando esto. Cuando descubra la lógica correcta para ajustar, esos mechs simplemente tomarán el ascensor. O saltarán hasta tu equipo.

—Por eso estás aquí —dijo Fang—. Manos a la obra.

Delta y Beta no necesitaron más estímulo. Ambos se balancearon sobre la barandilla, sosteniéndose con una sola mano hasta que el impulso los envió de vuelta hacia el casco exterior de la Nave Estelar, hacia la pasarela inferior.

—No podías haber sabido que apareceríamos —le pregunté a Fang, observando cómo Delta y Beta atacaban por detrás—. ¿Cuál era tu plan?

Los cinco colosos no eran tan ciegos como para ignorar las dos nuevas entidades en su medio. Tan pronto como Delta y Beta aterrizaron, todo el grupo giró como uno solo para enfrentar una amenaza que su programación podía manejar.

Delta aterrizó más cerca, atrayendo el golpe del mech grande más cercano. El monstruo se abalanzó, llevando su porra a un golpe por encima de la cabeza. Un gran compromiso, que Delta jugó sin pestañear, dejando que su hoja se balanceara hacia arriba, desviando el golpe de martillo ligeramente mientras pasaba el filo de su espada a lo largo del mango de la porra. Al final de la porra, Delta cortó hacia arriba y hacia afuera, cercenando cables y metal para cortar el brazo izquierdo del coloso. La porra cayó sobre la pasarela. El gran mech, inestable e incapaz de manejar la inversión de Delta, recibió una estocada ascendente directamente en su estómago y carcasa de batería.

—¿Mi plan? —dijo Fang mientras el mech echaba chispas y se incendiaba. Me lanzó una mirada evaluadora—. ¿De qué lado estás?

Un segundo coloso se abalanzó sobre Delta, aprendiendo de su amigo y optando por un barrido en su lugar. Mientras Delta retiraba su hoja dentada, tres cuchillos pasaron zumbando sobre su cabeza, cada uno en una línea perfecta con el anterior. El primero clavó su punta en el pecho del gran mech, justo en su corazón blindado. El segundo y tercer cuchillo, girando con los mangos por delante, rebotaron en el primero, hundiendo su punta más profundamente hasta encontrar oro. Un chirrido emergió de la boca del coloso, el barrido de la porra se ralentizó mientras el procesador del mech moría.

Delta dio un empujón a la cosa inútil y todo ese metal cayó hacia atrás, colapsando con un estruendoso golpe.

—Estamos de nuestro propio lado —dije—. Queremos ayudar a los humanos y evitar morir nosotros mismos.

—Gamma, amigo mío, a veces tienes que aprender a ser

sutil —suspiró Kaydee—. La idea es no darles una visión perfecta de tus intenciones.

Solo pude preguntarme por qué no, pero Fang empezó a hablar de nuevo.

—No estás con Alpha. No hemos oído de las Voces desde que despertamos, así que no estás trabajando con ellos —reflexionó Fang.

—¿No escuchaste lo que acabo de decir?

—Oh, te escuché, pero eres un mech. Tienes que estar trabajando para alguien.

—Alpha no lo hace.

—Eso es lo que tú crees. —Fang se acercó tanto a mí que podía contar los pelos de su nariz. Parecía estar leyendo mis ojos como si fueran un libro—. Cuatro recipientes sobrevivieron. Lo intentamos, pero ahora mírate.

Abajo, Beta y Delta se enfrentaban a otros dos grandullones con bastones. El último de los cinco mantenía su atención hacia las escaleras, donde parecía haber encontrado un cambio de actitud. En lugar de intentar subir los escalones, levantó el bastón sobre su cabeza y comenzó a golpear las escaleras, rompiéndolas.

El cuarteto de Fang se dispersó, disparando y trepando de vuelta hacia nosotros. Un escape demasiado tardío: el mech leyó sus intenciones, saltó del suelo en un feo brinco que le dio la altura para lanzar su bastón hacia arriba. El arma pesada aplastó el siguiente escalón, el que conectaba con nuestro nivel, y lo atravesó, derrumbando los peldaños. Un segundo salto le permitió al mech agarrar el mango de su bastón, liberándolo y enviando al grupo de Fang a caer a su nivel, aplastados por los escombros.

Detrás de ese desastre, Delta y Beta lo estaban pasando peor. Estos mechs grandes no eran idiotas: habían visto a sus compañeros y usaban sus bastones para forzar a Beta y

Delta a retroceder. Giraban sus hombros o desviaban los cuchillos de Beta, las hojas marcando el rastro del conflicto a lo largo de la pasarela.

—¿Cuatro sobrevivientes? —preguntó Kaydee—. ¿Qué demonios quiere decir con eso?

Tuve que dejar esa pregunta de lado por el momento, concentrándome en su lugar en mi rifle. Di unos pasos rápidos hacia el agujero roto en nuestra pasarela donde habían estado las escaleras y apunté hacia abajo. Los humanos luchaban, esos grandes trajes trabajando en su contra mientras la tela se enganchaba en el metal afilado y roto. Alguien gritó. Alguien maldijo.

El mech no prestó atención a ninguno. En su lugar, levantando su bastón recuperado, el coloso avanzó. Sus ojos nunca se volvieron hacia mí, ajeno. Por una vez en mi vida, tenía un tiro que podía hacer.

Con Fang acercándose detrás de mí, apunté el rifle hacia la izquierda, esperé mientras el mech levantaba su bastón, ambos antebrazos enmarcando su cabeza. Un objetivo claro.

Mis dedos presionaron el gatillo una vez. El rifle zumbó, los gases encontraron su contraparte eléctrica y emitieron un rayo apretado y peligroso. La programación de Leo resultó perfecta: mi disparo dio en el blanco, vaciando la cara del mech y convirtiéndola en un pozo fundido.

No es que al mech pareciera importarle. El bastón comenzó a avanzar.

—¡Gamma! —gritó Kaydee, sin ayudar precisamente a nadie.

Ajusté el ángulo, moví el rifle hacia la derecha y volví a apretar el gatillo.

El destello azul-blanco cortó limpiamente el bastón en movimiento, partiendo el arma por la mitad y enviando la cabeza pesada a volar. Pasó por encima de los humanos aterrorizados, rebotó en la proa de Starship y desapareció en el Conducto. El mech sin rostro, mientras tanto, completó su balanceo y asestó un feo golpe al suelo de la pasarela, a un metro de los humanos.

Kaydee gritó algo que pensé era un cumplido, pero contenía tantas palabrotas que no podía estar seguro.

—Buen tiro —dijo Fang, y noté que sus pistolas estaban de vuelta en sus manos—. Termínalo.

Sin el bastón completo, el mech arrojó el resto a un lado, utilizando sus pies y puños para dar los golpes mortales. Ninguno ayudó mucho contra mis disparos certeros. Con un objetivo a la vista, el mech no hizo mucho por cubrirse, abandonando la defensa por atacar a los humanos enterrados. Lo convertí en un alfiletero en llamas, atravesando sus extremidades con fuego caliente hasta que su cuerpo humeante y chispeante dio un amplio giro y se desplomó, fallando a sus víctimas y encontrando un descanso permanente en una inclinación muerta contra el casco de Starship.

Aprovechando el hueco, me eché el rifle al hombro y salté, aterrizando en el nivel inferior en cuclillas. Los humanos me miraron, sus rostros ocultos detrás de sus máscaras negras. Podría haberlos ayudado, podría haber arrancado el metal, pero tenía otras prioridades.

A saber, mis dos amigos, ya a una buena distancia, todavía bailando con los grandullones. Mi rifle tenía suficiente energía para algunos disparos más antes de una recarga y lo aproveché bien, avanzando y disparando mientras iba. Mis disparos golpearon a los colosos en sus hombros y espalda blindados, sin hacer nada excepto llamar su atención.

Delta y Beta hicieron el resto.

Cuando el mech de la izquierda se tambaleó para ver quién le había pegado en la pierna con un láser, Beta se lanzó hacia adelante, corriendo por el bastón de la cosa para aterrizar una puñalada doble con cuchillo en el cuello demasiado humano del monstruo. Los cables cortados lucharon por llevar órdenes, fallaron en mantener al mech de pie cuando Beta se impulsó hacia atrás en un salto mortal, escapando del inútil golpe del mech de la derecha. Él mismo expuesto, Delta fue por un corte incapacitante, volando los tobillos del coloso de la derecha y, cuando el corazón procesador del mech alcanzó el nivel correcto, asestando el golpe mortal.

—Mírense ustedes tres —dijo Kaydee mientras finalmente me volví para ayudar a los humanos a salir de los escombros—. Simplemente demasiado buenos.

—Trabajo en equipo —respondí—. Resulta que hace las cosas más fáciles.

Fang nos encontró no mucho después de moverse a lo largo del Conducto para encontrar una segunda escalera hacia abajo. Teníamos a los humanos enderezados, sus máscaras quitadas y atendidos. Una muñeca rota, un par de narices sangrantes, los rasguños habituales y nada más.

No quiere decir que no recibiéramos nuestra buena dosis de miradas sospechosas mientras tanto. Eso se detuvo cuando Beta tomó una pistola blandida, giró su empuñadura para que el extremo equivocado apuntara a su dueño, y preguntó si quería repetir lo que había dicho.

Después de eso, no escuché otra palabra sobre los mechs. Fang se aseguró de ello cuando envió al cuarteto de vuelta arriba, donde podían hacer de patrulla y mantenerse a salvo.

—Podríamos usar la ayuda —dije a los humanos que se retiraban—. Su distracción fue útil.

—Sus vidas son valiosas —dijo Fang—. Además, te las arreglaste bien haciendo ese trabajo allá atrás. Buen trabajo.

Delta, con su hoja limpia, apuntó la punta hacia las escaleras. —¿Seguimos?

Noté que la pregunta no estaba dirigida a Fang, sino a mí, así que cuando la humana comenzó a responder, la interrumpí.

—Otros diez niveles antes del Puente —dije—. El tiempo se acaba.

Delta asintió y se puso en marcha. Beta lanzó una mirada entre Fang y yo antes de encogerse de hombros y seguirla.

—¿Tenemos una lucha de poder aquí? —me preguntó Kaydee.

—No —dije en voz alta—. Esta es nuestra misión ahora. —Hice un gesto hacia las escaleras con el rifle—. Después de ti.

No había olvidado lo que Fang dijo, y a juzgar por su pequeña sonrisa mientras pasaba, ella tampoco.

Cuatro recipientes sobrevivieron. ¿Cuántos de mis hermanos y hermanas habían sido asesinados?

VEINTICUATRO

SANGRE FRÍA

Delta no tanto nos guiaba como abría un camino. Con las cuchillas de Beta respaldándola, la unidad saltaba varios escalones a la vez, bisecando los mechs flexibles desordenados, mensajeros y un par más de moles que quedaban en nuestro camino. Me quedé atrás con Fang, ambos eligiendo momentos oportunos para disparar con precisión. Por primera vez, sentí que nuestro progreso era inexorable, el resultado ya estaba decidido.

El ejército de mechs flexibles de Alpha había desaparecido, dispersándose hacia las Líneas de Fabricación, a otras partes de la Nave Estelar o, como revelaba un resplandor abajo y a nuestra derecha, al exterior. Alpha había reabierto la salida de la Nave Estelar con el amanecer y la luz natural se extendía por el Conducto.

—¿Crees que huirá? —preguntó Kaydee mientras alcanzábamos el siguiente nivel, a solo un par del puente, nuestro objetivo.

—Si fuera inteligente —dije—. Así que no, probablemente no.

—Ha vivido tanto tiempo —rebatió Kaydee.

—Los escapes por poco se acumulan, ¿no? —respondí—. No se escapará todas las veces.

Sentí una mano en mi hombro y vi a Fang mirándome de cerca otra vez.

—¿Hablando con tu mente? —preguntó, con más preocupación en esas palabras de la que esperaba.

Como si pensara que tenía alguna enfermedad grave.

—Discutiendo planes —dije.

Pasamos a través de algunos restos chispeantes, las débiles partes de un mech flexible marcando nuestro camino. Los sonidos espasmódicos de metal contra metal también nos guiaban, puntuados aquí y allá por el impacto resonante de un cuchillo.

—¿Planes para qué? —continuó Fang.

—Alpha.

Asintió.

—Bien. Mientras se mantenga así.

—¿Enfocado en el objetivo?

—Enfocado en lo que necesitamos que hagas.

Otra declaración extraña. Otro humano poniendo a los mechs en su lugar inferior. Lo ignoré, tal como había hecho con Val. Después de Alpha, dejaríamos atrás a Fang y su pequeño grupo.

—¿Ya tomaste esa decisión, eh? —dijo Kaydee.

La tomé después de conocer a Pravda. El hombre tenía ego de sobra, lo calmaba culpándonos a nosotros. Ni siquiera Val llegaría tan lejos. Mi programación me empujaba a ayudar a los humanos, pero no especificaba cuáles.

Elegiría al grupo que me tratara mejor que a la basura.

—No es que lo hicieran al principio —murmuró Kaydee —. Supongo que aprendieron.

Después de que me hubiera ganado su respeto, claro.

Simplemente no me importaba tratar de ganarme el de Fang.

Llegamos vivos al nivel del Puente. La plataforma en forma de media luna se extendía desde la proa de la Nave Estelar, sirviendo de bienvenida a la sala más importante de la nave. Una bienvenida limpia además: las barreras rojo cereza que conducían al Puente ni siquiera estaban levantadas.

Solo Alpha, solo en la plataforma, enfrentándonos. Desarmado.

—¿Mis amigos favoritos vienen por más? —preguntó Alpha mientras nuestro cuarteto se desplegaba a su alrededor—. Creí haberlos dejado fuera.

Delta me miró de reojo y asintió brevemente. La excepción del código funcionó: no tenía bloqueos. Ahora la única elección era si cortábamos a Alpha en pedazos o le hacíamos algunas preguntas primero.

—Dejaste agujeros —dije—. ¿Qué son...?

El disparo canceló mi voz, su destello brillante cegándome por un momento. La energía viajó, golpeando a Alpha justo en el pecho. Un segundo y un tercer disparo siguieron, cada uno estallando en Alpha hasta que se desplomó, humeante, en el suelo. Fang lo roció dos veces más hasta que le arrebaté la pistola. Retrocedí con el arma hasta que recordé que tenía una segunda, lanzándome de nuevo para quitársela también.

Fang se encogió de hombros mientras arrojaba sus pistolas a un lado, las armas rebotando por el suelo metálico hasta los pies de Delta.

—Creí que querías que estuviera muerto —dijo Fang.

—Estábamos hablando —repliqué. Tanto Delta como Beta se movieron alrededor de la plataforma, cada una cortando una vía de escape. Beta no tenía la capacidad de lastimar a Fang... pero Fang no lo sabría—. Lo asesinaste.

—¿Asesinado? —Fang se rio, fría y endurecida—. No puedes asesinar a una máquina. Era una amenaza para todos en esta nave. Cumplimos la misión.

—No se equivoca —dijo Kaydee, apareciendo junto a mí. Su voz sonaba tranquila, sin convicción—. Alpha no iba a cambiar de bando, Gamma. No ahora.

Los bandos no eran el problema. Demonios, ni siquiera la muerte de Alpha era el problema. Era el cómo. La ejecución sin sentido cuando teníamos una mejor opción.

Una vez más, los humanos demostraban que no se podía confiar en ellos para tomar la decisión correcta.

—¿Entonces qué estamos haciendo aquí, unidad? —dijo Fang—. ¿Vas a dispararme? ¿Por hacer lo que de todos modos querías hacer?

Escuché un chasquido, Beta haciendo sonar sus dedos. Lanzó una mirada hacia arriba cuando la miré a los ojos, una que correspondí para ver caras mirándonos desde arriba. Con esas máscaras negras. A varios niveles de distancia, espiándonos.

—Refuerzos —dijo Fang—, aunque no los necesitábamos. Eres muy bueno en esto de matar.

Sus palabras hicieron que mis funciones dieran vueltas. La directiva principal, mantener a los humanos a salvo, nunca podría ser realmente satisfecha. Siempre debería haber un desastre acechando en algún lugar, una amenaza que neutralizar, pero por el momento no podía encontrar una. No tenía objetivo.

¿Los humanos alguna vez miraban a su alrededor y se preguntaban sobre su propósito? Allí, en la plataforma de entrada al Puente, cuestioné el mío. Intenté encontrar algo a lo que aferrarme, una idea, una meta.

—¿Qué le pasa? —preguntó Fang a Beta mientras yo permanecía allí, buscando.

Tenía que encontrar algo, alguna búsqueda independiente. De lo contrario, Fang podría darme órdenes y no tendría ninguna razón para no obedecer.

—Está pensando si arrojarte de esta plataforma —dijo Delta sin inmutarse.

—Eres peligrosa —reflexionó Fang, rodeándome, manteniendo su distancia de Delta incluso mientras señalaba con un dedo a mi amiga—. Destruimos a los de tu tipo primero. —Un destello de irritación—. Aunque aparentemente no fuimos lo suficientemente buenos en ello.

—Me gustaría verte intentarlo.

Kaydee chasqueó los dedos frente a mis ojos.

—Oye, ¿estás bien ahí dentro? Tu amiga está a punto de iniciar una guerra que no quieres.

Ahí estaba. Un objetivo. Evitar que Delta matara a los humanos. Mi concentración volvió a enfocarse y extendí un brazo, empujando a Fang detrás de mí.

—No es el momento, Delta —dije—. ¿Puedes ir con Beta a las Líneas de Fabricación? Confirmen que ya no siguen las órdenes de Alpha.

Delta balanceó su espada sobre su hombro y dio varios pasos largos hacia mí. Al igual que Fang, el recipiente me observó de cerca. A diferencia de Fang, sabía que Delta no se basaba solo en la intuición, sino en los escáneres de sus ojos. Buscarían imperfecciones, reacciones anormales.

No encontraron ninguna.

—Lo haremos —dijo Delta—. No hagas tonterías, Gamma.

—Sin confianza —repitió Beta.

—Y tú —dijo Delta, mirando por encima de mi hombro

a Fang—. Si algo le pasa a este tipo, los convertiré a todos en fertilizante.

Fang solo le devolvió una sonrisa burlona.

Un zumbido jadeante, irregular y fuerte, arruinó el enfrentamiento. El ruido provenía de más allá de la plataforma, desde abajo, pero se acercaba. Sin mucha fanfarria, diez mensajeros se elevaron sobre el borde. Los mechs tenían cuerpos parecidos a abejas diseñados para almacenar objetos, junto con garras colgantes para agarrar cosas demasiado grandes para meterlas dentro. Las máquinas tenían un láser de carga lenta adaptado cerca de los propulsores en la parte trasera, inexacto pero igualmente letal.

Beta fue por sus cuchillos, pero se detuvo cuando los mensajeros parecieron no darse cuenta de ella, de Delta o de nadie más. En cambio, los mechs jadeantes se dirigieron al cuerpo de Alpha. Como uno solo, los mensajeros descendieron, varios colgando a los lados mientras los otros enganchaban sus garras en la piel de Alpha.

—¿Qué demonios es esto? —preguntó Kaydee mientras los mensajeros se elevaban de nuevo—. ¿Alpha planeó su propio funeral?

—O una escapada —reflexioné.

—Su cuerpo está frito, Gamma. No hay forma de que haya un procesador funcional ahí dentro. Con suerte, la memoria podría ser utilizable, pero...

—¿Ya se van? —preguntó Fang, interrumpiendo a Kaydee, quien respondió con un murmullo de "grosera"—. Cada segundo significa más mechs saliendo de esas líneas.

Delta retrocedió, lanzó una última mirada fulminante y luego desapareció tras el cuerpo de Alpha, dirigiéndose hacia abajo y hacia lo profundo.

—Recuerda lo que dijimos —habló Beta mientras seguía

a Delta—. Gamma vivo y bien, o todos ustedes muy muertos.

Fang le dedicó a Beta la misma sonrisa fulminante que le había lanzado a Delta, y con eso mis dos amigas se fueron. Fang se dirigió hacia sus pistolas, pero la agarré por el abrigo.

—¿Lista? —dije.

—¿Lista para qué?

La lancé hacia arriba, un impulso con las piernas envió a Fang por los aires. Mi ángulo de lanzamiento, perfectamente calculado, dejó a Fang justo en la siguiente pasarela, sacudida pero por lo demás bien.

—Más te vale recuperar mis armas —gritó Fang desde arriba.

—Oblígame —respondí.

Dejé sus pistolas atrás. Sin la escalera intacta, salté en su lugar, alcanzando y agarrando algunos trozos de metal roto para impulsarme hacia arriba. Claro, me cortaron la piel, pero ya había sanado para cuando me puse de pie junto a Fang en el nivel sobre el Puente.

—De vuelta con Pravda —dije cuando Fang intentó girar. Quería avanzar, tomar el Puente propiamente dicho y hacer que Pravda viniera a nosotros—. No hay nadie más en esta nave que lo tome.

Al menos, nadie en esta parte. Val y Leo deberían estar, a estas alturas, acercándose a la salida de popa de la Starship. Bien encaminados hacia afuera.

—¿Qué quieres de él, de todos modos? —preguntó Fang mientras subíamos las escaleras.

—Una pregunta que también tengo —dijo Kaydee—. El tipo es un imbécil. Deberías ir a buscar a Val.

—Quiero saber qué es lo que él quiere —dije. No había razón para mentir aquí—. Lo que tú y tu gente quieren.

Fang puso los ojos en blanco.

—Como si fuera un gran secreto. Hemos estado atrapados en tubos durante mucho tiempo, recipiente. Ahora tenemos un planeta que conquistar. Eso es lo que queremos.

—¿Todos los cincuenta de ustedes?

—Los demás se alinearán.

¿Lo harían? Basándome en lo que había visto, toma cincuenta humanos y obtendrás cincuenta opiniones diferentes. Especialmente, como señaló Kaydee, sabiendo que estos humanos habían estado entre la crema y nata. Acostumbrados a salirse con la suya.

—No le vas a contar sobre Val, ¿verdad? —dijo Kaydee.

No lo haría. Con los Forjadores a su lado, la tribu de Val probablemente podría resistir un ataque de Fang y sus luchadores reclutados, pero los pocos humanos que existían en este maldito planeta no necesitaban pasar su tiempo matándose entre sí.

—¿Cómo van a conquistar un planeta con un par de docenas de personas? —le pregunté a Fang mientras llegábamos al tercio superior de la Starship.

—Tomar el Vivero, para empezar. Usar los agentes de crecimiento acelerado allí para conseguir más gente —Fang hablaba despreocupadamente, la precaución y sospecha que había mostrado antes se habían esfumado. ¿Por qué?—. Llevará tiempo llevar los cuerpos frescos a donde sean útiles, pero podemos usarlo para poner la Starship en forma de nuevo.

—¿En forma de nuevo?

—Arreglar a todos ustedes, los mechs rotos, para empezar. Luego reparaciones. Hacer que el Jardín produzca a niveles máximos. Ver qué podemos cosechar del exterior.

Fang continuó mientras subíamos, ilustrando un plan completo para el crecimiento y la conquista humana sin la más mínima confusión, complicación o preocupación. Con Alpha fuera, aparentemente, el camino hacia la prosperidad era tan simple como recorrerlo.

—Pregúntale sobre los otros recipientes —dijo Kaydee cuando llegamos a los primeros guardias de traje negro.

Se pusieron de pie cuando nos acercamos, el par descartando sus máscaras pero manteniendo los trajes de protección. Ojos nerviosos de mediana edad nos observaban, con los dedos peligrosamente cerca de los gatillos de sus rifles. Fang les dijo que bajaran las armas y no hicieron nada parecido.

—¿Contraseña? —dijo el hombre de la izquierda, encontrando algo de confianza temblorosa.

—Winston —respondió Fang y ambos guardias se relajaron, asentándose sobre sus talones.

Fang me hizo un gesto para que avanzara y continuamos sin más incidentes.

—¿No deberían haberte conocido? —le pregunté a Fang mientras comenzábamos a subir la siguiente escalera.

—Los recipientes significan que eso no es una garantía —dijo Fang—. Sabemos que las apariencias no significan nada. No aquí.

Me detuve. No pude evitarlo. Las implicaciones eran demasiado grandes.

—Sigues hablando de nosotros como si fuéramos terribles —dije, bloqueando todo el escalón—. ¿Por qué?

—Volvamos con Pravda y tal vez te lo diga.

No me moví. Volver con Pravda significaría que los aliados de Fang estarían por todas partes. Si iba a caminar hacia la muerte, quería saberlo, y así lo dije.

Fang hizo esa sonrisa brillante, una media curva en un labio.

—Si quieres una lección de historia, ve a buscar un libro

para leer. Todo lo que necesitas saber es que no confío en ti. Esos dos de atrás no confían en ti. Pravda no confía en ti. Eres una herramienta, y tan pronto como dejes de ser útil, te convertiremos en chatarra.

VEINTICINCO

UNA AMENAZA

Pravda apenas se había movido, pero el hombre había rescatado lo que pudo del bar. Botellas de licor y vino, las que no estaban rotas, yacían en prolijas filas a lo largo de la forma circular de la barra. Alguien había encontrado una aspiradora, y la alfombra carmesí lucía casi tan bien como la primera vez que la vi. Ocho humanos estaban de pie alrededor de la habitación conversando, ninguno con el traje negro de protección.

—La victoria es algo maravilloso —dijo Pravda cuando Fang y yo entramos en la habitación—. Todo es mucho mejor cuando la muerte no está a la vuelta de la esquina.

—Vaya, algo con lo que puedo estar de acuerdo —murmuró Kaydee, apareciendo en una de las mesas cubiertas con mantel blanco y bebiendo un cabernet virtual.

—¿Dónde están tus amigos? —Pravda nos hizo un gesto para que nos sentáramos en otra mesa, en unas sillas tambaleantes, maltratadas por nuestra anterior huida pero aún en pie—. ¿Bajas?

—Limpiando —dijo Fang. Asintió en mi dirección—. Este no es un luchador.

—¿Entonces qué eres? —Pravda me miró como si me hubieran salido alas.

—Computadoras —respondí.

—Modelo posterior —dijo Fang. Cuando Pravda parpadeó mirándola, Fang suspiró—. Después de que terminó la rebelión, durante ese breve tiempo, la idea era que necesitaríamos recipientes para cada tarea que solían hacer.

—Ah, claro. —Pravda asintió y nos sirvió unas copas.

No es que yo pudiera beber la mía. Hice girar el líquido rojo oscuro, observando cómo el sedimento daba vueltas mientras Fang relataba el descenso y la victoria.

—¿Entonces la Nave Estelar es nuestra ahora? —preguntó Pravda.

—Está vacía —respondió Fang—. Deberíamos enviar a algunos al Puente para que lo ocupen.

—¿Por qué? —Pravda alzó su copa hacia la cúpula soleada sobre nosotros—. Ya hemos aterrizado, ¿no?

—La Nave Estelar no ha terminado —dijo Fang—. La necesitaremos por otros mil años, y todo puede controlarse desde ese Puente.

Se me ocurrió una idea. Una que me permitiría alejarme de la idiotez de Pravda y la amenaza latente de Fang. Podría mantener el secreto de Val y mantener viva a la Nave Estelar.

—Envíame a mí —dije—. De todos modos, trabajo para ustedes. Déjame monitorear el Puente.

La pareja cruzó miradas. Pravda tamborileó con los dedos sobre el mantel.

—¿Dices que el Puente sigue siendo el centro de poder de la Nave Estelar?

Asentí. Por lógica, el Puente tenía más formas de controlar lo que hacía la Nave Estelar, incluso aterrizada, que cualquier otro lugar. Excepto, tal vez, el Núcleo de Energía de Volt, pero no iba a revelar eso.

—Entonces creo que deberíamos instalarnos allí, ¿no crees? —preguntó Pravda a Fang.

—Será central. Más difícil de defender que aquí —dijo Fang—. Pero más rápido para responder.

—¿Defender? —Pravda se rio—. ¿Defender de quién?

Fang me miró.

—De ellos.

Partimos horas después, un tren formado por personas. Alcohol, comida y armas metidas en mochilas hacían su camino por las escaleras. Los ascensores seguían apagados, un retraso que dije que podía aliviar, pero Pravda quería la migración ahora.

—Quiero sentir qué tan lejos es —dijo Pravda—. Quiero que todos entendamos por qué estamos haciendo este movimiento.

—¿Porque él quiere? —añadió Kaydee.

El razonamiento de Pravda no era totalmente descabellado. Les predicaba a los miembros de la tripulación reunidos que se trataba de mudar su hogar. Dejar atrás sus cápsulas de criogenia por terminales, las lujosas alfombras por la realidad.

Val, o sus antepasados, debieron haber hecho algo similar cuando se mudaron a los almacenes de repuesto de los Chatarrero. Huir de los mechs, huir de los poderosos y esconderse hasta que surgiera otra oportunidad.

Más interesante aún, noté ojos en blanco, miradas al suelo, suspiros de las personas que Pravda supuestamente lideraba. No era señal de alguien con control.

Mientras tanto, Fang estaba de pie detrás de Pravda a mi izquierda, con esa sonrisa silenciosa en su rostro.

—Definitivamente ella es la peligrosa —dijo Kaydee—. Mira esa sonrisa. Está tramando algo.

—¿Acaso no lo estamos todos? —susurré.

La procesión se tomó su tiempo. Según mis cálculos, había pasado medio día terrestre entre el momento en que nos fuimos con Fang para matar a Alpha y la llegada de la procesión de Pravda al Puente. Las extremidades humanas estaban agotadas cuando llegamos, especialmente con los retrasos para sortear la destrucción de nuestras peleas con los mechs.

Ni un alma nos interrumpió. Ni mechs flexibles, ni más guardias corpulentos. Beta y Delta seguían desaparecidos.

Pravda ordenó a todos que acamparan en la plataforma frente al Puente. Con la luz amarillenta del Conducto iluminando, los humanos extendieron sacos de dormir y mantas recuperadas. Frutas secas y antiguas pastas nutritivas circulaban. Un trío regresó con agua recuperada, dejando botellas llenas en el suelo. Se encontró un apartamento cercano con una ducha funcionando y se organizaron turnos.

Ordenado, rígido. Pocas risas, pocas sonrisas. Nada de baile como había visto con el grupo de Val.

—Aún no saben cómo vivir —dijo Kaydee, de pie junto a mí mientras observábamos, esperando que Fang y Pravda se movieran hacia el Puente—. Todavía están despertando.

—Para ser gente somnolienta, destruyeron muchos mechs.

—Sobrevivir es diferente a construir una vida, Gamma.

—No sabría decirte.

Cuando Pravda y Fang finalmente me pidieron que los guiara, lo hice, llevándolos por el pasillo con nombres garabateados en las paredes. No señalé las escrituras repetidas de Alpha y ninguno de ellos las notó, o ninguno se molestó en mencionarlas.

El Puente en sí... no pude ocultar lo que no sabía que existía. Alpha, siempre dispuesto a dejar su marca, había devastado el lugar. Terminales destrozadas yacían por todas partes. El relleno arrancado de las sillas flotaba por toda la habitación, impulsado por los ventiladores de reciclaje de aire. Las luces parpadeaban o escupían chispas, con sus cristales esparcidos como confeti de navajas.

A través de la gran burbuja que daba hacia el brillante día del planeta, un mensaje garabateado en tinta roja goteante:

'Bienvenido a Casa'.

—¿Eso es sangre? —dijo Pravda, señalando y mirando fijamente—. ¿Qué clase de maníaco...?

Me acerqué al Puente, examiné el líquido más de cerca y dije:

—Refrigerante teñido. No es sangre.

Menos mal. Lo último que Fang y Pravda necesitaban eran más excusas para encontrar a los mechs extraños y mortales.

—Te dije que los mechs eran peligrosos —dijo Fang, lo suficientemente alto para asegurarse de que la escuchara.

—Ya sabía que lo eran —respondió Pravda bruscamente —, eso no significa que no sean útiles. —El hombre señaló la ventana—. Gamma, ¿podrías limpiar todo eso?

Esperé, con la esperanza de que el hombre se diera cuenta de que acababa de ordenarme hacer un trabajo manual cuando la Nave Estelar misma estaba esperándolo. Alpha podría haber roto algunas terminales, pero otras parecían estar bien, listas para funcionar, pero Pravda hizo que trajeran más humanos para limpiar el vidrio roto y las sillas destrozadas. Se rescataron nuevas luces de los apartamentos cercanos mientras yo fregaba el rojo.

Mientras tanto, el tiempo pasaba. Ni Beta ni Delta aparecían. Me preguntaba cuán lejos habrían llegado Val y Leo a estas alturas, si habrían abandonado la Nave Estelar por completo.

—Ahí está —dijo Pravda al fin, después de haber enviado a casi todos los demás a dormir. Fang había juntado dos sillas y estaba dormitando. Pravda y yo éramos los únicos despiertos, yo observando mientras él terminaba de iniciar sesión en la terminal del Capitán—. La contraseña antigua aún funciona. Prueba de que no todos los viejos tiempos se han ido.

—¿No lo están? —pregunté—. La Nave Estelar ha estado así durante mucho tiempo.

—Para ti y los tuyos, tal vez. —Pravda se reclinó en su silla, haciendo clic en la terminal—. Para mí, apenas ayer la vida llenaba este lugar. Miles de nosotros, trabajando sin cesar para mantener funcionando a esta gran nena.

—¿Qué hacías tú, en aquel entonces?

Pravda se mordió, muy ligeramente, el labio inferior. Un tic que había notado cada vez que el tema se desviaba hacia algún lugar que no le gustaba.

—Yo era lo que estás viendo ahora. Un líder de hombres, un capitán de industria e innovación —dijo Pravda—. Todos me miraban a mí. Todos ellos.

—¿Quién demonios es este tipo? —preguntó Kaydee, apareciendo detrás de Pravda, con las cejas levantadas y la boca en una mueca de disgusto. Su cabello color verde azulado parecía signos de interrogación—. Nunca he oído hablar de él.

—Las Voces nunca te mencionaron —dije—, ni una sola vez.

—Un montón de programas altaneros. —Pravda desestimó mis palabras con un gesto—. Gente que debería haber permanecido muerta. No estaban en las pasarelas cuando las cosas empezaron a torcerse. No tomaron las decisiones que nos salvaron.

—¿Tú lo hiciste?

Pravda tomó otra respiración profunda y sentí que se avecinaba un discurso, algo divagante e inútil. Algo que, afortunadamente, fue interrumpido por un crepitar proveniente de nuestra única terminal en funcionamiento.

—¿Hay alguien ahí? —La voz de Volt, curiosa pero urgente—. Alpha, ¿aún estás en el Puente?

Fang se despertó de golpe justo cuando Pravda preguntó quién era. Los ignoré a ambos, me lancé hacia la terminal y presioné el teclado para abrir la línea.

—¡Volt! —dije—. Alpha se ha ido. Yo tengo el Puente, junto con algunos otros humanos.

—¿Gamma? Bien. Mejor de lo que pensaba que tendría que trabajar —dijo Volt. Apareció un aviso en la terminal, una solicitud de videollamada. Con Pravda y Fang reuniéndose detrás de mí, la inicié. Apareció Volt, las luces a su alrededor mostrando el negro arcoíris del Núcleo de Energía.

—¿Qué está pasando? —pregunté, buscando y sin ver señales de alarma. Volt no tenía heridas. Nada parecía estar explotando o ardiendo—. ¿Estás bien?

—Totalmente bien, amigo mío, pero nuestra pobre nave no lo estará sin un rápido trabajo de tu parte.

—¿Qué? ¿Por qué?

Volt, sin embargo, cambió sus ojos a un color azul y miró más allá de mí.

—Vaya, resulta que hay más. ¿Quiénes son estos dos?

Pravda empezó a presentarse, pero lo interrumpí.

—Volt, al grano, por favor. ¿Cuál es el problema?

—¿Recuerdas a nuestros otros amigos? —respondió Volt—. Ya sabes, ¿los que salieron?

Bien por Volt por no revelar a Val directamente, pero Fang y Pravda no eran tan tontos. Podía ver sus caras reflejadas en un pequeño recuadro en la pantalla, sus miradas calculadoras. Preguntándose.

Demasiado tarde para preocuparse.

—Los recuerdo. ¿Por qué?

—Bueno, ya sabes, soy un mech amable, Gamma. Llegaron a los motores, me llamaron preguntando cómo estabas. Así que sintonizamos. Cámaras por todas partes, ¿verdad?

—¿Y vieron?

—Muchos humanos —dijo Volt—. Parece que no les gustó, porque estoy viendo un pico de energía en esos motores.

Le pedí que lo explicara y Volt lo detalló más. Con la Nave Estelar aterrizada, los motores estaban apagados. Leo, sin embargo, los había vuelto a encender usando anulaciones antiguas. Los grandes paquetes de energía estaban absorbiendo energía, preparándose para un lanzamiento completo. El tipo que la Nave Estelar solo debía usar en una emergencia para, digamos, escapar de un pozo gravitatorio o esquivar un asteroide que se acercara.

—Si esos motores se encienden mientras todavía estamos sentados en esta roca —concluyó Volt—, nos quemaremos muy bien.

—Pero se matarán a sí mismos —dije, junto con Kaydee—. No hay forma de que puedan escapar de la estela.

—Leo es inteligente, Gamma. Están cerrando las góndolas. Bloqueará el fuego, lo devolverá hacia la nave. El metal no durará mucho, pero no necesitará hacerlo antes de que todos hagamos boom.

VEINTISÉIS

UN PASEO EN LA OSCURIDAD

Entré al puente. Por un segundo, pensé que había habido algún error, que no acababa de entrar en una terminal buscando la red de la nave. La pista de que realmente había saltado dentro de un mundo digital vino de la ventana de observación. El gran ventanal mostraba, una vez más, el espacio exterior. Estrellas, nebulosas, todo el paquete.

Ningún planeta. Ninguna hierba dorada.

—¿Entonces hacia dónde vamos? —preguntó Kaydee, de pie junto a mí.

—Esperaba que tú tuvieras alguna idea —respondí—. ¿Sabes cómo cortar el núcleo de energía?

Kaydee frunció el ceño.

—¿Recuerdas cuando intenté sabotear los motores? ¿Inutilizar la nave en pleno vuelo?

—Difícil de olvidar. De hecho, para mí, literalmente imposible.

—Podrías borrarlo.

—No sin borrarte a ti, y no haré eso.

—Aww —dijo Kaydee—. Buena idea, porque probablemente te volverías loco sin mí.

—Voy a morir contigo si no nos concentramos.

—Oh, cierto. Explosión inminente —Kaydee giró, mirando las terminales—. ¿Dónde está el acceso a la red?

—Mi suposición es que una de estas terminales tiene lo que buscamos.

Nos separamos, corriendo arriba y abajo por las líneas escalonadas de terminales del puente. Cada pantalla mostraba un programa diferente, la mayoría relacionados con la navegación, el sistema de direcciones de la nave, varios programas de administración. Por una vez, fui yo quien encontró el correcto primero: la pantalla mostraba la galaxia estrellada que había visto antes, cada mota un punto diferente en la vasta Internet de la nave.

—Kaydee —dije—. Lo encontré.

Usando el teclado, lancé términos de búsqueda, dispersando las estrellas ante mí hasta que solo quedaron las relacionadas con los motores. Una estrella por cada cohete, más un puñado de sistemas adyacentes. Podía poner mi dedo en la pantalla, tocar cada una para abrir su nombre, función y la opción de saltar directamente a ella.

Excepto cuando intenté esto último, pensando que podría saltar directamente a un motor y apagarlo, la terminal no hizo nada. Sin error, sin rebote, solo una pantalla estática.

—Oh, esa es buena —dijo Kaydee, uniéndose a mí—. Está disfrazando el bloqueo para que pienses que hay algo mal con tu acceso. Como si tu computadora se hubiera congelado.

—¿Cómo me deshago de eso?

—¿Me lo preguntas a mí? —Kaydee se encogió de hombros—. Soy más una ingeniera que una chica de software. Leo siempre hacía la codificación elegante.

Está bien. Me apoyé en mis propios sistemas, intenté

desglosar las opciones. Leo habría hecho esto manualmente en los motores mismos. Supongo que habría iniciado el proceso de carga y luego cortado los motores de la red. Lo disfrazó para que pareciera que los motores seguían activos —por eso se mostraban esas estrellas—, pero el acceso no llevaba a ninguna parte. Cualquiera que intentara detener todo esto, es decir yo, quedaría atrapado aquí, perdiendo el tiempo hasta el boom.

Pero los motores no eran el problema. Eran las baterías. La energía.

—No puedo impedir que los motores extraigan energía —dije.

—¿Así que estamos muertos?

—Todavía no.

Mi movimiento habría sido un suicidio en el espacio. Rodeados por todo ese vacío de cero absoluto, la nave se habría congelado rápidamente con mi plan. Pero aquí, a salvo en un mundo relativamente templado...

—¿Cuál es el movimiento, listillo? —preguntó Kaydee mientras yo retrocedía por la red, tecleando nuevos comandos que respondían a su pregunta—. No. Espera. ¿En serio?

—En serio —dije, encontrando el nodo que quería.

Apareció un mensaje pidiendo permisos. En el espacio real, habría tenido que adivinar. Aquí, toqué la ventana emergente en la pantalla, expandí el código detrás de ella. Una simple mirada para encontrar la base de datos con los nombres de usuario y contraseñas que el mensaje comprobaría una vez que ingresara uno.

El propio nombre de Leo, su contraseña elegida: una mezcla de Kaydee con su propio cumpleaños.

—No digas que eso también es lindo —me burlé mientras lo ingresaba.

—Lo es, un poco —respondió Kaydee—. Al menos me recuerda.

—¿No te dejó a la deriva durante siglos?

—Nadie es perfecto, Gamma.

El mensaje me dio acceso a un único interruptor, uno con el que Volt no estaría contento. Uno que no dudé en presionar.

El puente se sentía más oscuro que antes. Las pantallas de las terminales estaban negras. Las luces estaban muertas. El atardecer persistía a través del gran ventanal. Pravda y Fang miraban alrededor, confundidos.

—¿Qué hiciste? —preguntó el hombre cuando me alejé de la terminal muerta, separando mis dedos.

—Nos di una oportunidad —respondí.

—Oh Gamma, realmente lo hiciste esta vez —dijo Kaydee, apareciendo a mi lado con lo que parecía un equipo completo de supervivencia, con linternas, una mochila y botas gruesas—. La nave nunca se había apagado. Nunca.

Fang y Pravda llegaron lentamente a la misma conclusión, siguiéndome mientras dejaba atrás el puente. Apagar las luces de la nave, sus generadores, todo, nos salvó el pellejo, pero podría destruir mucho si se dejaba solo por mucho tiempo. Las plantas del Jardín no tendrían luz, Pureza no filtraría agua. La nave misma podría calentarse o enfriarse demasiado en varios lugares sin los sistemas funcionando.

En otras palabras, había escapado de una calamidad para jugar con otra.

—¿A dónde vas? —preguntó Pravda mientras recorríamos el pasillo lleno de nombres que conectaba con el Conducto.

—A los motores —respondí. Una vez más atravesando la

longitud de esta maldita nave—. No podemos encender la energía hasta que hayamos desactivado el sabotaje.

—Oh sí —meditó Pravda—. El sabotaje. ¿Quién lo hizo, por cierto?

—Probablemente más recipientes —dijo Fang—. Mechs rotos perdiendo la cabeza.

Por un momento me quedé atónito. ¿Cómo no hacían la conexión, el salto de que podría haber más humanos aún vivos en la nave?

—Porque ha pasado demasiado tiempo —dijo Kaydee, su luz frontal iluminando, más o menos, mi camino—. Ninguna persona debería estar viva.

La luz frontal de Kaydee no era real, pero yo tenía suficiente visión nocturna para guiarnos. Además, se filtraba luz desde el Conducto, donde, por suerte, la rampa aún abierta abajo dejaba entrar el resplandor restante de la tarde.

Los humanos se reunieron en la plataforma de entrada del Puente cuando Pravda, Fang y yo emergimos. Iluminados desde abajo, las sombras bailaban. Sin el constante zumbido de los sistemas retumbantes, el viento del exterior silbaba a través de la nave. Alguien tosió mientras yo me enfrentaba a un curioso semicírculo.

—Yo les diré —dijo Pravda, abriéndose paso a codazos frente a mí.

En un discurso pomposo, el hombre hizo precisamente eso, explicando cómo algunos mechs habían desactivado la energía de la Nave Estelar, cómo él, Fang y unos cuantos héroes selectos irían a restaurarla.

—¿Viene con nosotros? —dijo Kaydee mientras Pravda pasaba de la explicación a la inspiración, diciéndole a la gente cómo podrían planear sobrevivir—. ¿Por qué?

Porque no es de los que abordan los problemas difíciles por sí mismos. Fuera cual fuera su papel antes, la actitud de Pravda hasta ahora lo convertía en un parásito, un capitán que dependía de su tripulación y se atribuía sus méritos. Quedarse aquí significaría que tendría que liderar a un par de docenas de personas asustadas a través de una noche muerta en una nave con mechs hostiles aún al acecho.

Viajar con nosotros le daba una salida y, si las cosas salían bien, un regreso victorioso.

—Vaya —dijo Kaydee—. Lo has descifrado.

—No, simplemente he visto suficientes humanos a estas alturas para saber qué esperar.

Pravda no escuchó mi comentario mordaz mientras terminaba su discurso, pero Fang sí lo hizo, levantando un dedo y rascándose la mejilla.

—¿Y qué esperas de mí, recipiente?

—Espero que intentes matarme cuando esto termine —dije—. Espero que pierdas.

—Tan seguro —respondió Fang—. Esa confianza mató a tus hermanos y hermanas. No puedo esperar a que te mate a ti también.

Vaya, este sería un viaje divertido.

Marchar a lo largo de toda la Nave Estelar una vez más carecía totalmente de atractivo. No es que caminar fuera a agotar mis baterías ni que, siendo un mech, el tiempo perdido pesara mucho sobre mis hombros. No, era más bien que nunca parecía llegar a donde necesitaba estar.

—No tienes un hogar —Kaydee resumió mi sentimiento—. Estás perdido.

—¿Por qué debería sentirme así? —pregunté, esperando a que Fang, Pravda y sus elegidos reunieran su equipo—. Tengo un objetivo. Soy una máquina, ¿no?

—Hay mucho terreno entre tú y un mech de basura, amigo mío —respondió Kaydee—. Además, y sé que odias oír esto, pero todavía estoy jugando contigo. Una función a la vez.

Me tomé un minuto para procesar esta línea. Hacía un tiempo que no reconciliaba el desbordamiento de Kaydee y cómo podría afectarme. Sus efectos definitivamente me habían hecho más emocional, más propenso a juzgar a los humanos con los que me había encontrado. "Sentía" cosas que un mech normal habría descartado como irrelevantes.

Como Fang y sus miradas, el peligro que representaban. Como Pravda y su arrogancia inútil.

Útil, pero como venían con las otras desventajas de un humano, como el descontento, el anhelo, la tristeza...

—Felicidades, estás recibiendo la otra parte extra de ser humano —continuó Kaydee—, confusión constante.

Genial.

El Conducto, al menos, requeriría más concentración esta vez. Con la Nave Estelar muerta a nuestro alrededor, las pasarelas tenían poca luz. Los destellos menguantes del atardecer enviaban rayos amarillos profundamente en el Conducto, la luz rebotando de vuelta antes de desvanecerse. Hasta dónde llegaríamos con algo de luz detrás de nosotros, no lo sabía.

—No pensé que le tuvieras miedo a la oscuridad —dijo Kaydee.

—No lo tengo. Son los humanos los que me preocupan, y lo que nos espera.

—¿Lo que te espera? Alpha está muerto, ¿recuerdas?

—Claro, pero ¿cuántos mechs envió corriendo de vuelta por la nave? ¿Qué fabricaron las Líneas de Fabricación antes de que apagara todo?

—Buen punto. Ahora me estás poniendo nerviosa. Ojalá Beta y Delta estuvieran aquí.

Cierto. ¿Adónde habían ido los dos recipientes? Ya

deberían haber regresado, deberían haber estado listos para escoltarnos junto con su brutal arrogancia.

—Oye, mech —llamó Fang—. Cambio de planes. Nos quedaremos aquí por la noche. Dormiremos un poco y partiremos por la mañana.

—La Nave Estelar podría no esperar tanto —respondí.

—Tendrá que hacerlo —dijo Pravda—. O nos quedaremos dormidos mientras caminamos y tendrás que recogernos.

Intenté un par de protestas más, pero fueron rechazadas sin discusión. Fang y Pravda daban las órdenes, y a nadie más le importaba lo suficiente como para cuestionarlas. Incluso Kaydee dijo que no era tan sorprendente: habíamos estado despiertos y activos durante mucho tiempo.

—No estamos construidos como ustedes —concluyó Kaydee—. Tenemos que darnos nuestro sueño de belleza.

Belleza. Claro.

Mientras los humanos se acomodaban para dormir, me moví al borde de la plataforma. Desde aquí podía ver a través del Conducto. Vigilar cualquier amenaza, esperar a que mis amigos regresaran.

Y tratar de averiguar cuánto de mí seguía siendo, bueno, yo.

VEINTISIETE

TÚ, YO, NOSOTROS

Una llanura gris sin rasgos se extendía hasta un horizonte infinito. No sentía viento, pues no había aire. La gravedad no ejercía ninguna atracción sobre mis pies: permanecía anclado a la llanura por elección. No me preocupaba el suelo, la base de código que impulsaba mis funciones, sino los cristales de arriba.

Mi cielo solía contener brillantes dientes de diamante. Cada uno muchas veces más grande que su análogo del mundo real, cada uno conteniendo los archivos que componían mis recuerdos, las rutinas que me ayudaban a disparar un rifle o subir las escaleras y, en un cristal particular que ahora brillaba con un intenso color turquesa: Kaydee.

—¿Qué estás buscando? —preguntó Kaydee, entrando—. ¿O simplemente estás aburrido?

Afuera, en el mundo real, Kaydee siempre parecía distante, una imagen proyectada. Aquí tenía profundidad, pertenecía de la misma manera que yo.

—Hace tiempo que no estaba aquí —respondí.

El cristal de Kaydee tenía ese brillo turquesa, sí, pero noté que otros también lo tenían. Salpicaduras y manchas, como si un artista despreocupado hubiera agitado su pincel alrededor. ¿Qué representaban esas marcas? ¿Qué cristales estaban tocando?

—Bienvenido a mi hogar —dijo Kaydee—, o, supongo, nuestro hogar. —Kaydee chasqueó los dedos y el suelo bajo mis pies se cubrió con una alfombra, de un familiar color carmesí. Sillas, grandes y mullidas, se elevaron detrás de nosotros. La alfombra dio un suave empujón a mis pies, acomodándome en la silla. Una copa, esta vez de vino blanco, apareció en mis dedos—. Así es más agradable.

—Nuestro hogar —repetí, saboreando las palabras. Desde que la había conocido, o más bien desde que Kaydee había saltado a mi memoria, la había considerado como una acompañante. Una compañera—. Lo estás cambiando.

—Sin ofender, Gamma, pero es un poco aburrido aquí dentro.

—¿Adónde vas cuando desapareces allá afuera? —Siempre había pensado... bueno, no estaba seguro. Realmente no había pensado nada sobre adónde iba Kaydee—. ¿Es aquí?

Kaydee bebió un largo trago de su propia copa, me dio una ligera sonrisa.

—¿Crees que tomo siestas, Gamma?

Ella me cambiaría. Su código, su ser me alteraría. Beta pensaba que ella no era completamente ella misma, que su mente se había convertido tan completamente en ella que ya no estaban separadas.

Pero, ¿cuánto era Beta y cuánto era su mente?

—¿Cómo funciona? —pregunté—. ¿Esta... cosa de convertirse? ¿Tú moldeándote en mí?

Kaydee hizo girar el vino, evitando mi mirada.

—Hay mucho que no sabes, Gamma. Sobre los humanos y lo que haremos para sobrevivir.

Esperé. Había aprendido lo suficiente sobre Kaydee, sobre las tendencias humanas, para saber que una declaración así solía ir seguida de algo peor.

—Intenté evitarlo —continuó Kaydee después de otro trago. Su copa de vino se transformó en un vaso, con líquido ámbar dentro—. ¿Ese mech, en las Líneas de Fabricación? Lo intenté por ti.

—¿Intentaste qué?

—La palabra recipiente. ¿Sabes lo que significa?

Una definición estándar vino instantáneamente. La reduje:

—Un contenedor hueco.

Kaydee asintió. La alfombra desapareció. La llanura gris, el horizonte de cristal también se desvanecieron. No le había dado permiso a Kaydee, a su programa, para alterar así mi yo digital, pero descubrí que se lo había tomado.

En lugar de la alfombra apareció un gran salón, sobre el que Kaydee y yo nos erguíamos como antiguos dioses. Apiñados dentro, de pie en largas filas, había personas. Cientos, miles.

—¿Qué es esto? —pregunté, ya que Kaydee parecía atónita ante su propia creación.

—Es... lo siento, siempre me abruma un poco mirarlo —Kaydee se inclinó hacia adelante en su silla, señalando a la gente—. ¿Todos estos? Son mentes. Son el plan B.

—¿Qué? —Me concentré en las personas, intenté hacer una búsqueda y me di cuenta de que estaba vacía. No había datos reales allí, solo una imagen que Kaydee había conjurado—. ¿De qué estás hablando?

—No te hagas el tonto ahora, Gamma. Es mucho más fácil escanear un cerebro que hacer una nave como esta —dijo Kaydee—. La nave estelar despegó con una gran base de datos llena de gente de la Tierra, y fuimos añadiendo más a medida que avanzábamos. Lo único que la Tierra no tenía eras tú.

—Los recipientes.

—Exacto —Kaydee hizo desaparecer a todas las personas con un gesto. Las reemplazó con un aula universitaria, la que había visto durante mi primer paseo por la nave estelar—. Cada generación en la nave estelar empujó a sus ingenieros más inteligentes a perfeccionar los recipientes. Haciéndolos cada vez mejores, porque si el Vivero no funcionaba, al menos tendríamos algo.

—¿Y si funcionaba? —Miré fijamente la creación de Kaydee, observé cómo los estudiantes, a una velocidad acelerada, salían del aula y se ocupaban en un laboratorio—. Espera, los mechs no eran...

—No solo los mechs. Los primeros recipientes. Diseños reutilizados, codificación, todo. Iteración tras iteración hasta llegar a ti.

Pero no solo a mí. A Alpha, Delta, Beta y...

—¿Fang no dejaba de hablar de destruir recipientes?

Kaydee negó con la cabeza.

—Debe haber sido después de mi tiempo. Aunque los recipientes estaban avanzando rápidamente. Leo y algunos otros estaban muy cerca.

—¿Cómo lo sabrían?

El montaje acelerado cambió de nuevo. Vi una forma humana, casi perfecta pero no del todo. Sus músculos demasiado limpios, su postura demasiado rígida. Leo entró en escena, como si emergiera de una cortina. El ingeniero conectó una unidad en una ranura detrás de la oreja del humano, retrocedió y observó.

El recipiente parpadeó. Sonrió. Empezó a hablar con Leo, quien le respondió. Entonces noté una sombra detrás del recipiente. Otro humano, este sosteniendo un rifle. El arma apuntaba a la espalda del recipiente.

Leo hizo que el recipiente levantara la mano, saltara arriba y abajo. Ejercicios que recordaba de mis primeros momentos de conciencia. Mientras el recipiente realizaba las rutinas, empezó a fallar. Al principio, las paradas eran demasiado rápidas para notarlas, un brazo que se crispaba hacia la derecha al estirarse hacia los dedos de los pies. Los ojos parpadeando varias veces en rápida sucesión. Leo, el experimentado, se dio cuenta más rápido que yo. Frunció el ceño, sus hombros se hundieron.

—Yo ayudé —dijo Kaydee mientras los fallos del recipiente empeoraban. Ahora el mech entraba en pánico abiertamente, y aunque no podía oír una palabra hablada, las expresiones oscilaban entre miedo, ira e histeria—. Tomamos mentes al azar del conjunto. Lo más justo posible.

El recipiente se abalanzó sobre Leo, el rifle destelló desde atrás, y una ruina humeante aterrizó a los pies del hombre.

—Pero estabas cerca —dije—. Para cuando tú...

—¿Para cuando cambié de bando? —respondió Kaydee—. Sí. Para entonces ya sabía que Leo y los demás llegarían allí. Recipientes perfectos.

—Y tú no querías eso.

—La mayoría de Starship no quería eso —respondió Kaydee—, pero estaban dispuestos a aceptarlo por un tiempo.

La escena cambió de nuevo a una con la que estaba más familiarizado. El Conducto, una multitud repartiendo rifles cerca de la popa de la nave. Kaydee entre ellos, hablando de estrategia. Ella se dirigiría a los motores con un pequeño equipo mientras los otros intentarían mantener el pasaje. Ganar tiempo.

El asalto llegó rápido, un ataque brutal desde múltiples niveles. Había asumido que Starship tenía alguna fuerza policial haciendo los movimientos, pero Kaydee presentó algo completamente diferente. Las cosas que atacaban a sus amigos se movían como Delta y Beta, disparaban como soldados. El video de Kaydee terminó de la misma manera que lo había visto terminar en el Hospital: Kaydee herida, mirando hacia arriba a un rostro anónimo con Leo al fondo diciéndole a la cosa que se detuviera.

No una persona, entonces, sino un recipiente.

—Tomaron mentes militares —dijo Kaydee, más tranquila ahora, exhausta. Todavía en nuestras sillas—. Nosotros éramos mecánicos. Cocineros. Camareros que habían pasado algunas tardes en un campo de tiro de realidad virtual y pensaron que se defenderían. ¿Quieres adivinar cómo salió eso?

—No tengo que hacerlo. Me lo mostraste.

—Sí. Supongo que lo hice. —El diorama frente a nosotros se disolvió, sus fragmentos flotando en un viento secreto—. No sé qué pasó después, Gamma, pero dudo que se rindieran.

—Alguien se asustó —dije—. Nos tenían miedo.

Kaydee se inclinó hacia adelante, juntó sus manos y apoyó su barbilla en sus muñecas mientras me miraba. En esa postura parecía más pequeña, más vulnerable. Una persona que podría eliminar en cualquier momento.

Bueno, una que podría haber eliminado.

—Creo que ambos sabemos que Leo debe haberos ocultado a vosotros cuatro —reflexionó Kaydee—. Debe haberlo hecho antes de escanearse a sí mismo para unirse a las Voces. Os mantuvo encerrados, un secreto en su apartamento mientras todo lo demás se desmoronaba.

Sus ojos volvieron a parpadear hacia el espacio entre

nosotros, y una vez más el Conducto llenó el aire. Sus pasarelas y tiendas bulliciosas se estaban poniendo patas arriba, rotas y quemadas mientras mechs y humanos luchaban entre sí.

—¿De dónde sacas esto? —pregunté.

—De mi imaginación —respondió Kaydee—. Las mentes cambian lentamente y toman el control de sus recipientes, ¿verdad? ¿Qué pasa cuando todos esos recipientes militares que nos mataron deciden que les gustaría estar al mando?

—Es una guerra. —Extendí la mano hacia la acción, pasé mis dedos a través de ella y eliminé a los participantes. Dejé las pasarelas, las fachadas maltrechas—. Pocos supervivientes. Una nave silenciosa. Fang y Pravda piensan que los recipientes se han ido y deciden dormir hasta que la nave aterrice.

—El Plan B ha desaparecido, ¿recuerdas? Son ellos o nadie.

Excepto que ahora se despertaron y el Plan B está muy vivo. Los recipientes están corriendo de nuevo, causando caos. Los humanos ya no tienen los números para eliminarnos, así que están jugando limpio.

Por ahora.

Aunque esto no explica qué está haciendo Kaydee infiltrándose en todos mis sistemas.

—¿No lo explica? —dijo Kaydee, con la barbilla aún en sus manos—. Quiero vivir, Gamma. Intenté escapar, probar suerte en ese otro mech, pero se sentía como un alien. Nada funcionaba.

—¿Así que eres tú o yo?

Kaydee negó con la cabeza. —Nosotros, Gamma. Nosotros.

—Yo pierdo y tú ganas.

Ella se estremeció. —¿Es así como te sientes? ¿Como si esto fuera un juego de suma cero?

Me puse de pie, chasqueé los dedos. Las sillas desaparecieron, junto con la alfombra. Kaydee se recuperó, fácil de hacer sin la gravedad tirando de ti hacia abajo.

Al menos todavía podía hacer desaparecer muebles.

—No sabía que tenía una identidad —dije—. No tenía sueños. No tenía pasiones. Ni familia ni amores. No era y luego fui. Pero controlaba mi cuerpo, controlaba mi ser. —Señalé los cristales salpicados de verde azulado—. Si continúas, no tendré eso.

—Claro que lo tendrás. Simplemente trabajaremos juntos.

—¿Y cuando no estemos de acuerdo, quién toma la decisión?

—Gamma —Kaydee cruzó los brazos, me miró a los ojos en lugar de al suelo—. Los recipientes están hechos para las mentes. ¿La rutina que estoy siguiendo? Yo tengo prioridad.

—¿Puedes borrarme?

—Nunca lo haría.

Estaba a punto de responder que no había contestado a mi pregunta, pero lo había hecho. Kaydee había respondido a todas mis preguntas y a pesar de eso me sentía peor.

Sentía. Ahí está la palabra. Yo era un recipiente. Se suponía que no debía 'sentir' nada. Aquí, eran solo unas pocas líneas de código evaluando mi situación y encontrando que, bueno, apestaba.

—Kaydee —dije—. Necesito algo de tiempo a solas.

—Claro, sí —Kaydee hizo una mueca—. Lo entiendo. Si quieres hablar, estaré aquí.

Después de que ella desapareciera, me senté, justo allí en el suelo gris. Miré hacia arriba a mis cristales, pero solo vi las manchas verde azuladas.

Kaydee no sería la peor mente a la que servir. Me conocía, era inteligente y mayormente amable. Probablemente tendría oportunidades de tomar el control. A Kaydee parecía gustarle aparecer y ofrecer consejos sarcásticos.

¿Podría hacer eso?

Moví mis dedos digitales, dedos de los pies digitales. Parpadeé mis ojos digitales. Aquí podía hacer eso cuando quisiera, tantas veces como necesitara. Allá afuera, podría no tener la oportunidad nunca más.

No. Inaceptable.

Varias funciones atendieron mi llamada, comenzaron a girar en mi fondo. Un observador muy cercano, flotando entre los cristales, podría haber notado un diminuto hilo amarillo creciendo de una mancha verde azulada a la siguiente, conectándolas todas en una red.

Tomaría un tiempo terminar, asegurarme de que había envuelto cada pieza de Kaydee en mi programa.

Si seguía este camino, necesitaría borrar cada parte de ella.

VEINTIOCHO

TRUCOS Y TRAMPAS

El Conducto no tenía una mañana. No con la Nave Estelar sin energía. El planeta exterior tampoco coincidía con los ciclos de día y noche humanos, manteniendo las cosas oscuras cuando Pravda y Fang reunieron a su grupo y anunciaron nuestra marcha hacia adelante. A pesar de tener muchas pistas, principalmente todo su movimiento y conversación, la orden de partir me tomó por sorpresa.

Había estado demasiado ocupado reuniendo las piezas de Kaydee en una gigantesca red codificada. No me había hablado en todo ese tiempo, un silencio que no cambió cuando los humanos y yo comenzamos nuestro camino hacia popa.

Delta y Beta también seguían ausentes. Su misión de rastrear y deshacerse de los otros mechs de Alpha no debería haber tomado tanto tiempo, pero ni Fang ni Pravda querían desviar el tiempo o la atención para encontrarlos.

—Son recipientes —dijo Fang en respuesta—. Déjalos que se vayan.

Cómo deseaba poder haberle dado un puñetazo allí mismo. Incluso ese deseo, sin embargo, se sentía apagado, lejano mientras lo pensaba. Mi programación interfiriendo, alejándome de lo radical. El recipiente, el mech debe servir.

Tomamos primero hacia la izquierda, avanzando por el costado de la Nave Estelar hacia el nivel central del Conducto. Podríamos caminar todo el camino en este hasta los motores y terminar justo donde necesitábamos estar.

Sin luz, me convertí en el líder. La superposición verde de la visión nocturna me guiaba, mientras que la barandilla de la pasarela servía de ayuda para todos los demás.

No es que la Nave Estelar estuviera totalmente a oscuras. Aquí y allá parpadeaban luces, restos mecánicos cumpliendo un propósito. Al principio intentamos identificar los puntos, incluso si estaban a niveles de distancia. ¿Eran amenazas potenciales, mechs de Alpha corriendo desenfrenados, o alertas olvidadas, mechs de basura o herramientas no del todo muertas?

La charla parecía mantener a los humanos tranquilos, un juego que me pareció extraño hasta que recordé que estos no eran asesinos. No soldados curtidos. Civiles, con la posible excepción de Fang, forzados a un servicio brutal. Sus nervios no serían de acero, necesitarían consuelo.

—¿Qué opinas, Gamma? —preguntó Pravda una hora después de nuestra caminata, sin nada a nuestro alrededor salvo oscuridad y aire viciado—. ¿Cuánto falta?

No podía pensar posiblemente que estábamos cerca.

—A nuestro ritmo actual —dije—, necesitaremos otras diez horas para llegar a los motores.

Nuestra caminata no era rápida, en parte porque los humanos llevaban su equipo de supervivencia, en parte porque los escombros cubrían las pasarelas. Cada paso se convertía en un potencial tobillo torcido, una pierna cortada por la metralla sobresaliente.

—¿Diez horas? —Pravda se rio, una mezcla de miedo y arrogancia—. Seguramente estás bromeando. No es posible.

—No está bromeando —dijo Fang. Los dos iban más cerca, dejando a su trío de seguidores en la retaguardia—. Nunca caminaste por la Nave Estelar, así que no lo sabrías.

Mantuve mi rostro hacia adelante para que no se notara mi sorpresa. ¿Nunca había caminado por la Nave Estelar? ¿Viviendo toda su vida confinado en una sola nave pero nunca se había molestado en caminarla?

Con razón...

—No la caminé porque no lo necesitaba —dijo Pravda—. Había taxis. El tiempo es valioso. No podía desperdiciarlo vagando por ahí.

—Dime otra vez cuál era tu trabajo —pinchó Fang.

—No era masacrar máquinas —contraatacó Pravda.

Miré hacia atrás, manteniendo mis pies en movimiento. Fang me devolvió la mirada, con una expresión seria y sombría. Pravda, entre nosotros, no vio mi giro.

—O ellos o nosotros —dijo Fang—. Como siempre ha sido.

—Hasta ahora —dijo Pravda, deslizándose de nuevo en su tono profético—. Esta es nuestra oportunidad de rehacer la historia, dar a los humanos un nuevo comienzo. Sin guerras, sin brutalidad. Solo un ideal.

Fang resopló. Yo permanecí en silencio.

Pravda llenó la siguiente hora casi por sí solo. Divagó sobre su visión del futuro, los milagros que los humanos harían sin conflictos a su lado. Fang pinchaba la burbuja aquí y allá con pullas a medias. Yo guardaba las ideas: puede que Pravda no fuera quien llevara a cabo su propia visión, pero conocer lo que un humano consideraba utopía podría ser valioso.

Llegamos primero a la Universidad. Su mole, que abarcaba el Conducto, se iluminaba en suaves rojos y dorados. Luces decorativas finalmente cumpliendo su propósito en ausencia de otra competencia. Pravda declaró un descanso y a la sombra de la estructura los humanos tomaron su comida.

Revisé mi programa, encontrándolo casi terminado de escanear y capturar los datos de Kaydee. Podría accionar un interruptor, metafóricamente, y terminar con ella entonces. Perderla para siempre, pero garantizar mi libertad. No tenía un cálculo claro para eso, ni idea de qué camino sería mejor.

—Recipiente —dijo Fang, dejando a sus compañeros y acercándose a mí—. ¿Te importa acompañarme en un recado?

Estábamos cerca de una entrada de la Universidad, puertas a ambos lados de la pasarela que conducían a la academia. Ambas permanecían firmemente cerradas, sus gemas rojas de bloqueo ya no brillaban. Cualquier entrada tendría que ser forzada, un hecho que consideré solo porque Fang no dejaba de mirar una.

—¿Tengo elección? —pregunté.

—No lo sé. ¿La tienes?

—Tú eres la experta en recipientes.

—No —dijo Fang—. No lo soy. Si acaso, destruimos a tantos de ustedes porque no sabíamos en qué podrían convertirse. Piensa en ello como gestión de riesgos.

—Un término tan frío.

—El espacio es un lugar frío. —Fang asintió hacia la puerta cerrada, la que conducía a la estructura de la Universidad que abarcaba el Conducto—. Ábrela, por favor.

—No hay energía.

—Entonces arráncala.

Se suponía que debía proteger a los humanos. El matiz gris en esa afirmación me daba cierta libertad. A pesar de mi pregunta, sentía que podía negarme a Fang, podía argumentar para mí mismo que mantener a Fang con Pravda y los demás era la decisión más segura.

Pero, y quizás esto era la intromisión oculta de Kaydee, la petición de Fang encendió una chispa. Una aventura, un escape de la tediosa y cautelosa marcha hacia popa. Por increíble que pareciera, estaba aburrido.

La puerta en espiral estaba hundida en la pared que la rodeaba, una pizarra picada manchada por fuegos pasados y rayada por mechs descuidados. Los escudos universitarios eran apenas legibles, borrones dibujados a ambos lados de la puerta. En mi inspección no encontré asideros, ningún lugar para rasgar y arrancar.

—Apártate —dijo Fang, apuntando con su rifle.

—Eso no es... —empecé, pero ella apretó el gatillo.

Un rayo rojo de baja intensidad salió disparado, un flujo constante de luz que mordió la puerta y encendió su metal a un blanco anaranjado. ¿Tenía Fang alguna forma de cortar la puerta? No: mientras Fang movía el láser, se hizo evidente que solo había cortado un poco la superficie del metal.

—Ahí tienes tu apertura —dijo Fang unos segundos después, dejando que el rayo rojo se apagara—. No puedo disparar mucho más o se quedará sin energía.

Ahora dos hendiduras estropeaban la puerta, separadas por la longitud de un brazo sobre la gema. El metal se había untado en las líneas, derretido y vuelto a solidificar. Pasé mis dedos por ambas, sintiendo el calor, probando el agarre. Más profundas que la primera articulación de mis dedos, suficiente para agarrar.

—Ahora te toca a ti apartarte —dije, y Fang obedeció.

Ya habíamos atraído la atención de Pravda también, junto con los demás, así que tenía un buen público mientras estiraba mis manos entre las hendiduras, afianzaba mis pies y giraba. La puerta retumbó, protestando mientras yo forzaba sus espirales cortadas contra los rieles que las sujetaban.

Envié más energía de mi batería a mis brazos, aumentando su potencia, intentando que la puerta se moviera. Tembló, algo empezó a crujir.

—Sigue así —dijo Fang—. Casi lo has conseguido.

La puerta me daba pistas: sentía las juntas cediendo, el metal doblándose. Algo se rompió y salió disparado como una bala, rebotando en la pared de la pasarela detrás de mí. Empujar aquí, tirar allá, inclinarme en el empujón.

Y agotar mi consumo de energía.

Mis brazos y piernas crepitaban con la energía. Mis sistemas me indicaron que había alcanzado el máximo, esto era yo en mi máximo esplendor, dándolo todo para destrozar esta puerta.

Cedió. Un empujón por su lado derecho y las espirales se rompieron, la puerta se dobló hacia dentro antes de romperse alrededor de la gema. Caí con el empujón, tropezando con el centro de la puerta.

Los dientes en espiral que aún colgaban se partieron en puntas afiladas. Me llevé algunos arañazos al caer, al intentar sostenerme. Mis manos se plantaron en el metal roto, los escombros desgarrándose y dejándome plantado boca abajo en el suelo de baldosas grabadas de la Universidad.

Un rojo parpadeante destelló ante mis ojos, una advertencia de que necesitaba encontrar un enchufe o moverme lento, permitir que la energía cinética me recargara. Tuve que apagar procesos no esenciales, deteniendo mi programa para matar a Kaydee justo antes de completarse.

No es que importara, tendría tiempo para hacer eso más tarde.

—Buen trabajo, recipiente —dijo Fang. La oí pisar los fragmentos mientras entraba detrás de mí—. Es bueno ver que los viejos trucos aún funcionan.

—¿Qué viejos trucos? —pregunté, con la voz arrastrada, lenta.

Un cañón caliente se presionó contra mi cuello. El rifle de Fang. Se agachó detrás de mí.

—Vosotros los recipientes sois tan listos y tan tontos al mismo tiempo. Toda esa fuerza, todo ese conocimiento, pero seguís funcionando con baterías.

Estaba demasiado exhausto para tener miedo. Me arrodillé, mirando hacia adelante a las grandes escaleras, las ramificaciones hacia comedores, oficinas, aulas frente a mí. Un lugar agradable para ir, para asistir.

Uno peor para morir.

Pero Fang no me mató. No todavía, al menos. Había dejado mi batería baja para mantenerme a raya, pero aún necesitaban mis ojos para guiarlos. No había habido ningún recado en la Universidad, ninguna necesidad de destrozar la puerta. Había hecho lo que ella pidió, me había incapacitado por nada más que una petición.

Así que ahora yo iba delante, caminando de nuevo, esta vez tan lento como los humanos y sin esperanza de ir más rápido. Fang se mantenía justo detrás de mí, al principio con su rifle desenfundado, pero cuando se dio cuenta de que yo tendría todas las habilidades de escape de un anciano exhausto, enfundó el arma.

No había necesidad de preguntar por qué. Los humanos

siempre se tenían a sí mismos como la preocupación crítica. Yo no representaba una amenaza, pero Fang no lo veía así. Una vez más, era víctima de mi propia confianza, de mi propia, como diría Kaydee, ingenuidad.

—Podría haberte ayudado allí —dijo Kaydee, apareciendo por primera vez. Parecía distante, aunque estaba de pie junto a mí en la pasarela.

Su rostro parecía sombrío, su cabello de un gris apagado. Mientras se movía, la imagen de Kaydee parpadeaba, como si no pudiera mantener sus dimensiones.

—Sí, es tu batería baja, tonto. Si no me hubiera colado en tu lista de funciones críticas, ni siquiera estaría aquí.

Esa lista tenía espacio limitado. Si ella se había puesto allí, entonces...

—Estás desconectado, Gamma —dijo Kaydee—. No más viajes dentro de ti mismo, leyendo tus propios datos. No hasta que consigas energía. —Parpadeó frente a mí, caminando hacia atrás mientras yo avanzaba, tanteando alrededor de un mech de limpieza arrugado—. Piensa en ello como terapia. Una oportunidad para que tú y yo nos entendamos.

—¿Tú y yo? —pregunté—. No pensé que funcionara así.

Kaydee suspiró. —Mira, te lo dije. No quiero morir, y ahora mismo, estoy atada a ti. Si tú te vas, yo me voy. Y esa señora detrás de ti ahora mismo? Ella quiere que muerdas el polvo.

—Es probable que Fang lo consiga —susurré las palabras, moví poco aire. Ninguna posibilidad de que mi enemiga pudiera oírme—. No me queda fuerza.

—Sí, fuiste estúpido. Afortunadamente, todavía estoy aquí, y tengo una idea.

—¿Una idea para qué?

—Oh, ya sabes, lo de siempre: salvar la Nave Estelar y tu estúpido trasero al mismo tiempo.

—Es tu estúpido trasero también.

Ella se rió. Kaydee, la humana, el programa, empeñada en apoderarse de mí, se rió. Por primera vez en demasiado tiempo, me uní a ella.

VEINTINUEVE

CHUPANDO JUGO

Una vez que Kaydee me dio los detalles, comencé a ver el paseo por Starship menos como la marcha de un prisionero y más como una larga despedida. Starship en la oscuridad y el silencio mortal parecía una tumba, o quizás un monumento. Los humanos apenas podían ver algo mientras avanzábamos, lo que significaba que el acercamiento al Jardín era una vista reservada solo para mí.

La difusa superposición verde de visión nocturna podría carecer de color, pero reconocí tiendas, apartamentos y restaurantes. Había estado vivo por menos de un par de semanas, y sin embargo, estos lugares, los hitos de mis primeros momentos, se anudaban a mis recuerdos.

—Es perfecto para ti —dijo Kaydee mientras yo, caminando junto a la barandilla, mantenía una larga mirada sobre *Alvie's*—. Nunca olvidarás nada.

—Tú tampoco —respondí.

—Claro, ahora. Todas las cosas geniales que hice cuando estaba viva se han ido, o están borrosas. Como un sueño.

—Algo que yo nunca tendré.

—¿Qué? —preguntó Kaydee.

—Un sueño —afirmé, luego asentí hacia adelante en dirección al Jardín—. Tendremos que subir.

A Pravda no le gustaba dejar el piso central, aunque solo fuera por comodidad, pero rechacé la invitación de Fang de forzar la puerta. No es que, con mi energía actual, pudiera hacerlo de todos modos.

Nuestra entrada, la misma puerta que Delta, Beta y yo habíamos usado para embarcarnos en este camino no hace mucho, esperaba varios niveles más arriba. Los humanos subieron sin quejarse, cantando.

Habían empezado esto después del descanso en la Universidad, cuando Pravda anunció que no habría emboscadas y que, por lo tanto, bien podrían hacer un juego de caminar en la oscuridad. Cada humano se turnaba para cantar una canción que recordara, y todos eran libres de unirse si conocían la letra... o incluso si no la conocían. Las melodías no tanto se entonaban como se destrozaban, pero los humanos aceleraron el paso, y las sonrisas, invisibles excepto para mis miradas hacia atrás, adornaban sus rostros.

Detuve el canto cuando entramos al Jardín.

—Los mechs de Alpha pasaron por aquí —dije—. Podrían seguir por la zona, así que estén alerta.

Quería añadir que podría haber sido de más ayuda si Fang no me hubiera engañado, pero lo dejé pasar. Tenía un plan, no había necesidad de amargarse por ello.

El agua me llegaba ahora a los tobillos en lugar de las rodillas, un cambio bienvenido. Los humanos se quejaban de todos modos, sus botas y zapatos resultaron ser menos impermeables y más desmoronables. Las ampollas ya se estaban formando después de tanto caminar tras siglos de ablandamiento. Los murmullos pasaban a segundo plano frente a los otros sonidos dentro del Jardín, el suave chapoteo del agua al moverse, los salpicones cuando las ramas y plantas dejaban caer sus extremidades colgantes. El viento, fluyendo desde el frente abierto de Starship, encontraba canales por los que soplar, silbando y susurrando.

La oscuridad era casi absoluta. Incluso mi visión verde difuminaba el paisaje. Navegábamos solo por el tacto, cada paso era una prueba con la punta del pie.

El centro del Jardín, la gran sala con el agujero en el medio, se revelaba por los ecos. Nuestras ondas se derramaban por el borde, arruinando cualquier sigilo mientras las gotas salpicaban su camino hacia abajo hasta Purity.

—Espero que no tengas nada que ocultar —dijo Kaydee —, porque estás haciendo ruido, amigo mío.

Ya lo sabía. Los humanos con sus uniformes voluminosos y sus mochilas parecían tropezar con todo, engancharse en cada rama. Cualquier mech con intenciones de venganza no tendría dificultad para encontrarnos.

—¿Gamma? —preguntó Pravda mientras avanzábamos por el centro—. ¿Podemos formar una cadena? Nos estamos perdiendo aquí.

—Demasiado expuesto —añadió Fang.

Extendí la mano hacia atrás en la oscuridad y encontré los dedos de Fang. Juntos formamos una línea, ahora caminando en fila alrededor del pozo central. Los chapoteos aumentaron, los humanos murmuraban más: consejos sobre los escombros, palabras de aliento, deseos de volver a casa.

—Como si sus hogares todavía existieran —dijo Kaydee.

Como si.

Alcancé el extremo opuesto de la sala, donde el camino se estrechaba de nuevo dividiéndose en pasillos. Mi mano encontró la pared y se lo comuniqué a Fang y a los demás.

La esperanza tuvo su momento.

Cuando di el primer paso fuera del centro, sentí un tirón en la línea. Mi agarre, precario en el mejor de los casos, inútil sin mucha energía para afirmar mi posición, cedió y me envió chapoteando al agua. Gritos estallaron desde atrás, mis oídos y sensores apenas captaban las palabras con el agua empapándome.

Luché para ponerme boca arriba, levantando la cabeza. Destellos brillantes iluminaron la sala mientras los humanos cambiaban sus agarres por rifles, escupiendo energía brillante hacia el pozo y los varios mechs flexibles que salían de él.

Los mechs, con agua escurriendo por todas partes, se lanzaron hacia los humanos más cercanos, uno ya caído en el agua. El hombre chapoteaba, con su pierna atrapada por un mech. El fuego láser actuaba como un estroboscopio, mostrando la acción en detalle cuadro por cuadro. Fang parecía estar liderando el contraataque, tomando su rifle que escupía y gastando sus últimos disparos contra el mech que agarraba.

Al pasar junto a otra humana, una mujer enmascarada cuyo fuego era errático, Fang simplemente le arrebató el rifle de las manos, dejando caer el suyo en el proceso. Rearmada, Fang mantuvo apretado el gatillo, disparando contra los mechs.

Una mano agarró mi hombro, ayudándome a ponerme de pie. Pravda, con el rostro tenso, los ojos parpadeando en la luz dispersa.

—¿Qué hacemos? —dijo Pravda.

—Lo que ella está haciendo —respondí.

Tres flexi-mechs habían salido arrastrándose del foso, y esos tres yacían ahora en ruinas destrozadas. El hombre que habían agarrado estaba sentado a un lado, habiéndose subido a un árbol caído. Su pierna izquierda parecía destrozada, su sangre mezclándose con el agua. Fang hurgaba en los mechs, confirmando las bajas.

Los otros dos humanos fueron a atender a su amigo herido, hablando de primeros auxilios. Me uní a Fang junto a los flexi-mechs caídos con Pravda.

—Estaban esperando —dijo Fang, arrodillándose junto al mech del medio—. Las máquinas sin mente no pondrían una trampa.

—No carecen de mente —repliqué, jugueteando con el mech de la izquierda—. Alpha los usó, los creó. Están siguiendo sus órdenes.

Mantener la conversación en marcha era la prioridad número uno. Los tres flexi-mechs podrían haber sido una pesadilla para los humanos, pero me dieron una oportunidad: cada una de estas máquinas tenía una batería, energía que podía robar para mí mismo.

—Alpha no debería estar dando ninguna orden —dijo Fang, volteando su mech. Eché un vistazo, tratando de ver por qué, y la vi mirando las fundas del flexi-mech. Cualquier arma o herramienta para recoger.

—Están siguiendo los valores predeterminados —dije.

—¿Valores predeterminados? —preguntó Pravda.

—Capturamos uno de estos en nuestro camino hacia ti. Alpha los programó para correr y esconderse, para sobrevivir. Podría haberlo cambiado una vez que se dio cuenta de que no lo íbamos a dejar ir.

—¿Cambiar a qué? ¿Matar a todos los humanos?

Me encogí de hombros, usando el movimiento para ocultar cómo sumergía mi mano bajo el agua. Junté dos dedos, formando el conector. Claro, me permitiría hackear un mech, pero también podía succionar energía, siempre que el disparo humeante de Fang a través de la cabeza del flexi-mech no hubiera destruido también la batería.

—Mi suposición —dije— es que Alpha los tiene cazándolos a ustedes. Me ignoraron a mí.

Por suerte. Si esos flexi-mechs hubieran tendido su trampa en el extremo opuesto, no habría tenido mucha capacidad para hacer otra cosa más que tumbarme y morir.

El puerto de mi flexi-mech estaba a lo largo de su estómago, bajo el agua. Lo encontré, pasando mi mano por la columna de la cosa, y me conecté.

—Tendremos que ser más cuidadosos —dijo Fang. La luz disminuía, los fuegos iniciados por láseres perdidos se extinguían—. ¿Puede caminar?

La batería del flexi-mech bombeaba su energía hacia mí. Kaydee dijo que se sentía como beber café, una ráfaga nerviosa pero necesaria. Ahora solo necesitaba que los humanos se quedaran el tiempo suficiente para obtener mi dosis. Idealmente, podría succionar energía de al menos uno más, entonces...

Fang y Pravda me dejaron en las sombras, chapoteando hacia el hombre herido. Los humanos hablaban mientras yo succionaba energía y observaba.

—No va a salir caminando de aquí —dijo Kaydee, apareciendo a mi lado y lanzando piedras virtuales al agua—. Esa pierna va a necesitar una férula, tiempo para sanar.

—El Hospital está cerca —dije.

—Incluso si lo está, ¿crees que alguno de estos sabe cómo cuidar a este tipo? —Kaydee resopló—. Estos son los más refinados de los refinados. Son administradores. Gerentes. Puede que Fang sepa disparar un arma, pero no van a saber una mierda sobre...

—Gamma —dijo Pravda, su rostro ahora una mancha tenue mientras las últimas luces parpadeaban—. ¿Puedes ayudar con esto?

Podía. Con las plantas a nuestro alrededor, con restos del equipo de los humanos podría improvisar un vendaje. Pero necesitaba más tiempo para cargarme primero.

—Limpien los cortes, luego rasga pedazos —dije, manteniéndome sentado—. Envuelvan la pierna con fuerza. Intenten hacer una muleta con una rama si pueden, o alguien tendrá que apoyarlo. —Sigue hablando, sigue cargando—. El Hospital no está tan lejos.

—¿No puedes hacerlo tú? —preguntó Pravda—. Esto no es realmente nuestra especialidad.

—Te ha pillado ahí —murmuró Kaydee.

—Entonces tal vez debería serlo —respondí—. Si quieren vivir sin mechs, tendrán que hacer lo que los mechs solían hacer. No es tan difícil.

El agua salpicó y encontré a Fang frente a mí, mirándome fijamente a la cara.

—Pravda te dio una orden, recipiente. No pidió una lección de vida.

—Si querías que salvara la pierna de tu amigo, no deberías haber drenado mi batería —respondí, manteniendo un tono neutral—. Apenas puedo caminar yo mismo.

—No pensé que los recipientes serían tan indefensos —dijo Fang—, o débiles.

—Fang, está bien —dijo Pravda, cansado—. Estamos haciendo lo que Gamma dijo. El mech tiene un buen punto. No podemos matar todas las máquinas sin aprender lo que saben.

Fang, sacudiendo la cabeza, se levantó y me dejó solo, extrayendo cada vez más energía con cada segundo.

Los humanos se movieron demasiado rápido con sus primeros auxilios, encendiendo más pequeños fuegos para ver mientras avanzaban, como para que yo drenara un segundo mech. Aun así, la energía robada me dio energía. Energía que disfracé, arrastrando los pies como antes mientras chapoteábamos a través del Jardín y de vuelta al Conducto propiamente dicho.

Pravda quería seguir todo el camino hasta el Hospital, un trayecto que nos llevaría a través del Parque. Fang quería desviarse por el parque mismo, alegando que sería más agradable acampar bajo sus árboles que en los pasillos más estrechos.

Me opuse, diciendo que lo estrecho significaba más fácil de defender. El Parque podría albergar demasiados mechs esperando detrás de arbustos, muros, senderos sinuosos.

—¿Votamos? —preguntó Pravda, y naturalmente los malditos humanos todos querían ver un poco más de naturaleza.

—Han estado encerrados en tubos, Gamma. ¿Qué esperabas? —dijo Kaydee mientras nos desviábamos hacia la derecha, hacia un amplio sendero bajo ramas colgantes.

El Parque cubría varios niveles arriba y abajo, el nuestro marcaba el más alto. Algunas copas de árboles se alzaban a nuestro nivel, mientras que otras plataformas nos situaban en la base de arboledas. Todo casi invisible en la existencia sin energía de la Nave Estelar.

Fang se ofreció a quemar un árbol o dos, una petición que Pravda negó. Solo había tantos árboles. Hasta que se pudieran establecer granjas, bosques crecidos de semillas, cada planta debía ser preservada.

—Tiene sentido hasta que me caiga y muera —replicó Fang.

—Entonces presta atención —dije.

Por su parte, Fang lo hizo. También lo hicieron Pravda y los otros tres humanos, todos rotando turnos para apoyar a su amigo herido. Caminamos hasta que Pravda ordenó detenernos, justo encima de un atrio particular que yo conocía demasiado bien. Los humanos no podían verlo, pero a mis pies había un mirador con una fuente centrada en la vista.

Esa fuente solía ser un mech desagradable, y ahora no era nada.

Tampoco nos siguió nada mientras los humanos se acomodaban alrededor de unos bancos. Sacaron aperitivos, comidas en recipientes preenvasados. Los humanos podían agitar el contenido y este se calentaba, proporcionando una cena de aroma ahumado.

Encontré mi propio lugar en un banco apartado, observando al colectivo. Fang se ofreció nuevamente para la primera guardia.

—Así que tendrás que esperar un poco más —dijo Kaydee, notando mi creciente impaciencia—. Estarás bien.

Tal vez, pero me moría de ganas por irme. Proteger a los humanos, de acuerdo. Pero ya estaba harto de ser su sirviente.

La nave estelar era mi hogar tanto como el de ellos.

TREINTA

COHORTES

—¿Sabes cómo llamamos a los de tu clase? —dijo Kaydee mientras los humanos se acomodaban en improvisadas camas de hierba—. Prisioneros.

Habíamos estado hablando, mayormente sin palabras, durante la hora que les tomó a Fang, Pravda y su equipo comer y prepararse para dormir. Habíamos repasado el plan, ultimado los detalles, y ahora, con Fang a solas, había llegado el momento. O bueno, lo habría sido si Fang no se hubiera dejado caer a mi lado.

Nos sentamos en un muro de piedra bajo, que formaba un recodo para la arboleda donde dormían los humanos. Los ladrillos tenían grietas, con el mortero agrietado por el descenso de la Nave Estelar. La mayoría de los árboles, con raíces más gruesas que las víctimas del Jardín, aún se mantenían en pie, aunque ramas sueltas se esparcían por todas partes. Las distinguía como líneas oscuras contra el verde. Fang probablemente no podía verlas en absoluto.

—¿Qué estabas haciendo allá atrás? —me preguntó Fang, y noté que su mano izquierda descansaba sobre el gatillo de su rifle—. En el Jardín, con ese mech.

—Escaneando sus archivos —dije, una mentira que había preparado para contar. Mi rostro no se crispó, no reveló nada. A veces ser una máquina tenía sus ventajas—. Quería averiguar las órdenes de Alpha.

—¿Lo lograste?

Negué con la cabeza.

—Disparaste a sus unidades. No encontré nada.

—Estuviste sentado ahí mucho tiempo para no encontrar nada.

—No tengo energía que desperdiciar caminando, ¿recuerdas?

Fang sonrió.

—Lo recuerdo. Cuéntame algo más, entonces, recipiente. Háblame de la Nave Estelar, lo que has visto desde que despertaste.

Los humanos y sus exigencias. Podría haberme resistido, pero en su lugar, con Kaydee alimentándome detalles, conté una versión de mi historia. Mantuve a Val fuera de ella, mantuve a sus humanos en el misterio, pero por lo demás le di a Fang lo que quería. Lo alargué, también, para que durara —Delta y yo estábamos a punto de salvar el Vivero— hasta que terminó el turno de vigilancia de Fang. Me hizo prometer que continuaría la historia la noche siguiente e hizo el cambio.

—Esta es nuestra oportunidad —dijo Kaydee mientras observábamos a la nueva vigilante tomar su turno.

A diferencia de Fang, esta se mantuvo bien alejada de mí. Se instaló en el lado opuesto del recodo, mirando a la nada.

—Ella no puede ver, así que si eres silencioso deberías estar bien —dijo Kaydee, afirmando lo obvio—. Aunque, ¿puedes siquiera ser silencioso?

Podía ser condenadamente sigiloso cuando quería,

muchas gracias. Primero, levanté mis piernas y las mantuve estiradas en el aire. Me impulsé hacia arriba desde el muro del recodo, sentándome en el aire con mis manos presionadas contra la piedra. Moviendo mis manos lentamente, girando las palmas, me roté y puse mis piernas sobre el camino.

—Con cuidado ahora —dijo Kaydee—. Fang te volará las piernas si te atrapan.

Una amenaza justa, y probablemente acertada. Ni siquiera Chalo, el cazador residente de Val, me miraba con tanta sospecha y desdén.

Puse mis pies en el duro sendero. Las botas encontraron su asiento, aún húmedas del pantano del Jardín. Ahora vendría la parte difícil: ganar distancia sin alertar a la vigilante.

—¿Una distracción? —sugirió Kaydee.

No. La vigilante esperaría que yo ayudara a responder a cualquier ruido. Cuando no lo hiciera, la artimaña se vendría abajo. Tendría que rodar mis pies, ser silencioso. Afortunadamente, donde un humano tendría que adivinar, yo podía ser preciso. Me puse de pie, distribuyendo mi peso justo sobre mis pies para hacer la carga más nivelada. Cuando la brisa se intensificó y agitó las hojas, di un paso, rodando mi talón en perfecto silencio.

Kaydee, de pie en el camino frente a mí, me aplaudió. Aunque solo yo podía oír el ruido, me dificultaba reaccionar a mi entorno, así que me llevé un dedo a los labios. Kaydee asintió y en su lugar me dio un pulgar arriba. Dos, tres, cuatro pasos más allá y ningún signo de persecución. Me arriesgué a mirar atrás y vi a la vigilante con la cabeza entre las manos.

¿Por qué?

—Quién sabe —dijo Kaydee—. Tal vez está recordando

algo de aquí. O la caminata la está deprimiendo, estar en la oscuridad todo el tiempo.

Dudé justo entonces, considerando, por un momento, volver y preguntarle qué le pasaba. Si tenía una historia, la escucharía. Si tenía cargas que desahogar, podría servir como confidente, garantizado a nunca revelar un secreto.

—Eso no es lo que necesitamos, Gamma —dijo Kaydee.

Kaydee tenía razón, por supuesto. Eso no era lo que necesitábamos. Ni siquiera un recipiente podía resolver los problemas de todos.

Me alejé en silencio en la oscuridad, los pasos silenciosos me llevaron más adentro del Parque. Dos niveles más abajo me devolvieron al centro del Conducto. Giré a la izquierda, trazando senderos y enredándome con los fuertes recuerdos de Kaydee en el lugar. Ella los avivó de nuevo, esos momentos en los que ella y Leo bebían vino, deambulaban, reían.

Cuando pregunté por qué, Kaydee respondió:

—¿Por qué no? No es como si hubiera algo más que ver.

Los fantasmas se desvanecieron cuando dejé el Parque, encontré el pasillo en el lado de estribor. Un cálculo rápido me hizo girar a la derecha y unos minutos después encontré lo que buscaba: el Núcleo de Energía. El centro energético de la Nave Estelar. Los bancos de baterías aquí controlaban qué energía iba a dónde, si las terminales funcionaban, las luces brillaban o, cuando la Nave Estelar surcaba las estrellas, quién respiraba y quién no.

—Se ve un poco diferente en la oscuridad —dijo Kaydee mientras atravesábamos la entrada.

Un vestíbulo y los pasillos más allá pasaron rápidamente, nada más que azulejos muertos esperándonos. El silencio debería haber sido inquietante, el viento no penetraba tan profundo y dejaba mis pasos como único sonido.

Fuimos a la derecha, tomando un giro brusco de tres opciones en una bifurcación. El hogar de Volt, una habitación enorme con diagramas circulares que se extendían por todo el suelo. La última vez que lo había visto, cada anillo tenía colores del arcoíris mostrando el consumo de energía de toda la nave. Una clara visualización para la persona, o mech, encerrada en el centro, detrás de enormes terminales.

—¿Ni siquiera recibo un hola? —dije mientras entrábamos.

—¿Un hola? ¿Por qué te saludaría, asesino? —gritó Volt, confirmando que el mech se escondía dentro de su palacio terminal. O prisión—. ¿Sabes lo que hiciste?

—Salvé la nave, te salvé a ti —respondí, entrando sin más.

No diría que tenía demasiados amigos en la Nave Estelar, pero Volt... Volt contaba como uno de ellos. Al menos, eso creía yo. Volt estaba sentado en medio de sus terminales, con mi perro Alvie agarrado en sus cuatro brazos metálicos. Alvie me miró con ceño fruncido con sus ojos amarillos, que coincidían con los de Volt. No entendía, no comprendía el humor de Volt.

—¿Dónde está Bimu? ¿No es así como la llama? —preguntó Kaydee, dando en el clavo de lo que me había perdido.

—¿Volt? —dije, optando por un tono menos confrontativo.

—Lo apagaste todo, tío —dijo Volt, sus ojos destellando en rojo—. Cosas que no se habían apagado en mil años, que nunca se habían apagado.

—¿Y?

—No sé si podremos volver a encenderlas, ese es el "y". Estoy intentando, intentando ahora mismo mantenerlas estables.

—¿Mantener qué estable?

—¡Todas esas baterías! Tienen que mantenerse a una temperatura fría constante, una que definitivamente no tienen ahora. ¿Ves quién falta?

Asentí.

—Tuve que enchufarla. Ella está alimentando y gestionando el enfriamiento ahora mismo. —Volt abrió sus brazos, Alvie saltó hacia mí y me dio un buen cabezazo en la espinilla—. No sé qué va a pasar cuando quites el bloqueo. Podría explotar, podría estar bien.

—De todos modos habría muerto, Volt, si no lo hubiera hecho —dije—. Los motores habrían explotado. Te habrías quemado.

—Tal vez sí, tal vez no. Estoy bastante blindado aquí —dijo Volt. Hizo un suspiro sintético y bajo, luego sus ojos destellaron en azul—. ¿Qué demonios estás haciendo aquí de todos modos? ¿No se supone que deberías estar volviendo a encender esta nave?

Le conté al mech sobre el último día, la caminata a través de la oscuridad y el séquito humano cada vez más lúgubre que me seguía. Le dije lo que quería, lo que había esperado al venir aquí.

—Quieres un santuario —dijo Volt cuando terminé.

—Para nosotros. Para todos los mechs.

—¿Crees que los humanos te lo darán? Porque yo creo que te matarán mucho antes de que renuncien a este cascarón —Volt se puso de pie sobre sus ventosas—. Has conocido a Val, y ahora me estás contando sobre estos nuevos, el grupo que te trata como un juguete. ¿Cómo esperas que esto funcione?

—No podrán entrar —dije—. Si haces tu parte, los asustaremos el tiempo suficiente para fortificar la Nave Estelar.

—Si hago mi parte.

—Montar un espectáculo no debería ser difícil para ti. Tienes el talento.

—¿Me estás llamando mentiroso?

—Te estoy llamando expresivo —seguí la costumbre humana, extendí la mano y la puse sobre el hombro de metal negro de Volt. El brillo ambiental de las luces de Alvie y Volt significaba que hablábamos en sombras, azules y doradas—. Esto no se trata solo de protegernos a nosotros, también se trata de ellos. Tendrán la oportunidad de empezar de cero.

—Así que quieres reconstruir. ¿Tomar esas Líneas de Fabricación y producir una nueva generación?

—Así es. Tengo mis planos. Podemos encontrar los tuyos, averiguar cómo hacer más Alvies. Arreglar el código para que no tengamos ningún problema.

—Ningún problema —Volt soltó una risa cobriza—. Mucho antes que tú, la gente solía decir lo mismo. Los grandes planes saldrían perfectamente. Lo que yo vi, surgían nuevos problemas de la misma manera.

—Prefiero correr ese riesgo a morir cuando un humano se asuste.

Los ojos de Volt destellaron en rojo. —En eso estamos de acuerdo. —Sus cuatro brazos se encogieron de hombros—. Tú haz que vuelva la energía, yo veré qué tipo de espectáculo puedo montar. Te debo al menos eso.

Kaydee me esperaba mientras Alvie y yo dejábamos a Volt atrás. Se apoyaba contra la pared oscura del pasillo, iluminada por el resplandor digital. Tenía el pulgar bajo la barbilla, el dedo recorriendo su mejilla mientras me veía caminar.

—Te dije que estaría de acuerdo —dijo Kaydee, esbozando una pequeña sonrisa—. Buen empujón con ese cumplido. Qué buen manipulador te estás volviendo.

—Lo estoy aprendiendo de ti. —No estaba seguro de si debería sentirme cómodo con eso o no, pero la manipulación parecía ser un activo hasta ahora, así que seguiría usándola hasta que dejara de serlo—. ¿Eso te molesta?

—¿Ya que nos estamos volviendo uno y lo mismo? Nah.

—Ya que estoy siendo desplazado, quieres decir.

Kaydee se puso a caminar a mi lado. Dejamos los pasillos y nos dirigimos de vuelta hacia el vestíbulo del Núcleo de Energía en silencio.

—¿Recuerdas esa cena que tuviste con las Voces? ¿Con mi madre? —dijo Kaydee.

—¿Donde intentó lanzarme un cuchillo?

—Esa misma.

—Lo recuerdo. No olvido nada.

—Cierto. Eso debe ser una mierda. En fin, ella me habló entonces, me susurró al oído mientras Leo y Willis seguían diciendo que no tenía opciones —Kaydee tomó una gran e inútil bocanada de aire—. Dijo que sí tenía una, y eras tú. Que no podía ignorarlo.

—No lo hiciste.

—Intenté demostrar que estaba equivocada, sin embargo. Dame al menos ese crédito, Gamma. Lo intenté con ese mech.

—¿No quieres intentarlo de nuevo con algo nuevo?

—Es demasiado tarde para eso, amigo mío. Estamos demasiado unidos ahora. —Kaydee apretó los labios, tuvo la gracia de parecer triste por todo el asunto—. Lo siento.

Asentí y seguí caminando. No mencioné que mi proceso había terminado. Con la energía que había robado del mech, había envuelto las funciones de Kaydee en un contenedor.

Podía borrarla con un solo pensamiento.

TREINTA Y UNO

EL CAMBIO ES DIFÍCIL

Volví sobre mis pasos a través del Parque, poniendo mis pies exactamente en los mismos lugares donde había pisado antes. Las patas metálicas de Alvie me acompañaban, añadiendo tintineos, traqueteos y algún que otro jadeo-resoplido a la brisa. Por el camino, barajé explicaciones plausibles, decidiéndome finalmente por decir que había oído a Alvie y había ido a buscarlo. ¿Se lo creerían Pravda y Fang? Tal vez sí, tal vez no, pero ¿qué otra opción tenían?

Mi reloj interno indicaba que era cerca del mediodía cuando regresé al anfiteatro que habíamos usado como campamento. Los humanos deberían haber terminado su desayuno, preparándose para partir. Tal vez esperándome.

En cambio, no vi ningún vigilante, ningún guardia.

En la oscuridad, con mi filtro verde, no vi a nadie ni encontré nada. Se habían ido. Habían salido tropezando en alguna dirección.

—Oh, esto es divertido —dijo Kaydee, con una gran lupa de repente en la mano, como una detective clásica—. ¿A dónde crees que fueron, Gamma? ¿Por el camino correcto? ¿Por el equivocado? ¿Se cayeron todos uno tras otro?

—¿Por encima de una barandilla?

—Vale, quizás eso sea un poco improbable, pero diviértete un poco aquí.

Era difícil divertirse cuando mis protegidos habían desaparecido. No sentía mucha simpatía por Pravda y su gente, particularmente por Fang, pero el código central era difícil de refutar: mi deseo subyacente de mantener a los humanos a salvo me ponía en un estado de casi pánico ante su desaparición.

Afortunadamente, no tenía que confiar en mi propio olfato para encontrar el rastro.

—Alvie, ¿hueles algo? —le pregunté al perro.

Alvie ladró con un jadeo y miró alrededor, despistado.

—Recuerda, Gamma, Alvie no es un perro de verdad —Kaydee me lanzó una mirada divertida—. El cachorro probablemente no puede oler nada. Ese loco mecánico en Purity lo hizo con chatarra.

Cierto, pero antes de que pudiera encontrar otra estrategia, Alvie volvió a ladrar con un jadeo y salió disparado, sus patas repiqueteando en los caminos pavimentados.

—Tal vez sí pueda —le dije a Kaydee y salí corriendo tras mi perro.

Alvie corría rápido, más rápido de lo que yo podía esperar igualar, pero el perro me tenía en cuenta, deteniéndose de vez en cuando para esperar. Sus ojos amarillos juzgadores parecían decepcionados por mi lento trote, pero no iba a gastar más energía de la necesaria en la persecución. No cuando no sabía hasta dónde iríamos. Al menos Alvie corría en la dirección correcta: a través del Parque hacia la popa de la Nave Estelar. Los humanos, entonces, no se habían perdido tanto como para empezar por el camino por el que habían venido.

Menos mal, porque el Hospital estaría por este camino.

No había dejado atrás el Parque cuando Alvie me llevó a una pasarela del Conducto. Ladrando con jadeos, el perro me arañó la pierna hasta que le dije que seguiría el camino. Alvie saltó, girando en el aire y salió disparado lejos de mí, y de nuevo lo perseguí.

Pronto oí más que los repiqueteos metálicos, ahora con un timbre extra brillante al cambiar los agradables adoquines por el acero de la pasarela. Los nuevos ruidos no eran lo que esperaba: los zumbidos, silbidos, traqueteos y pitidos procedían de fuentes decididamente inhumanas. Con Alvie por delante, los ojos amarillos del perro como focos en la penumbra, aminoré el paso, intentando identificar los sonidos.

—¿Nos habría traído Alvie directamente a los fleximechs? —preguntó Kaydee.

No. Ya había visto suficientes flexi-mechs como para saber que estos no eran sus sonidos. Para empezar, los mechs podían moverse en silencio si querían. Estos sonaban como mechs en mal estado: juntas sueltas, cables corroídos, orugas inestables. No es que Alpha solo usara flexi-mechs. La Nave Estelar era enorme, quién sabe cuántas máquinas leales sobrantes estarían escondidas en sus recovecos.

—¿Así que vas a entrar desarmado? —preguntó Kaydee mientras yo seguía caminando tras mi perro—. Movimiento inteligente, listillo.

—No voy a dejar a Alvie solo. Y confío en mi perro.

De ninguna manera me llevaría al peligro.

Alvie me esperaba cerca de una cafetería destrozada. Un bonito letrero raspado atravesaba un arco sobre la puerta, la decoración manchada y doblada evocaba una época en la que los visitantes podían parar a tomar un batido o un té antes de adentrarse en el Parque para pasar un día entre los árboles. Con los ojos de Alvie proyectando luz, vi un interior que no mantenía las apariencias: pequeñas mesas yacían de lado, sillas dobladas y rotas. Un agujero partía un largo mostrador, la máquina de café detrás estaba abierta de par en par para sacar piezas. Saqueada, ya fuera por mechs o humanos.

Tres rezagados se unieron a mí para inspeccionar los destrozos, el trío chirriante confirmándose como la fuente del ruido. Un mech de basura, una barredora y una enfermera defectuosa de baja del Hospital. Deambulaban por el espacio, cada uno deteniéndose a inspeccionar tazas rotas, muebles doblados, un folleto arrugado.

—No son exactamente los humanos —murmuró Kaydee—. Tal vez Alvie ha perdido el toque.

Tal vez. Miré al perro, que me devolvió la mirada. Su mandíbula de metal y dientes de hierro no podían formar expresiones exactamente, pero Alvie emanaba un aire de satisfacción. Era un mech, no cometía errores.

—Veamos qué has encontrado —dije, lo suficientemente alto como para que se oyera en la cafetería.

Los tres mechs se giraron como uno solo al oír mi voz. La barredora y el mech de basura no estaban hechos para la interacción humana, y sus cajas en blanco no me decían nada sobre sus intenciones. El mech enfermero, sin embargo, me iluminó con sus ojos: azules.

—Hola —dije—. Me llamo Gamma —Dudé sobre el siguiente paso y me decidí por esto—: Estoy tratando de encontrar humanos. ¿Habéis visto alguno?

La pregunta equivocada. Los ojos del mech enfermero se volvieron rojos y este, junto con el mech de basura y la barredora, se acercaron a mí. Los tres levantaron sus delgados brazos, agarrando en mi dirección.

—Vaya, parece que no son amistosos —dijo Kaydee—. Intenta no morir, Gamma.

—Haré lo que pueda —respondí, escabulléndome en la cafetería hacia la derecha. Detrás de mí, Alvie empezó con sus ladridos jadeantes, avanzando—. Derríbalos, amigo.

Si todos estos mechs tenían una debilidad común, estaba en sus pies robustos o, en el caso del mech enfermero, en sus cuidadosas orugas. Ninguno podía levantarse por sí mismo, y ninguno tenía lo que Delta llamaría 'habilidad' en una pelea. Avanzaron directamente hacia mí, y Alvie se puso manos a la obra.

El mech enfermero se acercó a toda velocidad, con sus orugas chirriando mientras aceleraba por el suelo lleno de porquería. Alvie, siendo el perro inteligente que era, esperó hasta que el mech pasara por la entrada de la cafetería antes de saltar. Mi perro golpeó al mech enfermero en los hombros, derribándolo de lado. Impulsándose, Alvie embistió al siguiente mech en la fila, derribando la máquina de basura y parándose sobre ella.

Lo que dejó a la barredora para mí.

Con sus cepillos girando y dos brazos delgados para remover escombros agitándose hacia mi cara, la barredora presentaba una leve amenaza. Una que decidí manejar al estilo de una pelea de bar: le lancé una silla. Incluso sin usar toda mi fuerza —tenía que conservar energía— mi proyectil aplastó a la barredora y la envió de lado. El mech cayó hacia atrás, con sus cepillos girando en el aire.

—Nada mal —dijo Kaydee, apareciendo para inspeccionar los destrozos.

—Hace unos días, esto habría sido aterrador —respondí —. ¿Ahora?

¿Ahora qué? ¿Me había convertido en Gamma, el asesino de mechs? ¿El conquistador de los numerosos pasillos de la Nave Estelar?

—No te creas tanto —se rio Kaydee—. Delta y Beta aún podrían desayunarte.

—No si los programo para que me sirvan el desayuno.

—¿Qué sería tu desayuno, Gamma? ¿Una batería fresca?

—Me conformaría con eso.

Elegí al mech enfermero como mi primer objetivo. Comparado con los otros dos, la máquina tendría una voz, tendría el procesamiento más complejo. Le pregunté de nuevo si había visto a los humanos. Todo lo que recibí de su sonrisa plástica y sellada debajo de esos ojos rojos, con sus orugas girando inútilmente, fueron tonos ininteligibles. No iba a aprender nada interrogando al robot averiado, pero, como la policía en las películas del Bibliotecario, tenía otros métodos.

—Esto solo tomará un segundo —le dije al mech, juntando mi pulgar y mi índice para formar el conector.

Para un mech diseñado para ayudar y curar, convertirlo en una máquina homicida requería cierto esfuerzo. Del tipo que deja evidencia por todas partes. Entrar en el interior del mech me situó en una habitación destartalada, repleta de monitores médicos que emitían pitidos. Las pantallas a la altura del hombro nos rodeaban a Kaydee y a mí, con resplandores azules estériles golpeándonos desde todos los ángulos. Más allá de ellas, cables que se arrastraban por el suelo y subían por las paredes, cubriendo manchas verdosas y grisáceas que supuraban. Un olor rancio a desinfectante impregnaba el espacio.

—Qué decoración tan encantadora —dijo Kaydee, pellizcándose la nariz.

—Peor que los otros —dije, recordando a las enfermeras de vuelta en la, bueno, Guardería. Aquellas no habían sido corrompidas como esta, una distorsión deliberada. Más bien, habían sido simplemente víctimas de funciones que se habían dejado correr sin ajustes durante demasiado tiempo.

—¿Por qué?

Señalé las manchas en la pared. Me recordaban a un color en particular, a una sensación en particular.

—Solo hay un mech haciendo esto —dije—, y ahora está muerto.

—Los restos de Alpha —suspiró Kaydee—. Asqueroso. Supongo que podemos matar a este entonces.

Podríamos, pero ¿por qué? Por una vez, no estaba bajo ataque inminente. Alvie me cubría las espaldas, y los enemigos alrededor no eran exactamente serios. Si nuestro plan era hacer de la Nave Estelar un refugio para mechs, habría más como este.

—Entonces, ¿qué estás diciendo? —preguntó Kaydee cuando le conté mi idea—. ¿Vas a limpiarlo?

—Mejor que eso —respondí—. Si quiero que la Nave Estelar sea un hogar para los mechs, tendré que darles la oportunidad de vivir en ella. Realmente vivir.

—Gamma, eso es...

—Piénsalo. Podría devolverlo a su estado original, limpiarlo por completo. Volvería a la Guardería y cuidaría de los embriones, que tal vez ni siquiera estén allí ya. ¿Qué pasaría entonces?

Kaydee miró alrededor a las pantallas azules, cada una desplazándose a través de otra función, otro comando codificado.

—No lo sé, Gamma, pero...

—Tengo que intentar darles un propósito real. Verdadera autonomía.

—Estás sonando como Alpha.

—No. Alpha dicta. Yo los estoy liberando.

Antes de que Kaydee pudiera protestar más, me

acerqué a la pantalla azul más cercana. El teclado debajo me dio todo el acceso que necesitaba, una oportunidad para cortar, editar, escribir y transformar. Copié bits de mí mismo, la lógica y los cálculos de mente abierta. Borré los restos de Alpha, cada bit eliminado removiendo una mancha de la pared.

Kaydee observó todo, con una mueca triste en su rostro. Bien. Ella no era un mech, no lo entendería. Encontré otros lugares para hacer mejoras también, líneas que obligaban al mech a obedecer a los humanos, a seguir siempre sus reglas. Las eliminé y le di al mech mis propias pautas morales. Sería capaz de tomar sus propias decisiones, definir sus propios valores con el tiempo.

Cuando di un paso atrás, la habitación del mech brillaba intensamente. Las paredes estaban limpias, una nueva luz brillaba desde arriba, y todas esas pantallas se habían comprimido en una, optimizando el flujo.

—Hermoso —dije, asintiendo ante mi propio trabajo.

—Es algo —dijo Kaydee.

—¿No te gusta?

—No estoy segura de que vayas a conseguir lo que quieres, eso es todo.

—Oh, tú de poca fe.

Kaydee se rio.

—¿De dónde sacaste esa frase?

En lugar de responder, nos saqué de vuelta al mundo real, donde podría juzgar mi creación. O, tal vez, ser juzgado por ella.

La cafetería estaba como antes. Incluso Alvie no se había movido de encima del furioso mech de la basura. La oscuridad persistía, requiriendo un ajuste después de la habitación digital insípida pero brillante. Mi proyecto de rescate se sacudió cuando di un paso atrás, los ojos del mech enfermero pasando rápidamente por varios colores. Azul, rojo, verde. Todos deberían haber correspondido a un sentimiento, a una acción por parte del mech, pero solo escuché traqueteos. Chirridos. Murmullos. Nada que se pareciera al sentido que creía haber programado en él.

—Un comienzo difícil —dijo Kaydee a mi lado. El mech enfermero intentó ponerse de pie, se tambaleó y cayó con un fuerte golpe de vuelta al suelo. Alvie ladró con un jadeo una pregunta.

—¿Hola? —intenté comunicarme con el mech enfermero—. ¿Tienes un nombre?

Una función que había introducido en la máquina debería haber creado uno, una identidad de la cual todo lo demás pudiera surgir. En cambio, el mech rodó. Se sacudió. Golpeó sus brazos contra el suelo o contra su propia cabeza. Luego, después de emitir lo que parecía ser una combinación de todos sus tonos posibles a la vez, el mech se bloqueó y quedó inmóvil. Sus ojos, muertos.

No necesitaba preguntarle nada más.

—No puedes convertir todo en un receptáculo, Gamma —dijo Kaydee mientras me arrodillaba para examinar la máquina—. No tienen los componentes necesarios. El diseño. No están hechas para hacer lo que tú haces, al igual que tú no estás hecho para cumplir su propósito.

—Deberían ser maleables —repliqué—. Son máquinas, podemos cambiar.

—Claro, si le arrancas las entrañas y metes las tuyas, seguro que funcionaría perfectamente. Pero eso no es lo que hiciste. Arrojaste a alguien sin brazos, sin piernas y sin ayuda al océano y esperaste un milagro.

Me senté, mirando fijamente al meca muerto. La barredora y su amigo basurero continuaban sus inútiles esfuerzos por ponerse de pie. Alvie, percibiendo mi fastidio, soltó un aullido apagado de simpatía.

—¿Entonces cómo se supone que debo salvarlos? —pregunté, sin realmente esperar que Kaydee tuviera una respuesta.

—¿Sabes qué, Gamma? Nosotros intentamos lo mismo, pero con humanos. Yo morí por ello. ¿Sabes qué aprendí?

—Te estoy preguntando, ¿no?

—Y siendo un esnob al respecto —Kaydee me dio una bofetada digital. La recibí como un campeón—. Me di cuenta de que tienes que dejar que la gente sea ella misma. No puedes obligarlos a cambiar quienes son. Si quieres que tus mecas vivan bien, entonces límpialos. Devuélveles sus trabajos, déjalos ser.

Reflexioné sobre sus palabras. Me acerqué al meca barredora, manteniéndome justo fuera del alcance de sus brazos que intentaban agarrarme. La cosa había sido construida para mantener limpio el Conducto. Hacia eso se orientaban todos sus componentes. Por ahora.

—Cuando tenga las Líneas, te haré mejor —le dije al meca, luego formé el enchufe de nuevo y me puse a trabajar.

TREINTA Y DOS

LÁSERES Y LATTÉS

Encontramos a los humanos gracias a su torpeza. Al salir del café y dejar atrás a los mechs perdidos, oímos ruidos claramente distintos a la brisa, los ocasionales chasquidos o una máquina errante.

—Estoy bastante segura de que los mechs no maldicen así —dijo Kaydee mientras nos quedábamos en la pasarela, tratando de decidir adónde ir.

Las palabras, los gritos, subían desde abajo, haciendo eco en las paredes de la Nave Estelar. A un humano le habría resultado difícil determinar de dónde venían las voces, pero mis sensores lo localizaron en un instante: abajo, varios niveles.

Al menos los improperios sonaban más a enojo que a miedo.

Con Alvie a mi lado, encontramos la escalera más cercana y bajamos. Tan cerca del Parque, la mayoría de los lugares se parecían al café que acababa de dejar: restaurantes, spas, lujos. Sus ruinas parecían mejores en la oscuridad, donde Kaydee y yo podíamos olvidar el presente. Ella los llenaba con descripciones, con pequeñas historias mientras caminábamos.

—Necesito más de esto —le dije cuando llegamos al nivel de los humanos, poniendo fin a los interludios—. Hay demasiada ira y violencia con los humanos que conozco. Es el lado equivocado.

—La mayoría de nosotros también lo piensa.

Adelante, vimos la tienda que Pravda y Fang habían encontrado. Estaba barricada con bancos rotos, las piezas esparcidas por la pasarela. ¿Cuántos humanos habían tropezado con esos pedazos? ¿Todos ellos?

Alvie se detuvo. Puso una pata en mi espinilla. Olfateó, sus ojos dorados destellando en rojo. Kaydee y yo escuchamos. Los humanos ya no maldecían, estaban hablando. Una discusión acalorada.

Eso no era lo que hacía que Alvie me detuviera.

Parecían sombras móviles a lo largo de las paredes, formas verde oscuro deslizándose por encima y a lo largo de la barandilla a mi derecha. Flexi-mechs, al menos cinco. Cazando.

—Bueno, eso no es nada bueno —susurró Kaydee mientras observábamos a los mechs acercarse sigilosamente—. No quiero desanimarte, Gamma, pero cinco podrían ser demasiados para una nave desarmada como tú.

Los humanos, sin embargo, tenían rifles. Incluso Pravda llevaba una pistola, aunque quién sabía si podía disparar como Dios manda.

—Genial. Que se defiendan solos. —Kaydee se cruzó de brazos. Captó mi mirada de soslayo—. Sabes que no estoy a favor de todos los humanos, ¿verdad? Este montón quiere verte desguazado, Gamma. No voy a defenderlos.

—No tienes que hacerlo. Vamos, Alvie.

Ya idearía mi estrategia sobre la marcha, salvo por la apertura. Con un toque mío, Alvie salió disparado hacia adelante, ladrando con respiración entrecortada. Lo seguí, mis pies golpeando la pasarela, gritando una alarma a los humanos del interior.

Los flexi-mechs y sus sombras se congelaron ante mis palabras. Las manchas borrosas que marcaban sus cabezas miraron en mi dirección y pensé que todos podrían caer sobre mí como lobos hambrientos.

En su lugar, fueron a por los humanos.

Dos se lanzaron por encima de la barandilla de la pasarela, golpeando las baldosas y precipitándose hacia el café. Otro par se balanceó a través de las ventanas ya destrozadas, desprendiendo los restos de cristal para añadir un tintineo de fondo al caos. Destellos, rayos perdidos salieron disparados mientras Alvie y yo nos acercábamos, quemando las ventanas hacia el Conducto. Las voces de Fang y Pravda daban órdenes. Alguien gritó. Tres flexi-mechs más se precipitaron en dirección opuesta a nosotros, acercándose al café.

—Encárgate de ellos —le dije a mi perro, y corrimos hacia adelante.

Con láseres blanco-azulados brillantes formando un halo alrededor de mis hombros, zumbando cerca de mi cabeza, Alvie y yo pasamos saltando por la primera ventana para enfrentarnos a los flexi-mechs antes de la puerta del café. Alvie, más rápido que yo, dio un salto y atrapó al líder por el cuello, el peso nada despreciable del perro arrastrando al mech contra el que estaba detrás. El montón aterrizó en la pasarela, con el espacio justo para que yo recogiera las piernas y saltara, encontrándome con el tercer flexi-mech en una colisión en el aire.

Esperaba una mano taladro en el pecho, un corte en la cara o algo peor. En su lugar, chocamos y el flexi-mech intentó quitarme de encima, un movimiento fallido en el aire. Mi peso excedía el delgado esqueleto huesudo de la máquina, enviándonos a ambos hacia atrás más allá del montón de Alvie. Aplasté al flexi-mech contra el suelo, sentí que sus manos me agarraban e intentaban moverme. Un movimiento que podría haber funcionado excepto que mis propias manos encontraron un agarre en la estrecha columna del flexi-mech. Cuando el mech me lanzó hacia la izquierda, tratando de escapar, me aferré, arrastrándolo conmigo. La máquina rodó y yo me impulsé, soltándome con el impulso. El mech se lanzó al aire, todavía tirando hacia la izquierda, y desapareció por el borde.

¿Sobreviviría a la caída? ¿Aterrizaría en un colchón suave y mohoso como yo lo había hecho una vez?

—¡A quién le importa, Gamma! ¡Ayuda a tu maldito perro! —Kaydee me devolvió a la realidad.

Alvie mordía a los flexi-mechs por turnos, tratando de evitar que el par pasara junto a él. Ninguna de las máquinas parecía interesada en mi perro más allá de empujar al cachorro a un lado. Los láseres y las maldiciones seguían saliendo del café. Alguien lloraba también, sollozos de dolor que se abrían paso entre los estruendos de la pelea.

Aún solo con mis manos, hice lo que pude: corrí detrás de los dos de Alvie y jugué a la pelota con el Conducto. Como un jugador de fútbol americano, me agaché y recogí al flexi-mech más cercano, este con cicatrices chispeantes a lo largo de su pecho y tobillos, y lo lancé tras su compañero. El mech no gritó mientras volaba y desaparecía. Ni protesta, ni venganza declarada.

Alvie aprovechó su repentina libertad para aferrar la pata del último. Clavando sus garras en la pasarela mientras el flexi-mech intentaba pasarlo, Alvie tiró con fuerza. La rodilla del flexi-mech se desprendió de su encaje, con refrigerante y cables agitándose por todas partes. En lugar de detenerse o preocuparse por su lesión, el flexi-mech cayó hacia adelante sobre sus cuatro brazos y se apresuró, arrastrándose alrededor de la puerta del café hacia el interior.

—No tan rápido —dije, corriendo alrededor de mi perro.

—¡Mantente agachado! —gritó Kaydee—. ¡El fuego amigo es algo real, ¿sabes?!

Mis amigos disparaban como locos. Sus rifles rugían mientras yo entraba al café; lo que parecían una docena pronto resultaron ser cuatro, con dos cada uno en manos de Fang y otro humano. Sus disparos iluminaban el espacio, revelando una fea última resistencia en la parte trasera del restaurante. Los humanos se atrincheraban detrás del mostrador, mientras los flexi-mechs avanzaban por todos lados.

Aunque las máquinas no se habían preocupado mucho por Alvie y por mí, se acercaban a los humanos con tácticas, con intención asesina. Llevando mesas y sillas como escudos, cuatro, ahora cinco con nuestro objetivo cojo, los mechs se aproximaban desde todos los ángulos. Dos se aferraban a las paredes exteriores, rodeándolas, mientras los otros se acercaban por el centro.

Los flexi-mechs no solo recibían disparos, sino que los devolvían, lanzando metralla con terrible precisión hacia los humanos. Fang, de pie, tenía al menos tres trozos clavados en sus brazos, hombros y pecho. No podía ver a Pravda y a los otros dos, supuse que estaban detrás del mostrador del café.

—No es bueno —dijo Kaydee mientras yo alcanzaba al flexi-mech herido.

No me gustaban mis posibilidades de arrojar al flexi-mech por la estrecha puerta hacia el Conducto, así que opté por un método más directo: tomé un soporte quemado para menús y atravesé al flexi-mech por detrás. Clavé el arma con suficiente fuerza para perforar la pierna restante del flexi-mech y clavarlo al suelo. No es que al mech le importara: siguió intentando liberarse, al menos por otro segundo hasta que le arranqué la batería.

—¡Gamma! ¡Ayuda! —Fang, por una vez, no me hablaba con desdén, ira o sospecha.

Los destellos disminuyeron cuando los rifles de Fang se quedaron sin energía. Había dejado un flexi-mech muerto a su paso, el otro humano seguía disparando y conteniendo a los otros dos de la derecha. Lo que dejaba al trepador de la pared izquierda como mi siguiente objetivo. Levanté una silla, apunté y fallé cuando el flexi-mech saltó detrás del mostrador. Alvie hizo lo que yo no pude, pasando volando a mi lado y, usando una mesa volcada como impulso, saltando sobre la parte superior del mostrador como un misil metálico volador. Mi perro ladró con dificultad mientras sus ojos amarillos brillaban al desaparecer sobre el mostrador.

—Tienes un perro con un valor impresionante —dijo Kaydee mientras me giraba hacia los otros dos mechs.

—El valor no tiene nada que ver con esto.

Como los flexi-mechs antes que yo, recogí escombros y corrí con ellos. Primero, el flexi-mech que intentaba un asalto directo. Lo golpeé por detrás con una pata de mesa, y cuando el mech se volvió para ver qué demonios lo había golpeado, la humana supo lo suficiente como para vaporizar su cráneo con un disparo bien colocado. Fue su último tiro. El mech trepador de la pared de la derecha saltó hacia adelante, poniéndose detrás del mostrador y lanzando una botella rota. El vidrio golpeó con fuerza a la humana, enviándola al suelo junto con sus rifles.

Comencé a avanzar, vi a Fang lanzándose por las armas caídas. Con un pie plantado, salté, solo para que la mano del flexi-mech chamuscado hiciera un débil intento de agarrar mi tobillo. El agarre me desequilibró, lo suficiente como para que me estrellara contra el mostrador en lugar de saltarlo. La vitrina de cristal, destinada en algún tiempo olvidado para bollos y rollos de canela, se hizo añicos bajo mi peso. Mis ojos se cerraron para su propia protección, mi hombro derecho abriéndose paso a través del vidrio, del plástico y hacia... ¿metal?

Manos de muchos dedos se apresuraron a empujarme mientras me estrellaba contra el flexi-mech, ambos cayendo en un desastre detrás del mostrador. Encontré agarres a lo largo del cuerpo del flexi-mech, lo sostuve mientras la máquina intentaba escapar. Escuché un clic, vi a Fang mirándonos fijamente. Los humanos yacían desplomados a su alrededor en varios estados condenados. Detrás de ellos, Alvie destrozaba a su flexi-mech, un espectáculo de chispas en la oscuridad.

Fang tiró a un lado su rifle inútil y levantó el nuevo. Mi flexi-mech se abalanzó de nuevo, pero lo retuve, clavando mis pies en el suelo para mantenernos firmes.

—No dispares —dije—. ¡No puedes ver!

—Oh, claro —reflexionó Kaydee—. Por eso no pudieron acertar a ninguna de estas cosas. Yo solo pensaba que apestaban.

—No necesito ver —me respondió Fang, levantando el rifle—. Puedo oírte perfectamente.

El flexi-mech luchó de nuevo, cuatro brazos intentando dominarme. La energía que había robado del Jardín se agotaba mientras luchaba contra la máquina, tratando de evitar que se liberara. Fang podría estar a punto de matarme, podría estar a punto de quemarnos a ambos, pero tenía que hacerlo. Tenía que proteger a los humanos. No había otra opción.

—Gracias por volver, Gamma —dijo Fang—. Me habría sentido mal dejándote vivo.

Cerré los ojos, sostuve al flexi-mech con fuerza. Mi código perfectamente feliz con la forma en que estaba a punto de morir.

FACCIONES

Una mano apartó el rifle de Fang, una mano ensangrentada y arañada que pertenecía a Pravda, el líder de estos humanos. Fang gruñó, mirando de reojo el brazo ofensivo mientras yo seguía conteniendo al flexi-mech.

—No puedes —dijo Pravda—. No puedes matarlo. Todavía no.

—Puedo hacerlo ahora mismo, con esto —replicó Fang, apartando el brazo de Pravda.

—Si le disparas, todos moriremos —respondió Pravda. El hombre estaba de rodillas, con un brazo apoyado en el suelo para levantarse. Su ropa estaba hecha jirones, tal vez uno de esos flexi-mechs le había arañado con las manos—. Nunca encontraremos la salida de aquí, y mucho menos pondremos en funcionamiento la Nave Estelar. Por favor, Fang, piensa.

—Nos matará al final —dijo Fang, pero no levantó el rifle—. Siempre lo intentan.

El flexi-mech encontró un punto de apoyo, sus hombros se retorcieron mientras yo me concentraba demasiado en Fang y no lo suficiente en mis propios esfuerzos. El mech se liberó, dio un largo zarpazo a Fang, y ella disparó. A quemarropa, incluso en la oscuridad no podía fallar. El láser atravesó el hombro del flexi-mech y la pared detrás de su espalda, un ascua brillante en la cafetería y una señal tan buena como cualquier otra de que la pelea había terminado.

—Me aseguraré de hacértelo saber —le dije a Fang, incorporándome.

—¿Hacerme saber qué?

—Cuando intente matarte. —Le di la sonrisa más desagradable y siniestra que pude, una perdida en la oscuridad.

Los humanos lo habían pasado mal. Ninguno de los cinco había escapado de la pelea sin heridas, y aunque los vendé lo mejor que pude —usando tela de su propia ropa—, no había forma de ocultar que el grupo se reduciría a nada sin ayuda médica rápida. Sin embargo, me tomé un tiempo para cargarme con los flexi-mechs destruidos.

Cuatro máquinas tenían sus baterías intactas, y con Pravda ordenando recuperación y descanso después de la pelea, me arrastré de una a otra, recargando mi batería hasta el punto en que la energía cinética de correr debería ser suficiente para mantenerme en marcha. En resumen, los humanos habían pasado de tener una ventaja de cinco a uno sobre un recipiente débil, a un recipiente fuerte y su perro dominando a cinco personas medio muertas, exhaustas y ciegas.

—Deberías restregárselo en la cara a Fang —me dijo Kaydee mientras caminábamos de nuevo por el Conducto —. Se merece sentir algo de miedo.

—Lo usará como otra excusa para dispararme.

—¿Y qué? Ya tiene muchas.

—No significa que necesite añadir otra.

—Eres aburrido, Gamma.

—Estoy seguro de que eso cambiará cuando tú estés al mando.

Kaydee se quedó en silencio ante eso, dejándome solo con Alvie a la cabeza del grupo. No tuvimos que ir muy lejos antes de encontrar el Hospital, varios niveles por debajo de la entrada principal. Fang y Pravda aún podían caminar, así que esperaron mientras yo subía a los humanos por las escaleras, bajaba de nuevo y repetía el esfuerzo. Nada me hacía sentir más como un mech que el acarreo aquí, pero en realidad, no me importaba tanto. Los tres humanos, dos hombres y una mujer, me agradecieron la ayuda. Uno, el hombre que había sido arañado en el Jardín, afirmó que no estaría vivo sin mí.

¿Las palabras se "sentían" bien? Tal vez, pero más prácticamente, finalmente añadían algo de peso al otro lado de mi balanza humana, el lado que no medía la ira, la venganza, el belicismo.

—¿Cómo se ve eso? —preguntó Kaydee mientras dejaba al último humano en la entrada del Hospital y empezábamos a entrar—. ¿Los humanos siguen siendo una especie basura?

—No quieres saberlo.

No insistió. Si lo hubiera hecho, le habría dicho a Kaydee que, sin mis reglas programadas, habría abandonado a su gente hace mucho tiempo.

No tuvimos que buscar mucho para encontrar suministros para los humanos. Al parecer, los mechs del Hospital no estaban muy interesados en saquear y después de la carnicería de Delta, el enorme centro médico parecía tranquilo. Se vendaron heridas, se encontraron tablillas. Se consiguieron aperitivos de alimentos enlatados y raciones selladas al vacío de quién sabe cuántos años de antigüedad. Pravda incluso recuperó algo de su antigua bravuconería, especialmente después de que le pedí a Alvie que aumentara el brillo de sus ojos para dar una iluminación real a nuestro alrededor. Dos focos en la oscuridad.

—¿Ven esto? —anunció Pravda mientras nos dirigíamos hacia la salida de popa—. Ningún viaje está exento de desafíos, pero con un poco de coraje, con un poco de valentía, podemos lograrlo. Lo lograremos.

Unos pocos murmullos de acuerdo no hicieron nada para apagar los ojos brillantes del hombre. ¿Era un líder o simplemente estaba adornando su propia leyenda?

—Definitivamente lo segundo —dijo Kaydee—. Míralo, asintiendo a todas las señales que pasamos. Está escribiendo su propia historia ahora mismo.

La historia de Pravda se volvió mucho más interesante poco después del Hospital, cuando encontramos la Guardería. Situada en el nivel central de la Nave Estelar, justo como la entrada principal del Hospital, la Guardería destacaba en la oscuridad, sus generadores manteniendo frescas las vidas críticas en su interior. Por cuánto tiempo, no lo sabía. Pravda pidió otra pausa cuando pasamos frente a la Guardería, afirmando que todos deberíamos entrar, echar un vistazo.

—Después de todo, este es nuestro futuro —dijo Pravda, acallando mi protesta—. Los viales aquí dentro lo son todo, ¿no es así, Gamma? La humanidad no irá más allá si estos resultan dañados.

Pero, ¿cuánto más lejos iría yo cuando descubrieran lo que había, o lo que no había, dentro?

Al menos sus rifles estaban gastados, excepto el que colgaba de los hombros de Fang. Pravda, sin embargo, la había enviado a la retaguardia. Le dijo que vigilara las emboscadas, que escuchara en medio de la oscuridad. Supuse que había hecho el movimiento para evitar que

Fang y yo nos destrozáramos mutuamente. Ahora ella volvió, fue con Pravda y conmigo más allá del vestíbulo. Los otros humanos tomaron los sofás de espera allí con suspiros de gratitud. Sugerí a Fang y Pravda que hicieran lo mismo, tratando de ganar un poco de tiempo, pero ambos se negaron.

Así que, con Alvie a mi lado, todos nos adentramos más, hacia donde yo había lidiado con tanto desastre. La parte trasera del Criadero ofrecía decepción y temor. Los estantes donde se habían almacenado embriones durante mil años yacían vacíos, con sus bandejas esparcidas por todas partes. Los mechs que Delta y yo habíamos reparado estaban apilados, apagados, en una esquina. Me pregunté cómo Leo y Val habían retirado todos estos materiales sensibles antes de que las maldiciones de Pravda me devolvieran al presente.

—Se han ido —dijo Pravda cuando se le acabaron los improperios—. Todo perdido. Estamos acabados, acabados. Incluso si tuviéramos a cada mujer capaz de criar un niño, habría demasiados...

—Cállate, Pravda —dijo Fang, por una vez sin apuntar el rifle hacia mí sino hacia los estantes vacíos—. No fueron destruidos. Se los llevaron. —Puso una mano en el hombro de Pravda, tranquilizándolo—. Todo lo que se llevaron puede ser devuelto.

Pravda negó con la cabeza.

—Deben habérselos llevado hace años y años, Fang. Nuestros hijos, nuestro futuro probablemente esté tirado en algún montón de basura. O expulsado a la inmensidad del espacio.

Ahora Fang me miró.

—No había personas vivas que pudieran hacer esto cuando nos fuimos a dormir. La única respuesta posible serían los mechs. Mechs como tú que quieren la Nave Estelar para ustedes mismos.

—Yo no hice esto, si es a lo que te refieres —respondí.

—Pero sabes quién lo hizo —replicó Fang.

Como dije, yo no tenía cara de póker. No tenía signos reveladores. Mi cuerpo hacía exactamente lo que le pedía, entonces, ¿cómo sabía Fang que no había dicho toda la verdad?

—Porque no estás sorprendido —dijo Kaydee, sentada en la cinta transportadora de recién nacidos detrás de Fang y Pravda—. ¿Entras aquí, ves un desastre, un desastre apocalíptico, y estás bien con eso?

Hmm. Kaydee tenía un buen punto. Nada que pudiera hacer al respecto ahora.

—Gamma, respóndele —dijo Pravda, y vi lágrimas, genuinas, escapando de sus ojos—. ¿Los mechs hicieron esto?

Habían tenido la pista en el Puente. Un secreto que había mantenido oculto, uno que esperaba que siguiera así. Pero eso sería demasiado afortunado, demasiado conveniente.

La Nave Estelar no toleraba la suerte.

—Ningún mech hizo esto —dije—. No son los únicos humanos vivos en este mundo.

Por una vez, Fang me dejó contar toda la historia sin amenazar con matarme. Ella y Pravda escucharon lo que sabía sobre Val y su tribu, sobre Leo y los Forjadores. Asimilaron los detalles, comenzaron a hacer preguntas que respondí sin quejarme. Solo cuando Fang empezó a indagar sobre detalles militares, como el número de combatientes y las armas que tenían, me negué.

—No los voy a delatar —dije.

—¿Por qué? —replicó Pravda, recuperando su arro-

gancia quejumbrosa ahora que el destino no era inevitable
—. ¿Por qué protegerías a personas que hicieron esto?

—Porque no todos son imbéciles.

Fang se rio.

—Al menos soy honesta sobre lo que siento por ti, recipiente. Te garantizo que todos en esa tribu sienten lo mismo por ti que yo. ¿Por qué crees que intentaron volar la Nave Estelar contigo dentro?

—Porque están asustados. —Señalé el Criadero, su destrucción—. Estaban dispuestos a arriesgarse a renunciar a todo lo que habían conocido por una oportunidad de sobrevivir sin ustedes. Una elección inteligente.

Pravda me ordenó, entonces, esperar mientras él y Fang volvían con los demás. Dijo que tendrían que hablar sobre lo que vendría después, decidir qué hacer con esta información. Pasé el tiempo deambulando por el Criadero, mirando lo que se habían llevado, lo que habían dejado atrás.

—Se llevaron los juguetes —observó Kaydee mientras pasábamos por las salas de juegos de bebés y niños pequeños—. Todos esos libros.

Mucho para cargar, pero Val y Leo parecían decididos a hacer las cosas bien. Tal vez habían encontrado algunos mechs dispuestos a hacer el trabajo por ellos.

—Sí, los sometieron para que Leo pudiera reprogramarlos —dijo Kaydee—. Es difícil renunciar a un vicio.

—¿Un vicio?

—Sí, ustedes. Los mechs. Son tan convenientes, Gamma.

—¿Eso es un cumplido?

—¿Para un mech? Absolutamente.

Fang y Pravda regresaron eventualmente, este último con sus ojos de vuelta a su brillo resplandeciente. Fang parecía su habitual yo suspicaz, aunque su leve sonrisa me puso nervioso.

—¿Adivina qué, Gamma? —dijo Fang—. Vas a poner en marcha la Nave Estelar, y luego nos llevarás hasta esa Val. Vamos a tener una agradable charla.

—Ellos pelean tan bien como ustedes —dije—. No ganarán de esa manera.

—No —respondió Pravda—, pero podemos darles una opción. Volver a la Nave Estelar y su seguridad, su lujo, o luchar por su cuenta.

Por sus miradas, sus tonos, parecía claro qué camino pensaban estos dos que elegiría la gente de Val.

Y después de haber estado tanto tiempo con humanos, no tenía idea si tenían razón.

TREINTA Y CUATRO

UN FAROL

Los motores de la nave no nos proporcionaban más luz que el resto de la embarcación. Aquí atrás, el viento azotaba con más fuerza, habiendo recorrido toda la longitud del Conducto solo para encontrar una prisión. Los estrechos pasillos y ramificaciones de la sección de ingeniería provocaban murmullos nerviosos entre los humanos, cada uno esperando que un flexi-mech saltara para otra emboscada. No habíamos visto ni oído otra alma mecanizada desde la cafetería. Si habíamos dejado atrás los restos de Alpha o los habíamos destruido todos, no podía saberlo, pero no me molestaba el silencio.

Por un lado, me daba la oportunidad de aclarar los detalles con Kaydee. Por detalles, me refería a quién estaría al mando. Todavía tenía mi programa, todavía tenía el ser de Kaydee envuelto y listo para borrar, pero no podía decidirme a apretar el gatillo. Cada minuto que me demoraba, el alcance de Kaydee crecía, filtrándose lentamente en funciones y controles que aún no había contaminado.

Pronto, con programa o sin él, sería incapaz de borrarla sin dejar grandes agujeros en mí mismo.

Esas largas horas caminando en la oscuridad me llevaron a una conclusión: no podía seguir mintiendo. Necesitaba a Kaydee para sobrevivir a los humanos y, más que eso, la quería en mi "vida", tal como era. La perspectiva de vivir durante quién sabe cuántos siglos sin sus comentarios sarcásticos, su cabello turquesa brillante, sus ideas e insultos... parecía demasiado aburrido para contemplar.

Aburrido. Me reí. Provocó una pregunta de Pravda que ignoré. Qué mundo en el que una máquina podía aburrirse.

—Es porque no eres solo una máquina, Gamma —dijo Kaydee mientras nuestra expedición se acercaba a los motores mismos, a las terminales que Leo habría usado para convertir la nave en una bomba—. Como dije al principio, los recipientes no son tan irreflexivos.

—Lo hace más difícil —respondí.

—¿Más difícil que qué, seguir órdenes?

—Tomar decisiones por mí mismo es difícil cuando las opciones no son blancas o negras.

—Por eso estoy aquí, amiguito. Tú y yo, la lógica y la vida, juntos.

Su brillo al hablar, su energía vívida contrastaba fuertemente con la penumbra verdosa a mi alrededor. ¿Qué se suponía que debía hacer con eso? ¿Borrarlo? ¿Pero perderme a mí mismo? Ese era el otro lado, una decisión-

—Oye —dijo Kaydee, interrumpiendo—. ¿Es eso?

Habíamos visto el panel cuando había vuelto al interior de la nave después de nuestro largo paseo de proa a popa con Delta y Alvie. Aquel en el que me habían apuñalado en el estómago con un cristal, pero logré salir de todos modos. Seis monitores apilados de dos en dos, cada uno muerto ahora, que normalmente mostrarían el estado de los motores. Tendrían el interruptor listo para poner los motores en control manual, la llave para desbloquear demasiada potencia.

—Ahora, ¿cómo íbamos a volver a encender la nave? —me preguntó Kaydee mientras les decía a los humanos que habíamos encontrado el lugar—. ¿Tienes algún truco aquí?

—Solo observa —dije.

Los humanos se acomodaron en un semicírculo a mi alrededor mientras me ponía manos a la obra. Primero vino un interruptor duro, una palanca física en el lado izquierdo del panel. El interruptor rojo cambió la fuente de energía del panel del suministro principal de la nave, el que había cortado en el Puente, a las baterías de respaldo del motor. Un suave chasquido hizo el trabajo, y de inmediato los monitores cobraron vida.

En unos segundos, el programa de cuenta regresiva de Leo se activaría. En unos segundos, lo detendría en seco. Para esto, ni siquiera necesitaba conectarme a la terminal. Los dedos en las teclas en el mundo real serían suficientes. Elegí el monitor central, bañándome en la repentina luz azul grisácea de todas las pantallas. Los humanos parpadearon, y Pravda dejó escapar un pequeño vitoreo.

Con la red de la nave caída, el programa de Leo apareció primero: una cuenta regresiva menguante hasta que los motores rugirían. Desde aquí, hice una sola cosa simple: hice clic en un pequeño botón de cancelar en la esquina inferior derecha.

—¿Eso es todo? —preguntó Kaydee mientras el programa moría—. ¿Vinimos todo este camino para que hicieras clic en una X?

—Eso es todo —dije—. Un poco decepcionante, ¿no?

Kaydee empezó a responder, luego ambos notamos lo que había reemplazado al comando del juicio final de Leo: un cuadro de mensaje, uno con varios párrafos de disculpa.

Kaydee sacudía la cabeza mientras leía el mensaje, y yo estaba de acuerdo: Leo comenzaba con una admisión, el programa en sí había sido falso. Los motores habrían cancelado la orden como un comando catastrófico tan pronto como hubiera comenzado. Leo dijo que de todos modos no podían destruir la nave, no cuando tantos de su propia tribu estaban cerca. El objetivo había sido ganar tiempo, darles a Val, Chalo y los demás la oportunidad de escapar.

—Bueno, lo logró —murmuré.

Tres días comprados y pagados con la artimaña. Leo vertió su verdadero ser en la siguiente sección. Se dirigió a Kaydee, llamándola por su nombre y disculpándose por todos los errores que había cometido, los días y años perdidos persiguiendo máquinas salvajes que deberían haberse pasado con ella. Deberían haberse pasado haciendo el trabajo realmente importante: vivir.

—¿Fue tan malo? —le pregunté a Kaydee cuando ambos habíamos terminado.

—Es un sentimental, Gamma —respondió Kaydee—. Ambos éramos ambiciosos. Si hubiera sido todo sobre pasar días bebiendo vino en el Parque, lo habría dejado. Pero es una bonita carta.

Noté, sin embargo, que la releyó varias veces.

Con el peligro evitado, les dije a Pravda y Fang que la Nave Estelar estaba a punto de despertar de nuevo. Estaban más que listos, ansiosos por una rápida caminata de regreso al Puente. Reencuentros, y luego rearmarse para una expedición tras esos embriones, tras Val, Chalo y el resto.

Ni una palabra escapó de mis labios sobre el plan.

—¿Lista? —le pregunté a Kaydee, volviendo a los monitores.

—Tan divertido como fue tropezar en la oscuridad, que brille la luz, amigo.

Unas teclas más enviaron el comando a los controles siempre atentos respaldados por baterías para poner en marcha la Nave Estelar. Al principio, nada pareció suceder. Los monitores frente a mí mostraban una larga barra de carga, una que se arrastraba por una lista de este y aquel sistema.

—Apuesto a que nadie ha visto esta pantalla en mil años —dijo Kaydee.

—O más.

Las operaciones obvias como el soporte vital llegaron primero, y con ellas la Nave Estelar despertó con un rugido, todos esos procesadores de aire entrando en acción. La filtración de agua, la nebulización que mantenía el Conducto en su estado brumoso, se puso en marcha. Las luces del techo a nuestro alrededor florecieron después de varios minutos, parpadeando hasta entrar en plena acción y permitiendo que las baterías de respaldo del motor volvieran a ser solo eso. Estruendos y chasquidos, golpes sordos y estallidos resonaron hasta nosotros mientras las válvulas y conductos despertaban.

—Si nunca pensaste en la Nave Estelar como algo vivo, es bastante difícil no hacerlo ahora —dijo Kaydee.

Absorbimos la sinfonía técnica durante media hora, esperando que la Nave Estelar se estabilizara. Esperando, también, un desencadenante particular.

—¡Se ve bien! —anunció Pravda, ordenando a los humanos que se prepararan, que se pusieran de pie—. Es hora de volver a casa, ¿verdad?

Incluso Fang parecía aliviada, ayudando a otro humano a ponerse su mochila. Rostros frescos y felices, como si la angustiosa caminata fuera suciedad lavada en la ducha de la electricidad. Casi me hizo sentir mal.

—Es hora de volver a casa —dije.

El Conducto vivía y respiraba de nuevo. La luz dorada brillaba arriba y abajo del vasto cañón, resplandeciendo en la fresca neblina que flotaba desde arriba. Las pasarelas por encima y por debajo de nosotros, abarrotadas de escombros, parecían simplemente desordenadas y no como travesías peligrosas. Pravda puso su mano en mi hombro, una amplia sonrisa extendiéndose por su rostro.

—Lo lograste, maldito recipiente —dijo el hombre—. Le dije a Fang que debíamos mantenerte con vida, y has pagado esa decisión con creces. —Pravda me dio un asentimiento ahora—. Sé que no siempre hemos sido corteses el uno con el otro, pero una vez que todo este desagradable asunto con estos otros humanos se resuelva, te protegeré. Tendrás un lugar justo a mi lado mientras lo quieras.

Kaydee resopló. La ignoré.

—Gracias —respondí, iba a tratar de encontrar un punto en común entre Pravda y Val, cuando las muchas luces de la Nave Estelar se apagaron por un segundo completo antes de volver a encenderse.

Solo por un segundo, pero incluso ese segundo provocó gemidos de los humanos a nuestro alrededor. Pravda se congeló, su sonrisa vacilando. Esperé el siguiente paso de Volt. Una voz, el tipo particular de voz de las muchas maniobras de la Nave Estelar, sus giros y sus aterrizajes, salió por los altavoces a continuación.

—Atención Nave Estelar —anunció la elegante mujer—. Hay una sobrecarga de energía inesperada. La nave está inestable. Se recomienda una evacuación inmediata.

El mensaje se repitió dos veces más, y en su cuarta repetición, Pravda me llevó aparte y preguntó qué demonios estaba pasando.

—Siempre existió la posibilidad —dije— de que la Nave Estelar no tomara bien el apagarse después de tanto tiempo sin un descanso. Era un riesgo, pero sentí que tenía que tomarlo.

—¿Cuánto tiempo tenemos? —preguntó Pravda, los demás agrupándose detrás de él, mirándome como si fuera un dispensador de sabiduría infinita.

Solo Fang mantuvo su sospecha entrecerrada.

—No tengo idea —dije la verdad—. Estoy seguro de que tus amigos en el Puente están evacuando. Ustedes también deberían irse, encontrarse con ellos afuera.

Pravda lanzó una mirada al casco de la Nave Estelar, como si pudiera ver a través de él las llanuras doradas más allá.

—¿Afuera? —preguntó.

—Es eso o arriesgarse a morir —respondí, tratando de inyectar algo de urgencia en mi voz—. Les mostraré el camino, luego volveré a los controles. Tal vez pueda ralentizarlo. Ganarles tiempo para que se alejen.

Pravda sacudió la cabeza.

—No tenemos comida, no tenemos refugio, nosotros...

—Encuentren a Val y su gente. Ellos los acogerán —dije. Pravda comenzó a balbucear, pero lo giré, señalando de vuelta hacia los motores—. ¡Vamos, tenemos que irnos ahora!

Las luces parpadearon de nuevo. Una sobrecarga perfecta que envió a los humanos a correr. Pravda corrió al frente del grupo, repitiendo lo que yo había dicho mientras el grupo volvía a través de los pasillos de ingeniería. Se mantendrían juntos, saldrían y se reagruparían con sus amigos lejos de la Nave Estelar. Dije que transmitiría un mensaje desde la consola, diciéndoles a los otros humanos que se encontraran con el grupo de Pravda en las colinas del oeste.

—Realmente se lo están creyendo —dijo Kaydee mientras los humanos corrían a toda velocidad, al menos lo mejor que podían con sus heridas y equipo, por los corredores—. Tipo, guau.

Bajamos las escaleras, saltando escalones para llegar a la salida inferior de la Nave Estelar, una estrecha puerta que conducía al exterior. Con Pravda y los humanos dejándome pasar, giré la pesada válvula y abrí el portal, mostrando un cielo estrellado más allá.

Todos los humanos se detuvieron, mirando con asombro y la boca abierta el primer otro mundo que habían visto, demonios, el primer mundo que habían visto más allá de estos pasillos metálicos.

—Es hermoso —dijo Pravda lento, suave.

—Me alegro de que lo pienses —respondí—. Ahora váyanse, tengo que volver a las consolas.

Le di al hombre un ligero empujón y él lo aceptó, corriendo hacia afuera y bajando los escalones que conducían al suelo. Una escalera armada por Leo y Val, pero no mencioné eso. En su lugar, ayudé a cada humano por turno a emprender su camino, cada uno hasta que no sentí un hombro, sino un duro cañón metálico. El cañón de un rifle.

—Dime la verdad, recipiente —dijo Fang, clavando su arma en mis costillas—. ¿La Nave Estelar va a explotar, o eres un mech mentiroso?

TREINTA Y CINCO

UNA PISTOLA EN LA CABEZA

Mátala. Toma el rifle, está justo ahí, rómpelo y lanza a Fang tras los humanos. Cierra la puerta y déjalos fuera. O llévatela contigo y tan pronto como Pravda y los demás se hayan ido, bórrala.

Las ideas me bombardearon mientras miraba fijamente la amenaza de Fang, el aire fresco de la noche mezclándose con la versión reciclada de la nave en la salida trasera. Abajo, Pravda y los otros tres humanos ya se alejaban caminando entre los altos tallos.

¿Mirarían atrás incluso ahora?

—Respóndeme, recipiente —repitió Fang.

No podía destrozarla. No podía lanzarla desde la escalera. Si consideraba la acción por más de un momento, un muro se formaba en mis extremidades, borrando la idea. Programación central, el mismo bloqueo que había impedido que Delta destruyera a Alpha cuando debió hacerlo, ese mismo bloqueo me detenía ahora.

—Tenemos que enviar el mensaje —le dije a Fang, con las manos y los pies inmóviles en el suelo metálico—. Si no lo hacemos, tus amigos nunca sabrán adónde ir.

—Entonces enviemos el mensaje juntos —Fang retrocedió un paso, dejándome ponerme de pie.

—Te quedarás atrás —asentí hacia los humanos que se alejaban.

—Los alcanzaré.

Volvimos a la consola, subiendo demasiados niveles. Alvie nos seguía, contento de obedecer mis órdenes. El perro no tenía ese bloqueo para lastimar a los humanos. Podía ordenarle al sabueso que hiciera lo que yo no podía.

—Lo cual es, tío, exactamente lo que deberías estar haciendo —dijo Kaydee mientras Fang y yo subíamos escalón tras escalón—. Te volará las tripas cuando se dé cuenta de que estás mintiendo.

Solo necesitaba sacarla de la nave. Enviar el mensaje, llevarla de vuelta abajo, y una vez que se fuera, sería libre.

—¿Por qué te va a dejar quedarte? —preguntó Kaydee.

Un problema para el que tendría que encontrar una solución. Las consolas esperaban justo donde las habíamos dejado. Ni una sola mostraba una alerta de emergencia, un hecho que Fang señaló con sarcasmo.

—Parece que la nave debería estar más en pánico. Con alarmas sonando —dijo Fang. Estaba detrás de mí, a un metro de distancia, con el rifle preparado. Alvie observaba desde un lado—. Sabes, Gamma, hemos vivido estas alertas antes. Ha habido motines, ha habido fallos. No eres el primero en tender una trampa falsa a un pueblo miserable.

La ignoré. Tecleé el mensaje y lo envié resonando por la nave, reproducido con la misma voz suave de mujer. Les dije a los humanos que nos encontraran en las colinas occidentales. Les dije que corrieran. Esperaba no estar allí para recibirlos.

—Ahora vete —le dije a Fang—. Voy a intentar gestionar

la energía desde aquí. Quizás pueda contenerla el tiempo suficiente para que escapes.

—Oh, ¿podrías? —dijo Fang—. Eso sería tan amable.

No se movió.

—Fang no se lo está tragando —dijo Kaydee—. ¡Dile a Alvie que la ataque!

No podía. El mismo bloqueo surgió cuando abrí la boca para intentarlo, impidiendo que las palabras salieran. Sin daño a los humanos, ninguno. Alvie podía hacerlo, yo simplemente no podía ordenar que se hiciera.

Entonces mis brazos se movieron, se sacudieron en un gesto hacia Fang. Sentí que mi boca también se movía, un gorgoteo estrangulado salió. Como si hubiera sido poseído.

—Vaya, maldición —dijo Kaydee, haciendo pucheros a mi lado—. Ni siquiera yo puedo superar ese estúpido código.

Fang alzó las cejas mientras yo permanecía inmóvil, aturdido. ¿Por qué debería sorprenderme? Kaydee seguía diciendo que algún día sería la líder de nuestro cuerpo conjunto. Así es como se sentiría, mis partes obedeciéndola a ella en lugar de a mí. Y sin embargo, saber que algo iba a suceder era muy diferente a experimentarlo.

—Lo siento, no quería pillarte por sorpresa —dijo Kaydee, y al menos sonaba arrepentida—. No pensé que tuviéramos tiempo para negociar. Además, ¿vas a hacer algo? Podría dispararte y marcharse.

Fang se estaba poniendo nerviosa. Tenía el rifle apuntándome de nuevo, ladrando alguna orden para que me moviera. Empecé a bajar, obedeciéndola sin pensar. Solo después de que llegáramos a las escaleras, Fang suspiró y soltó una maldición en voz baja.

—Recipiente —dijo cuando miré hacia atrás—, realmente quería confiar en ti. De verdad lo hice después de toda la ayuda que nos diste allá atrás. —Hizo un gesto para que siguiera bajando—. Guiándonos a través de la oscuridad, evitando que los motores se sobrecargaran. Te veías realmente bien. Quería creer que tal vez nos habíamos equivocado al tostar a todos tus amigos.

—Os equivocasteis.

—Cállate. Esto no es un diálogo. Esto es yo explicándote por qué voy a dispararte un láser en la espalda en unos minutos.

—¿Por qué?

—Porque la nave aún no ha explotado, por eso. Eres un robot mentiroso, y los robots mentirosos deben ser desechados.

Apreté los puños, deleitándome en la reacción humana. Las escaleras, peldaños metálicos que ahora había subido y bajado dos veces, se extendían ante nosotros en un estrecho hueco descendente. Mientras bajaba, tracé cada movimiento en mi cuerpo sintético. Partes de fibra entretejidas, conectadas con más cables, circuitos y una construcción cuidadosa que cualquier otra cosa en esta nave. ¿Y Fang desperdiciaría todo eso porque intenté sobrevivir?

—De todos modos ibas a dispararme —dije mientras caminábamos—. Nunca nos diste una oportunidad.

—Le dimos una oportunidad a tus predecesores, y por eso tuvimos que congelarnos durante un largo tiempo.

—¿Por eso?

—Oh, ¿crees que solo unas docenas de personas en la Nave Estelar querían convertirse en paletas heladas hasta que encontráramos un nuevo hogar? —Fang se rio, pero sin humor alguno—. Eso es todo lo que nos quedaba. Ustedes, los recipientes, nos destrozaron. Mataron y mataron y mataron porque las mentes dentro de sus cuerpos perdieron el control.

—¿Ves el Conducto y todo su daño? No es porque unos cuantos mechs basura se pusieron juguetones. Es porque la Nave Estelar fue una zona de guerra durante meses y meses, los humanos contra los recipientes que querían matarlos. Tomamos lo que quedó, después de que yo le pusiera un agujero ardiente al último recipiente, echamos a las Voces a cargo y nos congelamos.

La historia de Fang llenaba los vacíos, pero solo desde su perspectiva. Había conocido a Kaydee, la había conocido lo suficiente como para preguntarme cómo todas estas mentes se habían vuelto tan asesinas, tan peligrosas. No se sentía correcto, no parecía que tuviera la imagen completa. No es que fuera probable obtenerla con un rifle apuntando a mi espalda.

—Así que entiendes, ¿verdad? —dijo Fang—. ¿Por qué podría tener cierta animosidad hacia ti y los de tu clase?

—Lo entiendo.

—Bien.

Llegamos al final de las escaleras, recorrimos los últimos metros hasta la salida. La Nave Estelar aún no había explotado. El mensaje que pedía una evacuación había dejado de sonar. A nuestro alrededor, la nave retumbaba como su yo normal y saludable. Fang se mantuvo detrás de mí mientras alcanzábamos el último tramo de escaleras. Me detuve al final, mirándola.

—Aquí estamos —dije, sin molestarme en continuar con la mentira. De ninguna manera se iba a creer algo ahora—. ¿Y ahora qué?

—¿Ahora qué? —dijo Fang—. ¿Qué tan adelante están?

Miré hacia afuera, encontré a Pravda y los humanos escalando las primeras colinas.

—¿Un par de kilómetros?

Fang asintió: —Mira, Gamma, a Pravda le caes bien. Eso

es peligroso, porque incluso si te dejara hecho una ruina ardiente aquí mismo, él podría decidir que los recipientes son algo bueno para tener cerca. Tus otras dos hermanas aparecerán eventualmente, y preferiría que obtuviéramos una orden de exterminio limpia en lugar de una demanda para hacernos amigos.

—¿De acuerdo?

—Así que muévete. Le vas a contar a Pravda todo lo que planeaste, y una vez que se dé cuenta de que eres una máquina mentirosa y traidora, estaré más que feliz de apretar este gatillo.

No me moví de inmediato. Me quedé allí, tratando de calcular una salida. Podría dar un salto volador hacia la noche, golpear el suelo y correr lejos. La Nave Estelar era enorme, los tallos de hierba podían crecer altos. Tal vez podría esconderme.

—O simplemente te dispararía —dijo Kaydee—, y entonces ambos estaríamos muertos.

O eso.

Detrás de Fang, Alvie me miraba. Esos ojos dorados esperando una orden. Tal vez, tal vez podría decirle al perro que agarrara el rifle. Que lo destrozara. Entonces...

—Gamma —dijo Kaydee mientras Fang me decía, de nuevo, que moviera el culo—. Tengo una idea loca. Fang dijo que le caes bien a Pravda. Es un imbécil engreído, sí, pero ¿y si le dices la verdad? ¿Y si se lo cree, ahora que Val está allá afuera con todos sus embriones? ¿Y si confías en que todo saldrá bien?

Como si algo hubiera salido bien hasta ahora. Pero Fang solo tenía un rifle. Podría seguir el plan de Kaydee, ver si podía conseguir algo de buena voluntad. Si fallaba, mi perro podría partir en dos la única arma, y entonces podría huir.

Qué plan.

Alcanzamos a Pravda y los humanos cuando coronaban la colina principal más cercana con vista a la Nave Estelar. A la luz de las estrellas, las laderas curvas a nuestro alrededor parecían arroyos plateados ondulantes, el viento empujando los tallos en ráfagas. Fang había sido fiel a su autoevaluación, capaz de mantenerme el ritmo y moverse lo suficientemente rápido para hacer la conexión.

Pravda, al principio, pareció tanto eufórico como atónito de encontrarnos a ambos allí. Preguntó si yo había enviado el mensaje, luego se preguntó por qué la Nave Estelar aún no había explotado.

—Gamma te va a decir por qué —dijo Fang, momento en el cual todos los humanos notaron que ella aún tenía su rifle apuntándome.

—Suena realmente comprensivo, mi amigo —susurró Kaydee.

Lo intenté. Saqué del enorme reservorio de mea culpa del Bibliotecario para contar mi historia en términos suplicantes. Sí, había mentido. Quería alejar a todos los humanos de la Nave Estelar para que tuviéramos una oportunidad, nosotros los mechs, de hacer algo con ella. Darnos una oportunidad en este nuevo mundo sin que los humanos nos pisotearan.

Fang disparó el rifle entonces, lo disparó directamente hacia el cielo nocturno. Un destello brillante, pero uno que me hizo dejar de hablar.

—No necesitamos escuchar todos tus lloriqueos, recipiente —dijo Fang—. Pravda, ¿lo entiendes ahora? Solo quería que saliéramos y le diéramos nuestro hogar.

Pravda hizo lo que Pravda hace, deambuló en un semicírculo a mi alrededor, balanceando los brazos ampliamente mientras lamentaba mi duplicidad. Mientras se burlaba de los mechs y sus ideas ridículas de independencia, de libertad. Cómo no sabríamos qué hacer con nosotros mismos sin la ayuda de los humanos.

—Ayuda que agradeceríamos —dije, de rodillas en la hierba—. Ayuda que valoraríamos. Solo que no propiedad.

—Bueno, qué lástima —dijo Pravda, señalándome con un dedo—. Nosotros te creamos, Gamma. ¿Entiendes eso? Te creamos. Parece que no te creamos lo suficientemente bien. —Sacudiendo la cabeza, Pravda se volvió hacia Fang—. Destruye la cosa, luego vayamos a casa.

—Con gusto.

Fang levantó el rifle. Yo levanté las manos.

Alvie saltó de la hierba, un salto ejecutado a la perfección. Sus dientes atraparon el rifle, arrancándolo de las manos de Fang. La mordida atravesó el gas, la celda de energía, y el arma explotó cuando Alvie golpeó el suelo. Mi perro voló, dando tumbos por el aire, desapareciendo entre las plantas.

—Como si eso fuera a salvarte —dijo Fang, metiendo la mano en su cinturón y sacando un desagradable cuchillo de metralla—. Parece que lo haremos a la antigua.

Mientras caminaba hacia mí, me puse de pie, listo para correr, solo para que los humanos me derribaran por detrás, empujándome al suelo. Mi cara golpeó la tierra e intenté, intenté levantarme. Intenté levantarme, pero cada vez que me movía, esa misma pared se formaba. El empujón, el levantarme podría lastimar a un humano, y eso no podía hacerlo. Sentí a Kaydee intentarlo de nuevo también, la sentí empujar una y otra vez mientras yo me rendía y observaba el cuchillo de Fang brillar a la luz de las estrellas mientras se lanzaba hacia mi cuello.

UNA OFERTA PELIGROSA

Cuando el cuchillo de Fang se dirigía hacia lo que habría sido un golpe mortal, un golpe seco impactó en mi hombro derecho, lanzándome a un lado y haciendo que el tajo de Fang me cortara la mejilla en lugar del cuello. Unos iconos rojos aparecieron frente a mis ojos, indicando que mi brazo derecho ya no estaba operativo. No es que importara, Fang estaría corrigiendo, estaría siguiendo-

—Hablando de timing —silbó Kaydee, viendo a Fang detenerse antes que yo—. Deberíamos estar muertos, Gamma.

—En cambio, una vez más, hemos recibido una flecha en el hombro —respondí, echando un vistazo al estrecho eje que sobresalía. Las plumas eran como hebras de araña a la luz de las estrellas—. Cómo y por qué son dos preguntas que me vienen a la mente.

Las respuestas llegaron casi tan rápido, con gritos que surgían de todas las direcciones alrededor del pequeño campamento. Los humanos de Pravda no ofrecieron resistencia, sus rifles gastados tan agotados como su espíritu. Por un breve momento me pregunté si los mechs de Alpha nos habrían encontrado, o tal vez Beta y Delta.

O, aún más loco, algunos nativos de este mundo.

En su lugar, apareció Chalo, vestido con la cota de malla de plumas brillantes y luciendo condenadamente feroz con un hacha de metralla en cada mano. Disfruté reclinándome de espaldas entre la hierba, viendo a los cazadores de Val, incluyendo un par de Forjadores y sus pieles mitad humanas, mitad mech, rodeando al grupo de Pravda y manteniéndolos a raya con espadas, flechas y rifles.

—Tan cerca —le dije a Fang, quien me fulminó con la mirada, quien empezó a mover la mano del cuchillo y se encontró con una espada de chatarra dentada en el cuello.

—Él es al que hay que matar —protestó Fang al cazador—. Él es el mech.

El cazador me miró, hizo un doble take, y luego llamó a Chalo para que se acercara.

—Ves, Fang —dije—, es bueno tener amigos. Aunque te disparen de vez en cuando.

—Así lo hicimos —dijo Chalo, abriéndose paso entre los prisioneros, porque eso es lo que claramente era ahora el grupo de Pravda, hasta llegar a mi lado—. Lo siento, Gamma. Es difícil distinguir en la oscuridad.

—Si Juny sigue por aquí, sabrá cómo arreglarlo.

Me resultaba difícil guardar rencor dado que, ya sabes, me habían salvado la vida. Kaydee estaba igual de emocionada, aunque lo demostraba de manera diferente: a pesar de que Fang no podía verlos, Kaydee le lanzaba gestos e imágenes que mis sensores consideraban obscenos.

—¿Qué? —dijo Kaydee cuando me pilló mirando—. Se lo merece.

No discutí.

El grupo de Chalo puso al quinteto de Pravda en un

círculo apretado. Los cazadores superaban en más del doble el número de Pravda, poniendo en claro relieve lo precaria que era la posición del hombre. Pravda no dejó de soltar monedas de cambio, súplicas de diplomacia y la ocasional amenaza durante todo el tiempo. Y ese tiempo no fue corto: Chalo me hizo contar toda la historia, luego confirmó varias partes: que todo el grupo de Pravda no era grande, que no eran monstruos y que no controlaban Starship.

—¡Pero sí controlamos Starship! —protestó Pravda cuando Chalo le hizo corroborar mi historia.

—No a menos que tu gente sea estúpida —dije—. Enviamos el mensaje de evacuación. Deberían haberse ido ya.

Ante eso, Chalo llamó a dos cazadores, les susurró algo que no pude oír, y se fueron en direcciones separadas. Chalo volvió entonces con Pravda, poniéndose en cuclillas frente al hombre. La luz de las estrellas servía para iluminar la escena, esas gloriosas telarañas que flotaban en el cielo nocturno. Parecía una de las viejas películas en blanco y negro del Bibliotecario, y nadie se atrevía a hablar, sin saber si Chalo iba a destripar a Pravda con el hacha que tenía en la mano.

Casi digo que no. Casi lo detengo.

—Las leyes han cambiado —dijo Chalo— desde la última vez que despertaste. Me seguirás de vuelta a nuestro nuevo hogar, y dirás lo que tengas que decir ante nosotros. Luego decidiremos si eres una amenaza.

—¿Una amenaza? —dijo Pravda—. ¿Parecemos una amenaza?

—No —respondió Chalo, poniéndose de pie—. Parecéis niños asustados.

Pravda no tenía fanfarronería para contrarrestar eso.

Fang, con un ceño permanente en su rostro, no dijo nada. Los otros tres humanos parecían aliviados de ponerse de pie y marchar. Presumiblemente habría comida al final. Refugio. Una oportunidad para respirar.

Me adelanté con Chalo, los dos liderando la columna mientras navegábamos por las colinas ondulantes. De vez en cuando la gente tropezaba en la oscuridad gris, resbalando en un agujero invisible o tropezando con una roca rebelde. Mis propios sensores detectaban el terreno irregular, resaltando los posibles problemas para que los evitara. Aun así, la pura torpeza, especialmente del grupo de Chalo, cazadores que se habían movido con tanta habilidad en Starship, me tenía confundido.

—Es un mundo nuevo —respondió Chalo cuando le pregunté. El cazador había estado en silencio hasta ahora, casi una hora desde que habíamos levantado el campamento en la oscuridad—. Estamos acostumbrados al metal. Al suelo plano. A la previsibilidad. Aquí no hay nada de eso.

—Especialmente en la oscuridad —reflexionó Kaydee—. ¿Por qué están fuera ahora?

Repetí su pregunta a Chalo, quien se encogió de hombros. —La noche dura tanto como dos de nuestros antiguos días. No podemos sentarnos y esperar. Especialmente ahora.

—¿Por qué?

—Tú no estabas antes. Yo tampoco, pero Val ha hablado de ello muchas veces. La comida y el agua escaseaban. Los peligros eran impredecibles. Se movían rápido entonces para crecer y asegurarse. Ahora no es diferente.

—¿Qué peligros? ¿Habéis encontrado algo?

—Sí —dijo Chalo, con los ojos brillando en la plata—. A ti.

El resplandor del amanecer iluminaba el horizonte cuando tropezamos, marchamos y caímos en el campamento de Val. Los cazadores parecían estar bien, pero los humanos de Pravda estaban muertos de cansancio. El mensajero de Chalo debió haber aprovechado bien su ventaja, porque todo el pueblo ya estaba en movimiento. La propia Val esperaba para recibirnos, vestida con la misma cota de malla brillante, su lanza sostenida en posición vertical mientras nos acercábamos.

Detrás de ella, el trabajo de varios días mostraba buenos resultados. Con barras de metal robadas de la Nave Estelar, los humanos habían construido refugios de paja para complementar las tiendas que se habían movido con ellos. Los embriones reposaban en un congelador solar, uno robado de la Guardería y mejorado por Leo para manejar la carga más grande.

La ubicación, también, hablaba de una planificación inteligente: la gente de Val se había asentado en un valle entre amplias colinas inclinadas. Burbujeantes piscinas cubrían el suelo, las únicas brechas que había visto en la hierba desde que partí en este mundo. El líquido gris nublado en su interior, para deleite de Leo, resultó ser agua, aunque mezclada con todo tipo de metales tóxicos, minerales y más. Aun así, extraer el preciado H_2O de las piscinas no sería una tarea imposible, siempre que se pudieran robar algunos filtros más de la Nave Estelar.

El propio Leo me contó todo esto mientras Juny, la ingeniera animosa, me liberaba del fallo. Después de la extracción, Juny ayudó con más cirugía mecánica, arreglando cables cortados y soldando mi brazo derecho para que volviera a funcionar. Todo este tiempo, Pravda intentaba convencer a Val de que no lo matara. De que no matara a su gente.

—¿Creo que merecen morir? —dijo Kaydee mientras nos uníamos a los procedimientos matutinos, un extraño juicio que tenía a Val y Chalo enfrentados a los cinco de Pravda. Todo el grupo estaba de pie frente a una gran hoguera en el centro de la aldea, rodeado ahora por gente curiosa y guardias armados—. Quiero decir, no. No todos ellos. Ni siquiera Pravda, porque ser molesto no debería ser una sentencia de muerte. Pero Fang puede irse al diablo. Definitivamente.

Me mantuve en silencio. Escuché. Mi programación me habría impedido incluso pronunciar una sentencia de muerte sobre un humano. En verdad, no podía imaginar un final peor para todo esto que el grupo de Pravda terminando decapitados en picas. Hecho eso, de ninguna manera los otros veinticinco varados en algún lugar por aquí vendrían jamás. Lucharían hasta el final primero.

Los primeros días de la humanidad en este mundo estarían marcados por la misma guerra y sangre que había escrito su historia en la Tierra.

Así que cuando Val pidió, por fin, comentarios de la multitud, di un paso adelante.

—No merecen la muerte —dije al principio—. Ni una sola vez han hecho un movimiento hostil hacia ninguno de ustedes. Son pocos en número, y menos aún tienen habilidades que los convertirían en una amenaza.

—Este dijo que saben cómo luchar —interrumpió Chalo, señalando a Fang—. Creo que esa es la definición de una amenaza.

—Fueron entrenados en sus sueños —respondí, sintiendo los ojos sobre mí. Sintiendo, también, el calor mientras la estrella blanca de este mundo se elevaba sobre las colinas—. Eso no es lo mismo que ustedes. No han visto derramamiento de sangre real, y no lo quieren. Si les dan una oportunidad, se unirán a ustedes. Sé que lo harán. Necesitarán cada cuerpo que puedan conseguir.

Val me dio el más leve asentimiento. La comida podría ser escasa, pero cada alma ahora ayudaba a asegurar que la humanidad pudiera sobrevivir. Matar sin sentido con menos de cien personas vivas en el planeta sería desastroso. Ella tenía que ver eso. Chalo tenía que saber eso.

—Denles una opción —dije. Kaydee me instó a simplemente reproducir algo de mis archivos, algún discurso conmovedor de la historia, pero Val era alguien que prefería soluciones simples, no oratoria grandilocuente—. Si eligen unirse a ustedes, déjenlos. Si persisten en ir por su cuenta, entonces hagan lo que quieran.

—¿Hagan lo que quieran? —dijo Kaydee mientras retrocedía entre murmullos de la multitud—. ¿Qué clase de final es ese?

—No podía decir matar. Ni siquiera podía decir exiliar. Demasiado cerca de la muerte, aparentemente.

Val, al menos, pareció prestar atención a mi consejo. Tomó su turno en el círculo ahora, pero miró solo a los cautivos alineados frente a ella. Todos de rodillas, solo Fang y Pravda se atrevían a mirarla a la cara.

—Escucharon al mech —dijo Val—. Una elección. Entréguense a nosotros, como todos los demás aquí lo han hecho, y los aceptaremos en nuestra tribu. Pueden ayudarnos a construir un nuevo hogar aquí. Dar la bienvenida a un futuro brillante. O rechácenlo, y haremos que su muerte sea rápida.

—¿Unirse o morir? —dijo Pravda, negando con la cabeza—. Esa no es una elección real. Déjenos volver con los nuestros y hacer nuestro camino como queramos.

—Tenemos los embriones —respondió Val, cualquier calidez disipándose en un instante—. Su número no es suficiente para sobrevivir. Morirán a menos que se unan, o se marchitarán hasta que se desesperen y ataquen, una posibilidad que no permitiré. Así que sí. Únanse, o mueran.

Solo el viento hacía ruido.

Un hombre, el quinto cautivo, el que fue herido en el Jardín, se arrojó hacia adelante sobre el suelo. Suplicó lealtad, dijo que aceptaba sus términos, dijo que solo quería sobrevivir, por su familia, contándose entre los otros aún perdidos, para sobrevivir. Los otros dos siguieron casi al mismo instante, cayendo de rodillas en la tierra y reclamando lo mismo.

—Inteligente —dijo Kaydee—. Aunque no estoy segura de que necesitaran arrastrarse así.

Tal vez, pero a Val no parecía importarle el gesto. A una señal suya, dos guardias se acercaron y levantaron a los tres. Les entregaron botellas de agua, frutas y verduras enlatadas siguieron. Los tres comieron y bebieron allí mismo en el círculo, justo frente a Pravda y Fang.

—¿Ven? —dijo Val—. Somos generosos. Amables. No guardamos rencores, y serán bienvenidos como iguales.

—¿Iguales a ti? —preguntó Pravda.

Una sonrisa delgada, —Una tribu necesita un líder.

Pravda cuadró los hombros. —Entonces puedes quedarte con tu tribu. Llévame de vuelta con la mía, o mátame. No voy a revolcarme para ti.

Fang, de acuerdo, escupió en la tierra a los pies de Val.

—Vaya —dijo Kaydee—. Parece que Pravda realmente es estúpido.

Antes de que pudiera estar de acuerdo, Chalo saltó para defender el honor de Val. El hombre tenía su hacha en la mano, la tenía silbando hacia el cuello de Fang, antes de que Val le ordenara detenerse.

—Un día —dijo Val a la pareja encarcelada—. Un día

aquí. Nos observarán, nos verán y comprenderán. Como dijo el mech, no desperdiciaré vidas si no tengo que hacerlo. Incluso si las vidas pertenecen a personas como ustedes.

TREINTA Y SIETE

VERSIONES DE RECIPIENTES

Tras la orden de Val, el campamento se puso en marcha con su rutina diaria. Aparte de un par de guardias encargados de vigilar a los dos prisioneros, todos los demás se apresuraron a continuar construyendo refugios, filtrando agua de las lagunas o haciendo cualquiera de las otras mil cosas que un asentamiento humano necesitaba para sobrevivir. Después de esperar a que alguien viniera a hablar conmigo, me di cuenta de que a nadie le importaba lo que hiciera a continuación.

—A mí sí —dijo Kaydee—. ¿Qué estás pensando?

Tenía opciones: podía volver a la Nave Estelar, retomar el plan que había ideado con Volt y empezar a remodelar la nave a mi nueva imagen. Podía quedarme aquí, intentar entender mejor lo que los humanos querían hacer. O podía intentar encontrar a Beta y Delta.

—¿Intentar encontrarlos? —preguntó Kaydee—. Tienen que estar en algún lugar de la Nave Estelar, ¿no? Probablemente solo estén dando rienda suelta a su sed de sangre para destruir a todos los mechs que Alpha haya conocido.

—De Delta, me lo puedo creer. Beta ha pasado su vida

protegiendo a Val y a sus humanos. No creo que los dejara ir a lo desconocido sin protección.

—Entonces, ¿eso es lo que hacemos? ¿Vagamos por ahí a ver si podemos encontrarlos?

No exactamente.

Encontré a Val y a Chalo en una tienda amplia, que de otro modo se usaba para almacenar diversos alimentos. Mochilas descargadas y aún llenas salpicaban la habitación, mientras Val, Chalo y varios otros se amontonaban alrededor de una mesa central. A diferencia del grupo de Pravda, los humanos aquí me saludaron con la mano, y Juny, la ingeniera que me había reparado, preguntó si podía echar otro vistazo a mis entrañas por diversión. Actitudes alegres reforzadas por la esperanza y la luz del sol.

Cuando me acerqué, Val dio por terminada la reunión que estaban manteniendo, despidiendo a los demás. Solo Chalo permaneció, haciéndome un gesto con la cabeza mientras me sentaba frente a Val.

—Tres de cinco no está mal —dijo Val como apertura—. Los otros dos son tercos.

—Uno es un luchador —dijo Chalo—. El otro necesita meterse en una pelea y perderla.

—¿Perderla? —pregunté.

—Demasiado orgullo —respondió Val—. Los humanos pueden quedar atrapados en su propio ego. Necesitan que les bajen los humos antes de que empiecen a pensar con claridad de nuevo. —Juntó las manos frente a ella, pareciendo un poco una antigua reina humana. Una sin corona ni joyas, pero regia de todos modos—. ¿Cuál es tu plan, Gamma?

Fui sincero con la reina.

—Beta y Delta se han ido. Quiero encontrarlos.

Val dirigió la mirada hacia Chalo y el cazador se encogió de hombros.

—Tenemos corredores peinando las colinas. Si están fuera de la Nave Estelar, los encontraremos. Si están dentro, ese es tu territorio ahora.

¿Qué? Me quedé helado, considerando las implicaciones de la declaración de Chalo.

—¿Me estáis dando la Nave Estelar? —pregunté.

—No tenemos derecho a darte nada —respondió Val, esbozando una sonrisa astuta—. Estamos diciendo que no queremos tener nada que ver con ella. Al menos, no mucho. Si Leo o Juny quieren volver para conseguir algo de salvamento, suponemos que pueden comerciar contigo. Por lo demás, tenemos lo que necesitamos aquí fuera.

—Pero...

—Hemos pasado suficientes años dentro de ese mausoleo —me interrumpió Val—. No discutas, Gamma. Toma tu metal y alégrate.

—Entonces, ¿no queréis destruirla? Pensé que con el truco de Leo eso era lo que queríais.

—Si creyera que podemos destruir la Nave Estelar, tal vez lo intentaría. Tal como están las cosas, tenemos otras prioridades.

Chalo me miró a los ojos, con una expresión gélida.

—Otras prioridades por ahora. Gamma, confiamos en que te hagas cargo de la Nave Estelar y la limpies. Hazla segura, mantenla pacífica. Si eso no ocurre, entonces volveremos.

Medité sobre la amenaza de Chalo mientras salía de la tienda. Tenían que saber que, con algo de tiempo, yo podría crear una fuerza más letal a partir de las Líneas de Fabricación de la que los humanos podrían derrotar. Pero quizás también sabían que yo mismo no sería capaz de crear una fuerza así: la programación central y sus protecciones una vez más.

—Oye, creo que conseguiste una gran victoria ahí dentro —dijo Kaydee, caminando a mi lado, con la mano levantada para protegerse del sol—. Todo lo que queríamos, hecho.

—No exactamente todo —dije, dirigiéndome ahora hacia la enorme caja que contenía los embriones.

Leo y varios Forjadores trabajaban alrededor del contenedor de embriones, su prioridad durante los primeros días aquí. Habían ampliado el recinto, dando a los viales más separación y un enfriamiento más fiable. Aun así, las baterías que mantenían las temperaturas estables necesitarían recargarse pronto más allá de su impulso solar.

Leo me contó esto sin que se lo pidiera mientras lo observaba apretar remaches en la sección más nueva. Cuando terminó su trabajo y su explicación, Leo se limpió el sudor de la parte natural de su frente y me miró.

—Entonces, ¿qué necesitas?

El Forjador tenía un aspecto extraño, con ropa desaliñada y engrasada mezclándose con su cuerpo mitad humano, mitad máquina. Reemplazando órganos y secciones de piel fallidos uno por uno, una forma brutal de prolongar la vida. Una que hacía de Leo el mayor experto en lo que estaba a punto de preguntar.

—Kaydee y yo compartimos un cuerpo —dije—. Ella dice que tomará el control, que quedaré atrapado dentro de mí mismo. Que no tiene elección. ¿Todo eso es cierto?

Leo parpadeó mirándome, luego se sentó en la hierba. Dio unas palmaditas en el suelo a su lado. Hice lo que la señal sugería, sintiendo la suave tierra debajo de mí. Un toque agradable comparado con el duro metal.

—Supongo que sabes que las mentes siempre estuvieron

destinadas a dirigir las naves, ¿verdad? —preguntó Leo y yo asentí—. Había mucha esperanza en eso, mucha ejecución defectuosa, pero en mi época, las cosas se veían bastante bien. Demasiado bien, se podría decir, por eso tuvimos que quemarlo todo.

—Porque las mentes no son todas humanas —podía sentir a Kaydee escuchando, su influencia al borde de mis funciones.

—Lo son, pero no tienen todas las partes de un humano, si eso tiene sentido. Son un cerebro mapeado, biología convertida en unos y ceros. No es perfecto, pero la imperfección parecía mejor que la extinción —dijo Leo—. Yo opté por lo mejor de ambos mundos, hice una mente de mí mismo e intenté seguir adelante a la antigua usanza.

—No has respondido a mi pregunta.

—¿Que si Kaydee va a apoderarse de ti? —Leo se encogió de hombros—. ¿Tal vez? ¿Probablemente? La cosa es, Gamma, que no eres un mech cualquiera. Eres inteligente. Aprendes. Te comprometes. Kaydee no es muy diferente a ti. Piensa en ello como dos compañeros de piso atrapados en el mismo apartamento: comunícate y resuelve las cosas.

—Nunca he vivido en un apartamento. Nunca he tenido un compañero de piso.

Leo puso los ojos en blanco. —Entiendes lo que quiero decir.

—Si la borro, ¿es asesinato?

Leo miró fijamente hacia las colinas. Las nubes de telaraña no eran tan visibles durante el día, pero si me esforzaba, aún podía distinguir los hilos de gasa flotando en la brisa. Las risas se entremezclaban con herramientas cortando, desgarrando, reparando. Un niño gritaba las reglas de un juego.

—Tengo una teoría —dijo Leo—. Una que nunca pude probar. Verás, creo que las naves anteriores, las que se volvieron demasiado peligrosas, no llegaron a un compromiso. Sus mentes destruyeron las naves, o al revés. Si quitas la mitad de lo que eres, las cosas pueden salir mal rápidamente.

Recordé cómo me sentí cuando Kaydee había sido arrancada de mí, qué solo y perdido, sin su sarcasmo guía y sus segundas opiniones. Sí, tal vez si hubiera continuado así, puesto en situaciones sin un objetivo claro. A la deriva, solo...

—Mira —dijo Leo—, yo amaba a Kaydee. Tuvimos la mala suerte de nacer en una época de mierda, y tomé algunas decisiones entonces de las que ahora me arrepiento. —Se volvió hacia mí, con una expresión abatida en su rostro —. Tienes suerte de tenerla contigo. Ahora no renunciaría a eso por nada.

—¿Es por eso que intentaste destruirnos a ambos?

—¿Qué?

—Sobrecargando los motores de la Nave Estelar. Habrías matado a Kaydee junto conmigo.

Leo se rió. —Sabías que eso no era real. No pensé que cortarías la energía. Nos diste un susto, pero aprecio la ventaja inicial.

—Entonces, ¿no lo habrías hecho si hubieras podido?

Ahora la risa de Leo se desvaneció, se endureció. —Le dije a Val que podía hacer explotar la Nave Estelar y que tú lo habías detenido. Lo hice porque de lo contrario nos habríamos quedado, armado e ido de caza. Demasiado miedo de que Alpha, o los matones de este payaso nos tomaran por sorpresa. —Tomó un respiro profundo, agitó la mano hacia el aire que nos rodeaba—. Mira esto, Gamma. No me lo iba a perder por más peleas. Lamento si los asusté a ti y a Kaydee, de verdad, pero no me arrepiento de lo que hice.

Kaydee permaneció en silencio durante toda la conversación. Pensé en presionarla sobre esto después de que Leo volviera a su trabajo, pero me encontré distraído por la vida a mi alrededor. Había lecciones que aprender aquí, y absorbí a la gente cooperando. No solo construyendo, sino cocinando, limpiando, atendiendo las heridas del grupo de Pravda. Había visto destellos de cómo solía ser la Nave Estelar, pero esta era la primera vez que veía una sociedad como debería ser: totalmente unida, inclinada hacia un solo propósito.

Los mechs podrían ser así, si se les diera la oportunidad.

Un mensajero interrumpió mi recorrido autoguiado, estropeando los olores que estaba analizando mientras varias personas cocinaban una mezcla de arroz y verduras. El mensaje era corto: Chalo, ahora.

El cazador de cabezas de Val no estaba en su tienda, sino que estaba frente a Pravda y Fang. Aunque el sol aún estaba alto en el cielo, la impaciencia empapaba el aire. Nadie quería esperar hasta el anochecer para tomar una decisión.

—Sabemos dónde están —me dijo Chalo cuando me uní a él—. Tus mechs. Se están reuniendo en el norte, cerca del Puente de la Nave Estelar. También están moviendo rocas, cavando.

—¿Construyendo?

—Nada que mi explorador pudiera describir. Tal vez colocando cimientos.

—O cavando vuestras tumbas —dijo Fang, escuchando.

—Deberíamos estar cavando las vuestras —respondió Chalo, y luego me hizo un gesto con la cabeza—. Gamma,

Val dice que no debemos desperdiciar vidas, pero ahora mismo estos dos están desperdiciando las nuestras.

—Pronto será de noche.

—Al menos otro día terrestre. Si estoy compitiendo con los mechs para construir una ciudad, las manos atrapadas aquí por dos personas que no verán nuestro camino son manos que podría usar en otra parte.

—Chalo, ¿por qué me trajiste aquí? —pregunté—. Si quieres matarlos, podrías haberlo hecho sin mí.

Chalo suspiró. —Te traje aquí para convencerlos de que cambien de opinión, y que lo hagas rápido. Estoy reuniendo a algunos de los nuestros para ir a echar un vistazo más de cerca a los mechs, y supongo que querrás ir con nosotros.

—Sí.

—Entonces o dejarás atrás dos cadáveres, o a los dos miembros más nuevos de nuestra tribu. —Chalo puso una mano en mi hombro—. Tienes una hora.

TREINTA Y OCHO

DECIDE O MUERE

Dos imbéciles egocéntricos, cada uno representando más del uno por ciento de los adultos restantes de la humanidad. Ambos, con las manos atadas con cables de plástico, de rodillas, mirándome con distancia y ojos muertos. La aldea de Val seguía su curso a nuestro alrededor, como si estas vidas no pendieran de un hilo. Los dos guardias de Chalo se mantenían a varios metros de distancia, observando con ociosa curiosidad.

¿Qué haría el robot?

—Sepáralos —dijo Kaydee, reaccionando por primera vez desde antes de que hablara con Leo. Si las palabras del hombre habían tenido algún efecto en mi amiga, no lo demostraba. Ligera y animada, usó sus manos para trazar una línea imaginaria entre Pravda y Fang—. Es lo que hacen en todas las películas. No se puede dejar que los amigos permanezcan juntos.

Sabiendo cuánto intercambiaba ideas con Kaydee, cómo había trabajado mano a mano con Delta para sobrevivir a situaciones complicadas, la jugada tenía sentido. Se lo dije a los guardias y los dos movieron a Fang y Pravda a lados opuestos del círculo. Lo suficientemente lejos, con el ruido de fondo, para evitar que una voz baja se escuchara.

Lo suficientemente lejos como para preguntarse qué estaba pensando el otro.

—Fang primero —dijo Kaydee después de que los dos fueran separados—. Será la más difícil, y el tiempo corre.

En su lugar, fui con Pravda: prefería salvar a uno que a ninguno y, de los dos, Pravda era molesto, pero Fang era más propensa a apuñalarme por la espalda a mí, a Chalo o a cualquiera. Literalmente.

Pravda ni siquiera me miró con desprecio cuando me senté en la hierba frente a él. Parecía cansado, sediento, pero no pedí más agua. El recurso era precioso, especialmente ahora que no se capturaba cada gota en los sistemas de reciclaje de la Starship. Pravda tenía que demostrar que lo valía.

Se lo dije sin rodeos.

—¿Sediento? —dijo Pravda—. ¿Crees que eso es lo que me importa ahora? O sea, ¿acaso escuchaste a esa loca? Va a matarme, Gamma. ¿Todo porque no quiero, no sé, inclinarme ante ella o alguna tontería medieval?

—Val quiere paz. Eso es todo. Te está pidiendo que te comprometas con eso.

Pravda arrugó la nariz y la boca.

—No entiendes a los humanos si crees que eso es lo que está pidiendo. Es mucho más que eso.

—Explícamelo.

—Quiere tomar todas las decisiones. Si digo que sí, no solo estoy diciendo que no mataré a nadie, sino que haré lo que ella quiera. Es una dictadura.

—¿No es eso lo que tenías con tu gente?

—Eso era supervivencia. Esto es civilización. No me congelé solo para despertar y ser un esclavo.

Señalé a la gente a mi alrededor.

—¿Te parecen esclavos?

—Yo... —La desafiante actitud de Pravda flaqueó, sus ojos y boca se curvaron en confusión.

—No los conoces. No conoces este lugar ni cómo funciona. —Esbocé una leve sonrisa—. A mí tampoco me agradó mucho Val cuando la conocí. Es dura. Decidida. Pero la gente de aquí la acepta porque los ha traído hasta aquí. Dale una oportunidad. Si no funciona, siempre puedes irte.

—¿Irme a dónde?

Mi sonrisa se ensanchó.

—Escuchaste a Chalo. Tendré la Starship. Si te frustras, te dejaré volver. Creo que hay suficiente espacio para nosotros dos.

Pravda se rio entre dientes. Una victoria. Kaydee, detrás de él, me dio un pulgar arriba, su mano creciendo enormemente en la acción para que su pulgar fuera más grande que mi cabeza. Grande, ridículo, alentador.

Hora de ir por la victoria.

—Pravda, tú y toda la gente a la que has ayudado no obtienen nada si mueres aquí y ahora. Nada. —Una pausa estratégica, dejé que el desperdicio se hundiera—. O puedes usar todo lo que sabes para ayudar. Puedes ser parte de la humanidad en este nuevo mundo, aunque signifique tragarte un poco de orgullo.

Pravda asintió.

—Lo sé. Sé que no tiene sentido. Es solo que, tenía tantas ideas, Gamma. Para la Starship, para todos, y ahora se han ido. Las quiero de vuelta. Quiero esas posibilidades de vuelta.

—Renunciaste a esas posibilidades una vez, cuando entraste en las cámaras criogénicas. Ahora aún puedes hacer realidad algunas. Solo que podría ser un poco más difícil.

—Nada mal, mech. —Pravda suspiró—. Supongo que tampoco estaba muy convencido de morir por la causa de todos modos. —Se giró y miró a Fang—. Ella no va a ser tan fácil de convencer.

—No, no lo será.

—¿Cuál es tu estrategia?

—La misma que contigo. Escuchar primero, esperar tener suerte.

—Bueno, te estoy apoyando. —Pravda, con mi ayuda, se puso de pie—. Oye, cara de piedra —llamó Pravda al guardia más cercano—. Estoy dispuesto a firmar el juramento de Val o lo que sea que estén buscando. —Cuando el guardia se acercó, Pravda arqueó las cejas—. No pongas esa cara triste. Estoy seguro de que algún día podrás ejecutar a alguien.

El guardia comenzó:

—Eso no es lo que...

Pravda lo interrumpió, lanzándose en su misma vieja visión grandiosa mientras el confundido guardia lo llevaba hacia la tienda de Val.

Dejándome solo con una mujer temperamental.

—Oye, vas uno de uno hasta ahora —dijo Kaydee, de pie junto a mí mientras mirábamos la espalda de Fang—. Tienes treinta minutos según mi cuenta.

—¿Pravda tardó tanto?

—Hubo muchas pausas en esa conversación, amigo.

—¿Crees que puedo hacer lo mismo con ella?

—Claro, solo ten cuidado cuando se levante, porque podría intentar matarte.

Fang no se levantó cuando me senté frente a ella. Me miró fijamente. Por primera vez, no percibí malicia en sus ojos. Su ligero ceño fruncido hablaba menos de venganza y más de agotamiento. Sus brazos colgaban sueltos, sus pies calzados con botas descansaban relajados sobre la hierba. Nada en ella denotaba peligro, nada en ella parecía amenazante.

—No vas a convencerme —dijo Fang—. El tipo dijo que tenías una hora y el reloj está corriendo.

—Pravda cambió de opinión —respondí, tratando de mantener una disposición ecuánime.

Las emociones, pensé, no ayudarían aquí.

—Pravda siempre ha sido flexible. Por eso él lidera nuestro grupo y no yo. Podría cambiar con las mareas.

—¿Pero tú no puedes?

—No quiero —Fang dirigió su mirada al cielo—. Soy una luchadora. Me crié en Starship al borde de una guerra, una que estalló y en la que luché hasta el final. No voy a tirar todo eso por la borda para tejer vestidos.

—¿Tejer vestidos?

—Ya sabes a lo que me refiero. Todo esto. No estoy hecha para la paz.

Kaydee resopló: —Suena como un cliché.

Mi Mente podría haber sido despectiva, pero yo vi una oportunidad.

—¿Odias a todos los mechs o solo a mí? —le pregunté a Fang.

—No odio a los mechs. Simplemente no confío en ellos. Ni en ti.

—Pero eres buena destruyéndolos.

—No pude quemarte, por más que lo intenté.

Bueno, tal vez no era la respuesta que quería, pero había logrado que Fang se involucrara en la conversación. Ahora me analizaba con la mirada de una asesina. Una que podía reconocer porque había visto a Delta usarla más que suficientes veces.

—Chalo me dijo que han encontrado dónde se están reuniendo los mechs —dije—. Antes de encontrarlos, desarmamos un flexi-mech. Vi lo que había dentro. Su código, sus unidades. Alpha se había copiado a sí mismo, distribuyéndolo a todas sus máquinas.

—¿Estás diciendo que quizás no matamos a la cosa?

—Estoy diciendo que queda trabajo para ti si lo quieres.

—Como si ese tipo fuera a llevarme con él.

—Sabes disparar un rifle. Estás dispuesta. Eso te pone en un grupo selecto.

Fang se mordió el labio. —¿Así que mis opciones son que me corten la cabeza esta noche o ir a una misión de asesinato de mechs?

—Básicamente.

Nos quedamos en silencio. Kaydee pasó el tiempo apostando si Fang se uniría, y luego si haría enojar a Chalo en los primeros cinco o diez minutos. Yo no hice ninguna apuesta, solo esperé, observando el cronómetro. Había entrado en esto para seguir mi programación central: salvar a los humanos. Ahora quería que Fang aceptara solo porque había puesto el esfuerzo.

Quería una victoria.

—Dile a ese tipo Chalo que venga aquí. Quiero hablar con él —dijo Fang—. Necesito saber si podemos trabajar juntos, él y yo.

—Hecho.

—Gamma, no creas que toda esta mierda que estás haciendo cambia las cosas entre nosotros. Sé lo que hiciste para sacarnos de Starship. No te lo perdonaré. Nunca lo haré.

Me puse de pie y la miré. —Vale.

Kaydee esperó hasta que me había alejado unos metros antes de materializarse a mi lado.

—¿Vale? ¿Vale? —dijo Kaydee, con su voz ajustándose para imitarme—. ¿Esa es tu respuesta? ¿Está amenazando tu vida y tú dices vale?

—No está amenazando mi vida —respondí, abriéndome paso por el pueblo hacia la gran tienda de Val y Chalo—. O, supongo que no es una amenaza, sin importar lo que diga.

—Eh, Gamma, ¿tenía un rifle apuntando a tu cabeza durante todo el camino hasta aquí?

—Y ahora no lo tiene —Me encogí de hombros—. Tengo muchos amigos. Ella tiene cero. Yo tengo a Starship, ella podría tener un arco y flecha si Chalo es amable. Tengo problemas más grandes de los que preocuparme.

Mis propios sistemas confirmaron eso, clasificando la evaluación de amenaza de Fang muy abajo en la lista. Incluso por debajo de eventos insólitos como que la programación de Alvie se volviera loca y mi perro se volviera contra mí. No, no iba a actuar paranoico, especialmente no en un día tan hermoso como este.

Cuando encontré a Chalo, ya estaba equipándose con una docena de otros combatientes. Le conté sobre Fang, me lo agradeció y luego me dijo lo que realmente quería oír:

—Consigue algo de equipo, Gamma. Vienes con nosotros.

TREINTA Y NUEVE

DE CACERÍA DE MECHS

Diez mochilas, diez personas. Nueve humanos, un recipiente. Y un perro metálico que jadeaba y ladraba. Revisamos nuestro equipo, nos colgamos las correas al hombro. Chalo comprobó las cuerdas de los arcos, confirmó el emplumado, pasos triviales que podrían haberse delegado pero que debían tener un significado especial para el hombre. Dos Forjadores se unieron a nosotros, llevando rifles con paquetes de energía completos. Cinco más vinieron de las filas de cazadores de Val, los que estaban lo suficientemente saludables para caminar hacia una pelea.

¿El último?

Fang tenía una mochila y ningún arma. Chalo me ordenó, con mi resistencia casi infinita, que cargara con sus armas. Fang las obtendría si llegaba a la pelea sin causar problemas, sin intentar arrancarme la cabeza de los hombros. Ella solo le sonrió a Chalo, dijo que estaba bien y esperó con el resto de nosotros.

Val dio un breve discurso de despedida, observada por algunos de la aldea —la mayoría, noté, seguía trabajando, cocinando, viviendo— y nos recordó que no íbamos a la guerra. Como mucho, esto era un asesinato, un intento de eliminar cualquier liderazgo peligroso de los mechs. ¿El objetivo principal? Rescatar a Delta y Beta.

Serían los dos guerreros mejor capacitados para defender a los humanos en los próximos años.

En los registros del Bibliotecario, los grupos que partían solían hacerlo con fanfarria. Trompetas, pétalos de flores arrojados desde balcones por simpatizantes. Nada nos despidió salvo el brillante sol blanco y algunas telarañas gossamer flotando bajo. Incluso Val, después de su discurso y un deseo de buena suerte, regresó a su tienda antes de que hubiéramos avanzado unos metros.

—Es porque se supone que debemos volver, máquina sentimental —dijo Kaydee cuando comenzamos la marcha. Chalo colocó a Fang en el centro de la columna, conmigo sosteniendo la retaguardia. Alvie correteaba alrededor, ocasionalmente saltando hacia las telarañas gossamer—. No vamos a ninguna Gran Guerra.

—¿No lo es, sin embargo? —respondí—. Los mechs trabajarán más rápido que la tribu de Val. Cada día la brecha se hará más y más grande hasta que, sin importar cuántos humanos tenga, habrá diez mechs por cada uno. Los detenemos ahora o perdemos.

—Odio decírtelo, Gamma, pero los números ya están en nuestra contra —respondió Kaydee y frente a mí, dibujadas en el aire sobre las cabezas que caminaban, estaban las filas y filas de flexi-mechs de Alpha—. Digamos que Pravda y su gente lograron eliminar a unas docenas. Tal vez cien. Eso aún deja tres o cuatro veces nuestros humanos en mechs asesinos esperándonos.

—¿Estás diciendo que ya estamos muertos?

—Estoy diciendo que tenemos dos posibilidades. —Los mechs desaparecieron, Kaydee flotando ahora en su lugar.

Señaló con su brazo derecho, Beta y Delta apareciendo, con cielo azul detrás de ellos—. Rescatamos a estos dos, los equipamos adecuadamente, hacemos que asalten y arrasen el ejército de Alpha hasta que no quede nada. —Brazo izquierdo ahora. Alpha, solo, aunque en el cuerpo que ya no tenía, cabello rojo y cicatrices—. O lo tomamos a él. Sé que ya lo hicimos, pero adivina qué, ahora está afuera. La red de la nave estelar no está disponible para él. Sin descargas, sin transferencias. Si lo atrapamos aquí, se acabó.

—Excepto que su código está en cada flexi-mech allá afuera.

—Claro, pero algo tiene que decirle que se active, ¿verdad? O habría unos cientos de Alphas cargando por ahí ahora mismo, y sabríamos si eso estuviera pasando porque todo sería una locura.

Hmm. No pude encontrar muchos agujeros en el análisis de Kaydee. Excepto uno.

—La gente de Pravda está dejando la Nave Estelar —dije—. Tan pronto como Alpha lo vea, la recuperará.

—Por eso tenemos que movernos rápido —respondió Kaydee—, y confiar en que Volt no sea tan estúpido como para dejar las puertas abiertas.

La huida de la Nave Estelar marcó la tercera vez que pisé el nuevo mundo, y esta vez la más larga. Durante la carrera nocturna con Beta y Delta, me había concentrado en poner un pie delante del otro, consumido por el objetivo y la velocidad a la que podíamos alcanzarlo. En comparación, este era un ritmo pausado. Ya sea porque Chalo quería que el grupo llegara a los mechs con energía, o porque el explorador no había mencionado ninguna amenaza inmediata, tuve tiempo para apreciar la vista, para abrazar el cojín de hierba bajo mis pies. Conociendo las burbujeantes charcas, vi señales en los otros valles que pasamos: tenues volutas que se desvanecían en la nada al elevarse. El viento seguía siendo el único sonido natural, impulsando conversaciones iniciadas y abandonadas entre los caminantes.

El saber del Bibliotecario contenía innumerables historias de humanos cantando canciones, bromeando sobre su valentía en vísperas del conflicto, sin embargo, el grupo de Chalo parecía apático. Decididos, sí, pero con cautela en sus pasos. Ningún pensamiento glorioso cruzó los labios que pude escuchar.

—Es porque están cansados —dijo Kaydee, uniéndose a mí—. Han pasado toda su vida esquivando mechs, viviendo en las sombras mugrientas de la Nave Estelar, ¿y ahora escapan solo para ser arrastrados de vuelta? No hay mucha razón para emocionarse con eso.

—Pero esta es una oportunidad para acabar con todo para siempre —respondí—. ¿Cómo pueden no estar felices con la oportunidad?

—¿Para siempre? —Kaydee se rió—. Gamma, si no es Alpha, será alguien o algo más. Tarde o temprano. Demonios, dale unos años y tal vez seamos nosotros.

—¿Nosotros?

—Hay mil cosas que apuntan a la tribu de Val hacia nosotros. Digamos que tomas la Nave Estelar. Ahora tienes todo tipo de recursos que Val podría usar. Están apostando a que este planeta sea todo lo que necesitan, pero no tendrá medicina. Puede que su suelo no sea bueno para cultivar. Y...

—Les daremos lo que necesiten —dije—. ¿Qué uso tendría yo para nada de eso? Los mechs no somos codiciosos.

Kaydee parecía a punto de continuar, su rostro ensombreciéndose. Una visión sombría del futuro en esas arrugas, pero una que terminó desechando, cambiándola por un movimiento de cabeza.

—Tal vez tu optimismo gane, amigo. Eso espero.

—No es optimismo. Es lógica.

—Algo que ambos sabemos que los humanos tienen de sobra.

Nos mordimos el uno al otro durante varias horas. Cada vez que Kaydee quería dejar el tema, yo volvía a la carga, presionando por explicaciones, ideas, historias. Ella contra-atacaba con cinismo, una visión sombría sin duda moldeada por sus últimos años sombríos como persona viva y respirante. No importaba cuán maleable pudiera ser mi futuro mech, Kaydee insistía en que no sería suficiente. Su especie seguiría viniendo, seguiría tomando según lo exigieran la necesidad y el aburrimiento hasta que nosotros, las máquinas, fuéramos aniquilados o esclavizados.

—¿Entonces son malvados? —pregunté finalmente—. ¿Los humanos?

—Nosotros te creamos —respondió Kaydee—. ¿Eres malvado tú? —Antes de que pudiera responder, descartó la respuesta con un gesto—. Somos de todo tipo, Gamma, al igual que los mechs. Lo que intento decirte, una y otra vez, es que no puedes confiar en nosotros. ¿En uno, en una persona específica? Tal vez. ¿Pero como especie? No. Así que no te enrolles los circuitos con algún ideal elíseo.

—¿Lo cual me deja con qué? ¿Ira? ¿Violencia?

—¿Qué tal precaución?

La palabra se filtró en mis planes, en las ideas con las que había puesto a jugar a mis procesadores en tiempos de ocio, como durante la caminata y los descansos donde los humanos comían, bebían y descansaban. Como alguien que recuerda una canción mientras limpia un desastre, había estado hilando el futuro de Starship: diseños, nuevos mechs, oportunidades. Ahora coloreaba esos planes, añadiendo una nueva variable: amenazas externas.

El sol estaba profundo en su descenso cuando subimos la última colina. La gran mole de Starship se alzaba a nuestra derecha, un muro plateado reluciente contra el horizonte. Más allá, visible alrededor de su nariz, se extendía un gran mar gris que aún no habíamos explorado. Leo, de vuelta en la aldea, pensaba que estaba hecho de la misma sustancia que las charcas burbujeantes, pero nadie había probado la teoría. Habría tiempo para eso después.

Nuestros diez, más Alvie, se desplegaron en la cima de la colina y miraron hacia la amplia llanura que los fleximechs de Alpha habían elegido como su nuevo hogar. Un campo rocoso, con basalto negro sobresaliendo entre la hierba aquí y allá. El viento cortaba con más fuerza, sin colinas que lo protegieran allá abajo, pero a los mechs no les molestaba. En su lugar, trabajaban en equipos, golpeando las rocas y, una vez rotas, llevando los peñascos a varios cuadrados en crecimiento. Otros mechs usaban herramientas rescatadas de Starship, derritiendo y moldeando las rocas para unirlas. Varias viviendas más pequeñas, sin techo, ya estaban llenas de piezas. Con barriles que contenían, sospechaba, refrigerantes. Otros mechs parecían trabajar duro reensamblando paneles solares robados del casco de Starship, construyendo estaciones de carga y conductos de energía para futuras industrias.

—Tienen todo esto dentro de Starship —dijo Kaydee—. ¿Por qué molestarse en rehacerlo aquí fuera?

—Por la misma razón por la que Val huyó —respondí—. Starship puede ser destruida. Es más difícil volar un planeta.

Chalo se acercó a mí, señaló a los mechs, a dos en particular que estaban de pie en el centro del campamento. Los había notado rápidamente, los había estado observando, esperando alguna señal de que no fueran lo que temía.

—Los ves, ¿verdad? —dijo Chalo.

—Los veo.

—No parece que estén peleando. Ni que estén cautivos.

—No lo parece.

Chalo me miró de reojo—. Entonces dime qué piensas.

—Necesito acercarme más —dije, por mucho que no quisiera—. Necesito hablar con ellos.

—¿Te matarán?

—Tal vez. Hay cientos allá abajo, Chalo. No hay posibilidad de que todos lo logremos. Es mejor enviarme a mí, ver qué pasa.

—¿Si no sobrevives?

—Envía a mi perro con Volt, en Starship. Haz que se abra, luego toma todas las armas que puedas. Y salva a la gente de Pravda, porque necesitarás los cuerpos cuando los mechs vengan por ustedes.

CUARENTA

UNA NUEVA SOCIEDAD

Que nadie diga jamás que los mechs son perezosos.

Con Alvie a mi lado, bajamos la colina hacia los límites de la base. Los mechs flexibles que se movían colocando rocas nos miraron por unos segundos. Algunos saludaron con sus diez dedos. Otros, con las manos ocupadas en su trabajo, simplemente asintieron. Sus ojos rosados, normalmente encendidos de ira, parecían ahora suaves, concentrados. Lejos de ser mortíferos.

De cerca, el sitio perdió cualquier aire siniestro que la distancia le hubiera dado. Los refugios parecían simplemente eso, refugios, no fortificaciones. No había armas apiladas dentro. No vi ninguno de esos mechs perro de caza, los diseñados solo para matar. Quizás un humano habría encontrado el silencio inquietante, con el único ruido proveniente de los mechs triturando y chirriando a su alrededor, pero para mí se sentía como...

—¿Hogar? —interrumpió Kaydee—. ¿En serio vas a llamar a esto hogar?

—Mechs, un cielo hermoso, nadie disparándonos —respondí—. ¿Qué más se puede pedir?

—Pero todos estos mechs pertenecen a Alpha, no a ti —dijo Kaydee—. No sabes lo que realmente están haciendo. Es como mirar una pintura a medio hacer y asumir que sabes cómo se verá al final.

—Es más prometedor que cualquier otra cosa que haya visto hasta ahora.

—¿Un montón de edificios de roca a medio construir?

—No, la cooperación. Todos los mechs están trabajando juntos. Demuestra que no estoy perdiendo la cabeza al pensar que podríamos hacer lo mismo en la Nave Estelar.

—Sí, todos están trabajando juntos porque Alpha controla cada uno de sus movimientos.

Esta vez puse los ojos en blanco, pasé de largo a Kaydee y me dirigí al centro.

A diferencia del asentamiento de Val, donde un círculo de tierra despejada marcaba el centro, los mechs usaban un ejemplo más llamativo: dos recipientes, uno de pie y otro arrodillado, observando el progreso en silencio. Beta, con su largo cabello rosado atado cayendo por un lado, cuchillos sobresaliendo de sus cartucheras y anillos a lo largo de sus brazos y piernas, observó mi aproximación sin reacción, como si estuviera siguiendo el descenso del sol en el cielo.

Me detuve por un largo momento cuando distinguí la condición de Delta. El recipiente tenía las rodillas en la hierba, las manos atadas con metal forjado a su espalda, y una mirada de enojo grabada en su rostro. Si Beta no tuvo reacción, el rostro de Delta se retorció de sorpresa al verme.

Sorpresa acompañada de un grito, uno que no pude entender. Su boca se movía, pero emergía una jerigonza sin tono. Como alguien golpeando las teclas de un piano, o apoyando el codo sobre las teclas.

La mirada inexpresiva de Beta se transformó, por un

segundo, en una sonrisa salvaje antes de volver a su línea habitual.

—Ah, mierda —gimió Kaydee—. Esto es, como, el peor resultado posible.

—Aún no sabemos qué ha pasado —respondí.

Mantuve mis manos visibles, mostrando que no llevaba armas mientras me acercaba. A nuestro alrededor, pilas de rocas negras y grises esperaban ser moldeadas. Telarañas de gasa cubrían el cielo sobre nosotros, salpicando la tarde de destellos. La brisa omnipresente continuaba. Ningún mech flexible se acercó.

—Me alegra que estés aquí —Beta inició la conversación—. Enviamos mechs flexibles para recuperarte de los humanos, pero nunca regresaron. Asumí que eras una baja.

Incliné la cabeza, estudiando a Beta. Las palabras no eran suyas, el tono y la cadencia estaban mal. Sin insultos. Sin lanzar un cuchillo al aire y atraparlo de nuevo.

—¿Ves? —susurró Kaydee.

—Nos encontramos con tus mechs —dije—. No sobrevivieron.

Con un destello, Beta sacó un cuchillo y lo apuntó hacia arriba y lejos, hacia la colina donde Chalo y los otros cazadores esperaban. —¿Están allá arriba ahora, observándonos?

—Están tratando de decidir qué son ustedes.

—Aldeanos, nada más —sonrió Beta—. Es como tú querías, Gamma. Paz. Mechs creando su propia sociedad.

—¿Esto es una sociedad? —miré alrededor—. Todos los mechs trabajan en silencio. No escucho risas. Ni canciones. Parece más una prisión que cualquier sociedad que haya visto antes.

Beta echó la cabeza hacia atrás y se rio. —Entonces, Gamma, ¿la única sociedad que favoreces es una humana? Si es así, entonces vete, regresa con tus amigos blandengues.

Estoy segura de que te necesitarán para decirles cómo comportarse.

—Sí, definitivamente no es Beta —continuó Kaydee—. ¿Cómo crees que Alpha la robó? ¿Virus? ¿Trampa?

Cómo sucedió no importaba. Cómo la arreglaríamos era más importante.

—No soy un dictador —respondí.

—¿No lo eres? —dijo Beta—. Leo nos diseñó en pares. Beta y Delta los luchadores. Alpha y Gamma, los pensadores. Los gobernantes. Es hora de que asumas tu manto y marches de vuelta a casa. En unos cientos de años podemos reunirnos de nuevo y comparar resultados, tu civilización contra la mía.

—Eso es...

—¿Absurdo? ¿Por qué no? —Beta se llevó dos dedos a la boca y sopló, silbando una nota aguda y estridente en el aire —. ¿Qué estamos haciendo aquí, Gamma? ¿No es todo esto absurdo? Una misión condenada a través de la galaxia, máquinas y humanidad luchando entre sí igual que en el mundo que dejaron atrás. Es lo que somos, así que ¿por qué no continuar la danza?

Antes de que pudiera encontrar una respuesta, una nueva figura apareció desde un refugio a mi derecha. El más grande construido, el techo arqueado nos impedía ver el interior desde la colina. Ahora su contenido se vaciaba, escoltado por los únicos mechs flexibles armados que había visto en la aldea. Los rezagados de Pravda, agrupados y despojados de sus máscaras, sus armas, sus abrigos. Caminaban con ropas harapientas.

—La fuerte resistencia dentro de Starship se desmoronó una vez que huyeron al exterior —dijo Beta—, y ahora se están quedando sin comida y agua. Muriendo de hambre en su nuevo hogar. No es precisamente la introducción que esperaban. —Me miró de nuevo—. Puedes llevártelos cuando te vayas. Un bono, seguro que te dará toda la lealtad que necesitas de esos inconstantes humanos.

No tenía armas. Ninguna forma de ganar una pelea contra Beta aunque quisiera. Los humanos, igualmente, serían aniquilados por los mechs si intentaba algo. Los puños volando no me sacarían de aquí, pero tampoco huir. Aceptar a Beta, aceptar la oferta de Alpha solo iniciaría una cuenta regresiva hasta que los mechs invadieran a la gente de Val.

No habría ninguna posibilidad de que Alpha me dejara tomar Starship, modificar las Líneas de Fabricación. Ahora, cuando Alpha tenía pocos soldados, pocos respaldos, esta era nuestra única oportunidad.

Pero, ¿cómo aprovecharla?

—Dices que quieres paz —dije—, pero estás jugando a la guerra. No seré parte de eso.

—Entonces todos los humanos morirán —dijo Beta—. En unos días se extinguirán. Tendré este planeta, Starship, todo para los mechs.

—¿Por qué no lo has hecho ya? —pregunté, sondeando una posibilidad—. Incluso sin Delta, podrías destruir a los humanos con lo que tienes.

La boca de Beta se curvó. —Porque tiene un bloqueo. No puedo hacer que esta máquina lastime a los humanos, por más que lo intente. Un defecto eliminado de mi recipiente anterior por ese monstruo enorme que destruiste en el Vivero. Gracias por eso, por cierto.

—De nada —incliné la cabeza—. ¿Qué tal un trato? Yo elimino el bloqueo, tú me das a Delta y a los humanos. Luego nos separamos y jugamos tu juego.

Beta, Alpha me absorbieron. Los sistemas del recipiente

estarían calculando probabilidades, tratando de escupir un número, la probabilidad de victoria.

—Una condición —dijo Beta—. No se permite liberar a Delta hasta que estés bien lejos de aquí, o atacaremos inmediatamente.

—Hecho. ¿Puedo acercarme?

Kaydee, que se encontraba cerca de Beta, me lanzó una mirada escéptica. —Estás corriendo un riesgo enorme con esta, Gamma.

No es como si no lo hubiéramos hecho antes.

Mientras Beta me hacía señas para que me acercara, junté mis dedos, formé el conector, e intenté descubrir cómo destruir a Alpha desde adentro.

CUARENTA Y UNO

BETAVERSO

Caímos. Un breve descenso hasta un rígido aterrizaje metálico. Kaydee y yo aterrizamos de trasero en la plataforma, suspendida en una reluciente nube púrpura-rosada. Sentí la fría superficie bajo mis dedos, percibí el código escribiéndola en la existencia como si sintiera una brisa en mi rostro.

Nuestra plataforma no colgaba sola en la nebulosa: otros rectángulos, cajas y estructuras flotaban junto a nosotros. La mayoría no eran simples losas como nuestra plataforma de aterrizaje, sino fragmentos de pasarelas que conducían a lo que parecían escaparates, al estilo del Conducto. Letreros recubiertos de neón parpadeaban a través de la nube, llamándonos a destinos codificados como los recuerdos de Beta, sus funciones físicas, sus actitudes.

—Cada uno tenía que ser diferente —dijo Kaydee, poniéndose de pie a mi lado. La realidad de Beta nos vistió a ambos con trajes espaciales de la Nave Estelar, el ajustado equipo azul-negro haciéndonos parecer los viajeros que éramos—. Leo no podía simplemente elegir un estándar y seguirlo.

—No parece ser lo suyo —respondí. Con mi mano derecha, extendí el brazo y probé el aire. Busqué mis opciones y encontré un conjunto limitado—. Alpha, o Beta, quien sea que esté a cargo aquí, nos está dejando deambular, pero no mucho más.

—¿Llegar al núcleo y desarmarla, esa es la idea?

—Eso es lo que Alpha quiere —respondí—. Creo que deberíamos intentar algo diferente.

—Ooh, ¿vamos a intentar liberar a Beta?

—Qué idea tan loca, Kaydee. Absolutamente loca.

—Sabes que Alpha va a ver venir eso, ¿verdad?

Me reí.

—¿Porque lo he traicionado como cien veces hasta ahora?

—Me hace preguntarme por qué no te ha matado aún.

Me moví hacia el borde de la plataforma, miré hacia afuera y conté todas nuestras opciones. Demasiadas. Cualquiera podría albergar a Alpha, a la verdadera Beta atrapada en su interior.

—Creo que es como Pravda y Val —respondí—. Solo somos cuatro. Alpha ya perdió su cuerpo, ahora quedamos tres. Al menos hasta que descubra cómo hacer más.

—¿Pero por qué permitirte conectarte aquí? —Kaydee me igualó en el borde—. Eso es un gran riesgo.

—Los puertos pueden ir en dos direcciones. Si me atrapa antes de que pueda salir, podría atraparme a mí también.

—Así que ambos son jugadores.

—Hacemos lo que nuestro código nos permite. Culpa a Leo.

—Lo haré.

Primero saltamos arriba y abajo en la plataforma, nuestra

lámina de metal sirviendo como prueba de cuán lejos podíamos saltar. La gravedad jugaba un papel aquí, atrayéndonos hacia abajo con más fuerza que el planeta real afuera. Saltar hacia arriba o incluso hacia los lados no iba a funcionar.

—Quiero decir, no sabemos qué pasa si caemos en la cosa rosa —señaló Kaydee—. Tal vez simplemente volvamos a caer aquí.

—O nos expulsan, o nos eliminan como un virus intruso —dije—. Tenemos opciones seguras. Intentemos esa primero.

'Esa' estaba a treinta metros hacia abajo, a unos metros más allá de nuestra plataforma. Una caída que me reduciría a papilla fuera del mundo digital. Kaydee lo señaló y me encogí de hombros.

—Es la única oportunidad que tenemos. No puedo imaginar que Leo codificara algo inutilizable. Y Alpha lo logró.

—¿Estás diciendo esto después de decirme que saltar al rosa podría ser mortal?

—Solo digo lo que es más probable, eso es todo.

—Está bien, Sr. Más Probable, ¿qué tal si vas primero?

—Trato hecho.

Retrocedí un par de pasos, vi los brazos cruzados de Kaydee, una mirada arrogante. Y salté.

Mi error se hizo evidente bastante rápido. Después de avanzar aproximadamente un metro más allá de mi plataforma de inicio, mi impulso murió. Como si hubiera saltado directamente a miel pegajosa o a una telaraña, me detuve y quedé suspendido en el rosa. Podía mover mis brazos y piernas, claro, pero en realidad no me movía a ninguna parte. Intenté nadar, moviendo mis brazos en amplias brazadas, y no me moví ni un centímetro.

—Te ves bien, Gamma —gritó Kaydee desde su plataforma.

—Cállate.

Bien, así que la gravedad no era normal aquí. ¿Qué, entonces, gobernaba este mundo digital? Miré hacia atrás en dirección a Kaydee, a punto de preguntar si tenía alguna idea mejor que asarme. Tan pronto como la plataforma volvió a mi vista, sentí un tirón, mi cuerpo siendo arrastrado hacia la lámina de acero. Varios segundos después, mis pies se plantaron justo donde habían estado.

—¿Cómo hiciste eso? —preguntó Kaydee.

—Simplemente no soportaba estar lejos de ti, así que volví —bromeé.

Kaydee me sacó la lengua.

—Déjame intentar de nuevo —dije, y antes de que pudiera discutir, salté al rosa por segunda vez con resultados similares.

Ahora miré hacia abajo, encontré la plataforma a la que había planeado caer. De nuevo la sensación reveladora de tirón, y la plataforma se acercó. 'Caí', pero a un ritmo lento y constante, más como un viejo ascensor que un salto al vacío.

—¡Solo mira hacia donde quieres ir! —grité de vuelta a Kaydee, esperando que pudiera oírme.

Su figura saltando, zambulléndose de la plataforma y descendiendo tras de mí boca abajo, confirmó que me había escuchado.

Nuestro destino tenía una estrecha franja frente a él, un lugar de aterrizaje antes de un letrero de neón verde que declaraba la plataforma hogar de las habilidades de Beta. Eso es todo, solo habilidades.

Kaydee aterrizó detrás de mí, tocando suelo primero con sus manos y haciendo una voltereta hacia atrás hasta una postura normal.

—Eso fue divertido —dijo ella, uniéndose a mí para estudiar el letrero y la puerta espiral cerrada debajo—. Elegiste un buen lugar para empezar.

—¿Qué quieres decir?

—Leo y yo siempre usábamos una carpeta de habilidades para poner todas las cosas experimentales —explicó Kaydee—. Por ejemplo, si queríamos darle personalidad a un meca de basura, lo poníamos aquí. O actualizar un meca de limpieza para que hiciera la colada.

—O, digamos, ¿darle a una nave la capacidad de lanzar cuchillos con precisión milimétrica?

—Dale un premio al caballero.

—¿Tienes uno? —pregunté, extendiendo la mano.

—Claro, está ahí dentro —Kaydee señaló la puerta—. Después de ti, campeón.

La puerta espiral se abrió con mi toque, la gema verde en su centro simplemente reconoció mi gesto como una solicitud para entrar. Como hacer clic con un ratón en la realidad. No había salvaguardas aquí, una laxitud que me pareció extraña hasta que recordé que cualquiera que quisiera meterse con los sistemas de Beta tendría que, ya sabes, pasar primero por Beta.

Entrar significaba adentrarse en un nuevo universo, mucho más grande de lo que sugería el tamaño de la plataforma. Panales dorados se extendían a nuestro alrededor, arriba, abajo y a través. Dentro de cada uno vivía una Beta de tamaño natural ejecutando algún movimiento que había sido programada para dominar.

Justo frente a mí, a unos diez metros, Beta corría a través de su panal, hacía un salto mortal desde un lado y luego corría en la dirección opuesta y lo repetía. Una y otra vez, sin fin. Se escuchaban golpes sordos desde arriba, y vi varias Betas lanzando cuchillos de diferentes maneras hacia círculos rojos y blancos. Cada lanzamiento era un perfecto tiro al blanco.

—¿Tengo una habitación como esta en algún lugar? —le pregunté a Kaydee mientras mirábamos alrededor.

—Sí, pero solo tiene una sección, donde corres y te escondes en una esquina.

—Qué mala.

—La verdad duele a veces, Gamma.

Sacudí la cabeza, intentando ver si podíamos encontrar algo útil aquí. Estos no eran los principios fundamentales de Beta, así que el bloqueo para matar humanos no estaría aquí. Alpha tampoco tendría que contaminar este lugar para tomar el control.

—¿Parece que es hora de salir? —dije.

—Espera —dijo Kaydee, y señaló hacia abajo y a la derecha—. ¿Ves eso?

El panal contenía una sombra, un niño improvisado, uno acurrucado en la esquina tal como Kaydee sugirió que yo haría. De pie sobre él, con cuchillos en cada mano, protegiendo al niño de amenazas externas, había alguien que definitivamente no era Beta.

—Se está adentrando más —dije, observando cómo Alpha se erguía sobre el niño, protegiéndolo con su cuerpo.

—Apuesto a que pronto se apoderará de todos estos —reflexionó Kaydee—, y cada uno que consiga será algo más que puede hacer que Beta haga afuera.

—Lo detendremos antes de que llegue tan lejos —respondí—. Vamos.

De vuelta afuera, buscamos mejores opciones. Sin la distancia ni la altura como factores limitantes, había objetivos tentadores. Kaydee votó por los recuerdos de Beta, mientras que yo quería ir directamente a su núcleo.

—¿Por qué los recuerdos? —pregunté cuando Kaydee expuso su argumento.

—Porque vamos a necesitar ayuda —dijo Kaydee—. Ella se tendrá a sí misma, tal vez algunos amigos allí que podamos usar. Piensa, Gamma. Si Alpha se ha instalado dentro del núcleo de Beta, será difícil sacarlo. Podríamos usar algunos aliados.

—Beta no será lo único que viva en sus recuerdos —dije—. Si saltamos ahí, también encontraremos a los enemigos.

—Sí, pero ¿adivina qué?

—¿Qué?

—Beta los venció a todos. Así que si la conseguimos, ganamos. Sin problema.

Antes de que pudiera encontrar otra razón por la que deberíamos esperar, Kaydee se impulsó desde la plataforma de Habilidades, elevándose hacia arriba y lejos. Desenterrar fósiles digitales parecía peligroso, incluso temerario, pero ese era el estilo de Kaydee, y hasta ahora me había mantenido con vida.

¿Por qué dudar de ella ahora?

Al menos, eso es lo que me dije mientras flotaba a través de la nebulosa rosa. Solo todo que perder.

CUARENTA Y DOS

EL BARCO DEL PIRATA

El objetivo de Kaydee nos llevó ante otra puerta en espiral. El letrero de arriba, bueno, no podía leerlo. Las letras habían sido separadas, algunas cubiertas por un lodo púrpura viscoso y otras completamente destrozadas. Si había una mejor pista de que Alpha había pasado por aquí, no sabía cuál podría ser.

Kaydee estaba de pie a mi lado, con aire presumido. Había encontrado la plataforma correcta y lo sabía. Yo no podía sentirme tan confiado: detrás de esas puertas habría algo inesperado, una unión entre Alpha y Beta, código mezclándose de formas peligrosas.

—Oh, deja de estar tan nervioso —dijo Kaydee—. ¿Cuántas veces te has enfrentado a algo terrible y has salido del otro lado? Es como respirar.

—Yo no respiro.

—Lo que sea. Estarás bien. Vamos a aplastar a ese desgraciado.

Fui primero, caminé los pocos metros de acero hasta la puerta con gemas verdes. Extendí la mano y la puse sobre la superficie cortada. Cálida, casi suave. La gema envió una sutil vibración a través de mi mano y la puerta en espiral se abrió.

Leo realmente se había superado a sí mismo con el sistema operativo de Beta.

Si yo tenía una llanura gris y cristales azules colgando de un cielo infinito, si Delta tenía sus islas unidas por enormes cadenas, si Alpha tenía su cueva, valle y bosque, entonces Beta tenía sus plataformas flotantes. Cada una se abría a un mundo diferente, al parecer. Esta, esta se abría a un barco de madera.

No, no un barco, las memorias del Bibliotecario aclararon: un galeón. La madera se extendía en todas direcciones mientras yo atravesaba la puerta, llegando hasta las barandillas, con la proa puntiaguda frente a mí mirando hacia un mar azul y plano.

—Así que es un poco más elaborado que el panal —dijo Kaydee, uniéndose a mí. Cuando ella cruzó, la puerta en espiral se cerró, borrando cualquier señal de su existencia. Al mirar atrás solo se veía el timón del barco, la estructura elevada para el capitán y los invitados de honor—. ¿Sin salida tampoco? Genial.

—¿Dónde está? —pregunté, mirando alrededor. Todo el aparejo parecía estar en orden. Las velas colgaban, atrapando el viento impetuoso, aunque el barco mismo no parecía ir a ninguna parte.

A pesar de todo el lodo en el exterior, no veía nada en el barco. Ningún enemigo, digital o de otro tipo, se levantó para atacarnos. Tampoco había Betas. Kaydee se acercó a la barandilla, pasó una mano por la madera mientras miraba por encima.

—Es un gráfico que se repite —dijo Kaydee cuando me uní a ella.

Se refería al océano. Sus olas, al mirar más de cerca,

todas se movían de la misma manera, alcanzaban su cresta al mismo tiempo y se fundían de nuevo en el azul sin problemas. Una técnica descuidada, de mala calidad, pero si no esperabas que la gente lo viera realmente, ¿para qué esforzarse?

—Ya veo por qué hizo el mío simplemente gris —dije—. Se ve mejor.

—Menos chocante, al menos.

Le dimos una larga mirada a la cubierta superior, contamos todas las necesidades habituales de un barco y no encontramos tripulación. Había esperado a medias que varias versiones de Beta salieran a saludarnos, funciones haciéndose pasar por miembros de la tripulación. En su lugar, nada.

—Dos opciones —dijo Kaydee—. La puerta del capitán o bajar por la escotilla.

Ambas parecían simples, la programación de Leo dada a la opulencia solo en el panorama general. Madera sin marcar, sin señales, sin pistas.

—Alpha va a estar ahí —dije, señalando los aposentos del capitán—. Así que vamos por el otro camino.

—¿Por qué? —Kaydee levantó un puño—. ¿No quieres ir a darle un puñetazo?

—Quiero, pero ni tú ni yo tenemos un arma. A menos que puedas hacer algo que yo no pueda, el código aquí es ineditable. —Como intentar saltar solo para descubrir que tus zapatos están atascados en cemento secándose, había sido incapaz de modificar la realidad. Darme una espada, una pistola, algo más allá de los simples atuendos que Kaydee y yo llevábamos habría sido agradable, pero no era posible—. Necesitaremos buscar.

—Admítelo, simplemente te gusta mucho este barco y quieres ver más de él.

Fui hacia la escotilla, puse mi mano en el pomo. —No te equivocas.

Con un tirón, la escotilla se abrió y miramos dentro.

Una escalera de peldaños gruesos conducía hacia una cubierta iluminada por linternas colgantes, las llamas parpadeaban muy parecido al océano exterior: el mismo movimiento, un brillo constante sin los giros naturales del fuego real. Las linternas daban un vistazo a una cubierta inferior llena de habitaciones, una que descartaba los planos del galeón con un pasillo central mucho más largo que la longitud del barco. Asomé la cabeza de nuevo a la cubierta superior para confirmar, y fiel al mundo digital, la cubierta inferior abandonaba la física para dar a cada función central su lugar.

—A Leo siempre le gustaron los piratas —dijo Kaydee mientras bajábamos—. Amaba las películas, las historias.

—¿Porque los piratas podían ir a cualquier parte y él estaba atrapado en la Starship?

Kaydee me lanzó una mirada inquisitiva. —Eso no es un razonamiento estúpido, ¿sabes?

No dije que yo había sentido lo mismo más de una vez navegando por los confines metálicos del Conducto. O cuando trataba con humanos y su tendencia a relegarme a un estatus de servidumbre de segunda clase.

¿Esos sentimientos venían de mí mismo, o porque Leo los había plantado allí?

—Oye —dijo Kaydee, adelantándose varias puertas y deteniéndose frente a una losa marrón—. Esta está toda sucia como el exterior.

Cada habitación tenía una etiqueta rodeada de una placa dorada junto a su puerta: los rituales aburridos como gestión de energía, escaneo visual y evaluación de amenazas. Las dos puertas junto a esta eran "Control de temperatura" y "Procesamiento de lenguaje". Ninguna interesante, ninguna dando realmente una pista de lo que había detrás de ellas.

—¿Quieres abrirla? —me preguntó Kaydee.

—¿Tú no?

—Tú lideras esta expedición, pensé que deberías tener el honor.

Me encogí de hombros y alargué la mano hacia la manija curva de la puerta atascada. Luego me detuve y ladeé la cabeza hacia mi amiga.

—Hay una razón por la que me dejas hacer esto —dije—. ¿Por qué?

—Ya lo dije, eres el capitán, capitán —Kaydee mostró su sonrisa pícara.

—Si me borra, te destruirá allá afuera —dije—. Incluso si logras escapar de este lugar, los flexi-mechs te dispararán antes de que puedas ponerte de pie.

La boca de Kaydee se abrió y se cerró. Suspiró, una hazaña impresionante considerando que el aire no existía aquí.

—Siempre hay una posibilidad —dijo Kaydee, pero me pasó por al lado, agarró la manija y abrió la puerta de un tirón.

La habitación de repuesto tenía un catre empujado contra la pared de la derecha, pero la simple cama no tenía nada que ver con la persona encadenada al suelo junto a ella.

Iluminada por un perfecto haz dorado que entraba por una escotilla, Beta estaba sentada en el suelo con las muñecas atadas con apretadas esposas de metal. Un hierro negro duro iba desde esas esposas hasta unas placas detrás de su espalda. Por lo demás, Beta se veía igual que afuera:

pelo rosa, uniforme de combate esbelto, cuchillos por todas partes.

—¿Beta? —dijimos Kaydee y yo al mismo tiempo.

Ella levantó la cabeza, nos miró parpadeando. Una vez, dos veces, luego soltó una dura maldición y tiró de las cadenas.

—¿Ahora te disfrazas de mis amigos? —dijo Beta, con calor ardiendo en cada sílaba—. Alpha, te juro que encontraré una manera de salir de estas esposas, y cuando lo haga, te reduciré a átomos. O menos.

Kaydee entró en la habitación, esta vez con una sonrisa más pura en su rostro.

—¿Ah, sí? ¿Amenazas? Bueno, ¿qué tal si las cumples entonces?

Beta gruñó, tiró de sus esposas, antes de que me interpusiera entre las dos.

—Kaydee está siendo mala, Beta. No somos Alpha. Somos nosotros. Es decir, Gamma y Kaydee.

Beta entrecerró los ojos mirándome.

—Demuéstralo.

—Chalo es un imbécil.

Beta se quedó inmóvil, luego se rio y se recostó en el suelo.

—¿Cómo? ¿Cómo están aquí?

Le conté la versión abreviada, llevándonos desde el momento en que ella y Delta se fueron a perseguir a los mechs hasta ese preciso instante.

—Más divertido que lo que nos pasó a nosotros —dijo Beta cuando terminé—. Seguimos a esos mensajeros todo el camino hacia abajo. Nos llevó un tiempo. Nos trajeron de vuelta a la Cloaca. Ahí es donde estaban esperando.

—¿Esperando? —preguntó Kaydee—. ¿Como una trampa?

—Exactamente. Alpha no era tan tonto como pensábamos. Me dijo que el plan había estado en marcha durante años en caso de que algo le sucediera a su cuerpo, los fleximechs solo lo hicieron más fácil. Nos atacaron por todos lados. Rifles, espacios estrechos demasiado difíciles para moverse. Delta recibió un buen golpe.

—¿Te rendiste? —me adelanté, consciente de que Alpha podría venir a buscarnos. Mientras Beta hablaba, también había estado examinando esas esposas, tratando de encontrar una manera de romperlas—. ¿Te diste por vencida?

—Nos habrían matado a ambos, Gamma —respondió Beta—. Luego habrían venido por ti y los humanos. Delta y yo le dimos una distracción.

—Y armas —repliqué.

Beta no pudo discutir eso.

Tomé su brazo izquierdo y miré más de cerca las esposas, tratando de ver qué función mantenía su código bajo control. El duro metal resultó ser un argumento bastante simple, una declaración *if else* que mantenía las esposas reales mientras Beta siguiera existiendo.

Para modificarlo, necesitaría tener permiso de escritura dentro del mundo digital de Beta, algo que definitivamente no tenía.

—No me gusta esa expresión en tu cara, Gamma —dijo Kaydee.

—No puede liberarme —respondió Beta en mi lugar.

—No a menos que Alpha me lo permita —confirmé.

—Algo que totalmente hará —dijo Kaydee, haciendo una pausa de medio segundo—, cuando lo obliguemos.

CUARENTA Y TRES

DEJADOS ASTRÁS

De vuelta en el largo pasillo de la cubierta inferior, Kaydee y yo debatíamos sobre a dónde queríamos ir a continuación. Yo abogaba por continuar explorando, por una oportunidad de encontrar algo, cualquier cosa que pudiera ayudarnos contra el control de Alpha. Kaydee empujaba hacia lo opuesto, un ataque directo a los aposentos de la nave.

—Sabe que estamos aquí, sabe que vamos a por él —dijo Kaydee—, así que acabemos con esto de una vez. Tengamos un cara a cara, tú y yo contra ese canalla.

—¿Tú y yo y nuestros qué, puños? —dije.

—Tendremos que ser creativos. Siempre lo somos.

—¿Tienes tanta confianza?

—Tengo que tenerla, Gamma. Porque de lo contrario estamos perdidos. Así que elijo creer que ganaremos.

La mente humana era realmente una maravilla.

Sin embargo, Beta esposada añadía cierto picante a la elección. Dejarla un segundo más de lo necesario se sentía incorrecto, así que con el olvido como costo, tomé el consejo de Kaydee y juntos nos dirigimos hacia la escotilla.

Solo para descubrir que había desaparecido. Ambos

buscamos en el techo, en el suelo, miramos arriba y abajo del pasillo, seguros de que la abertura de vuelta arriba había estado justo aquí. Kaydee preguntó si se había vuelto loca y yo confirmé que si ella lo estaba, yo también debía estarlo.

—Lo que significa que nuestro amigo nos está tomando el pelo —murmuró Kaydee.

—¿Amigo?

—Es una expresión. Alpha no es nuestro amigo.

—Claro.

La nave podría haber cortado el enlace entre programas, dejándonos encerrados aquí abajo hasta que hiciéramos lo que él quisiera. No era exactamente un acertijo, eso.

—Estas son las funciones centrales de Beta —dije—. Hay un bloque aquí abajo que le importa a Alpha.

Lo encontramos después de cinco minutos caminando pasando puerta tras puerta, función tras función. Linternas idénticas colgaban de las mismas apliques por todas partes, un crujido constante seguía nuestros pasos como si el barco realmente estuviera a la deriva en el mar. También se escuchaban pisadas desde arriba, como si una tripulación ruidosa estuviera haciendo su camino por la cubierta.

—¿Alpha solo está montando un espectáculo? —preguntó Kaydee después de un golpe estruendoso.

—Está construyendo algo nuevo —respondí—. Si tuviera que adivinar, diría que está instalando todas las piezas de sí mismo. Sus rutinas físicas, sus manierismos, todo.

—¿No lo habría hecho ya?

—¿Cómo lo diría un humano? —reflexioné mientras pasábamos más puertas—. Piensa en ello como si estuviera probando a Beta. Un alquiler. Ahora quiere mudarse definitivamente.

—¿Y no lo haría de inmediato porque...?

—Porque Alpha no es simple. Una vez que se establezca

aquí, aprenderá cosas nuevas. Adquirirá nuevos rasgos, tal como tú o yo podríamos hacerlo. Se convertirá en una nueva versión de sí mismo, y cada flexi-mech allá afuera lleva la versión antigua.

Kaydee me detuvo.

—Espera, ¿quieres decir que si detenemos a Alpha aquí, existe la posibilidad de que pueda volver en algún otro lugar?

—Claro, al igual que tú, una Mente, podrías ser descargada en un mech diferente. Pero no será exactamente el mismo Alpha. El de aquí sabe cosas, hizo cosas que no estarán con los otros —Le quité la mano de Kaydee de mi hombro. Le di lo que esperaba fuera una palmada alentadora—. Lo tomamos de uno en uno. Detengamos a este, luego a los demás.

—Esto no hace más que empeorar.

—¿No eras tú la confiada hace un minuto?

Kaydee soltó una risa sombría, y ambos notamos una puerta en particular. Particular porque, a diferencia de las superficies lisas de las otras, esta tenía marcas por todo su marco. Arañazos y muescas, señales de un intento de entrada por la fuerza. Por qué tal intento había sido necesario se explicaba por la fuerte defensa, un grueso candado de hierro, colgando del picaporte.

Al igual que con la prisión de Beta, la placa con el título de esta habitación también estaba borrada.

—¿Leo puso el candado? —preguntó Kaydee—. Delta no tenía uno como este.

Me incliné para examinar de cerca el candado. Su metal oscuro tenía cierta familiaridad, una naturaleza de forja cruda, como si el candado no hubiera empezado como una sola pieza sino que viniera de muchos metales diferentes fundidos en uno. Algo que Leo, al menos el Leo que programaba las naves, no habría visto. No habría hecho.

¿Pero Beta?

Todo ese tiempo alrededor de las forjas de Val le habría mostrado productos como este una y otra vez.

—Creo que nuestra amiga selló esto antes de que Alpha llegara a ella —dije, alejándome del candado—. De hecho, apostaría a que por eso Alpha quiere que yo haga esto.

—¿Porque ella no le dejará?

—La barrera más simple y fuerte es una sin margen de maniobra. No hay base de datos aquí para hackear, ni una respuesta fácil a la fuerza bruta. Es una única llave precisa —Medio sonreí—. Creo que sé lo que es, también.

—Menos mal, porque yo no tengo ni idea.

En mi mano, hice girar una pequeña palabra. Recubierta en forma de llave, y la envié al candado. Con un clic, rosado y agudo, el candado se desenganchó. No llegó a tocar el suelo, desvaneciéndose antes de hacer contacto.

—¿Me vas a decir la respuesta? —preguntó Kaydee.

—Aún no —respondí—. Alpha no fue capaz de resolverlo, así que no voy a revelarlo.

—¿Pero Alpha no está aquí?

Kaydee ni siquiera había terminado de hablar cuando las linternas se apagaron, todas salvo la que estaba cerca de la puerta que estábamos a punto de abrir. El largo pasillo de la galera desapareció en la oscuridad púrpura, dejándonos de pie en un pequeño círculo iluminado.

—Siempre ha estado aquí —dije, y entonces abrí la puerta.

Dentro no había nada más que un pequeño escritorio en una habitación de madera lisa. Sobre el escritorio había una sola hoja de papel color crema, con varias líneas escritas. No necesitaba leerlas para saber que eran las mismas líneas codificadas en Delta, en mí.

—Destrúyelo —dijo Alpha, saliendo de la penumbra. Kaydee se apartó de un salto, pero yo me mantuve firme, mirando fijamente al recipiente. Aquí dentro lucía como él mismo, con su pelo rojo desaliñado, cicatrices y un cuerpo demasiado inquieto—. Haz lo que prometiste.

En lugar de eso, cerré la puerta y me volví para enfrentar al hombre. La máquina. El programa.

—No has pasado suficiente tiempo con humanos —le dije a Alpha—. Para ellos, las promesas son solo herramientas convenientes para lograr algo. Como hacer que tú y yo estemos aquí.

—Entonces, ¿qué le pasa a un humano que rompe su promesa, Gamma? ¿Sufren, son borrados? Porque eso es lo que te pasará a ti.

No hubo preparación. Ni reverencia, ni cuenta regresiva. Alpha terminó de hablar y se lanzó sobre mí, con las manos extendidas hacia mi garganta. Levanté las mías para bloquearlo, nuestros dedos se entrelazaron mientras Alpha me empujaba contra la puerta cerrada. Presioné, pero era como empujar contra mil kilogramos, un peso imposible.

Por supuesto, este era el terreno de juego de Alpha. ¿Por qué no se haría a sí mismo un millón de veces más fuerte que yo?

Lástima que no pudiera hacerse un millón de veces más inteligente.

Mi espalda golpeó la puerta, el rostro de Alpha cerca del mío. Abrió la boca y por un segundo me pregunté si me mordería. Con mis muñecas clavadas contra la madera, la rodilla de Alpha se clavó en mi estómago, un golpe devastador que hizo que mi visión se nublara.

No sentía dolor aquí, los síntomas físicos eran una

respuesta a mi código siendo golpeado, líneas y funciones que fallaban al ejecutarse mientras Alpha me estrellaba contra la madera. Sin dolor, pero el resultado final sería el mismo: empezaría a fallar, a desmoronarme.

Pero lo mismo podría pasarle a Alpha.

Kaydee, ignorada e invisible, le propinó un fuerte codazo en la espalda a Alpha. El golpe envió un temblor a través del hombre, uno que sentí a través de nuestros dedos entrelazados. Kaydee lo golpeó de nuevo, obligando a Alpha a responder. Con un movimiento brusco, me arrojó a un lado, girando para enfrentarse a Kaydee.

Y tuve mi oportunidad.

Alpha soltó alguna frase sobre Kaydee siendo una Mente patética mientras yo salía corriendo, atravesando el oscuro pasillo hacia la escotilla. Kaydee le devolvió una respuesta mordaz, las palabras desvaneciéndose mientras mis pasos las ahogaban.

Ella solo tenía que retenerlo lo suficiente.

No miré atrás, ni siquiera cuando el sarcasmo de Kaydee se convirtió en gritos más fuertes, maldiciones más sonoras. Si lo hubiera hecho, podría haberme detenido, podría haber dado la vuelta.

En su lugar, ensordecí mis propios oídos, me mantuve enfocado en lo que importaba y esperé que Alpha la dejara con vida.

La escotilla apareció lentamente, una sombra emergiendo en la penumbra púrpura. No la vi tanto como la sentí, el más leve anillo dorado alrededor de su marco cuadrado. Una salida para Alpha después de que terminara su trabajo con nosotros. Alpha había destruido o eliminado la escalera, así que me paré debajo de la escotilla, doblé las piernas y salté.

Como había sucedido afuera, la gravedad me concedió

la elección, permitiendo que mi propio deseo impulsara el salto, dándome la fuerza para atravesar la escotilla y aterrizar en la cubierta soleada del exterior.

Giré hacia el camarote del capitán y corrí de nuevo. Unos pocos pasos me llevaron hasta la puerta, que estaba sin llave. Alpha, demasiado ocupado jugando a ser Dios como para preocuparse por su puerta trasera.

Dentro, la amplia habitación no contenía nada, nada en absoluto excepto un cubo familiar en su centro. El cubo plateado coincidía con el que había visto y con el que había trabajado en la zona de la isla encadenada de Delta. En él estarían los últimos fragmentos, los cierres y los borrados. Lo que permitía que Beta funcionara.

Y, si mi corazonada era correcta, el cubo también me permitiría arrebatar los privilegios de Alpha y otorgármelos a mí.

Entré, toqué el cubo y comencé a ejecutar los comandos más simples cuando escuché mi nombre.

—Ya era hora —dije, girándome con el cubo en mis manos. Los comandos en su interior se sentían como cuerdas de una guitarra, podía pulsarlas y hacer la nota que quisiera. Ni uno solo, sin embargo, podría ayudarme aquí.

Esperaba que Kaydee perdiera y lo había hecho. Alpha, sin embargo, no la había dejado destrozada en la cubierta inferior. En su lugar, la sostenía por el cuello, un tinte púrpura emanando de su mano alrededor de todo su ser.

Reconocí ese tinte, el débil resplandor. Coincidía con el efecto que mi función tenía sobre el código de Kaydee dentro de mí.

—Deja el cubo a un lado —dijo Alpha—, o la borro.

CUARENTA Y CUATRO

UN FALLO EN EL PLAN

¿Cuántas veces me había enfrentado ya a Alpha?

Nos habíamos encontrado cara a cara en mundos reales y digitales, en lugares como la red de Starship, donde Alpha tenía poder absoluto, y en el Puente de Starship, donde su cuerpo palidecía en comparación con Delta y Beta. Cada vez había logrado escapar, escabulléndome mediante engaños o con la ayuda de un aliado.

Ahora no tenía a dónde ir. Atrapado en una habitación con Kaydee al borde de la eliminación. Podría desconectarme, teletransportarme de vuelta a casa y ver cuánto duraba antes de que los flexi-mechs me rostizaran. Eso dejaría a Alpha sin prisa, sin nada que le impidiera apoderarse de las habilidades de Beta y usarlas para despedazar a la gente de Val.

—Me quedo —dije, calculando los tres metros que nos separaban. El recipiente sostenía a Kaydee frente a él—. Esto es entre tú y yo, Alpha. Kaydee no tiene por qué estar involucrada.

—Tienes razón, por supuesto —respondió Alpha, y arrojó a Kaydee a un lado. Mientras volaba, una delgada línea púrpura marcó su trayectoria, extendiéndose hacia atrás hasta Alpha. Tan pronto como Kaydee golpeó el suelo, la línea destelló, volviéndose blanca cerca de Alpha y comenzando a arder lentamente hacia mi amiga—. Un temporizador para esta discusión. Convénceme rápido, Gamma, o ella desaparecerá.

—¿Sabías que antes había más de nosotros? —pregunté, con un ojo en la mecha de Kaydee y el otro en Alpha—. ¿Más recipientes?

Alpha parpadeó.

—No. Supongo por tu forma de decirlo que no son más cosas que necesito eliminar, ¿verdad? Todos ustedes son tan agotadores, no estoy seguro de poder manejarlo.

—Los humanos los mataron. Mucho antes de que despertáramos.

—Gracias a Dios. Por una vez esas bolsas de carne hicieron algo bien.

—¿Sabes por qué destruyeron esos recipientes?

Alpha esperó. La mecha seguía ardiendo.

—Porque perdieron el control. Los recipientes se volvieron peligrosos, dementes. Corrían por Starship, destruyendo personas y lugares.

—Lo siento, Gamma, no quiero interrumpir, pero si quieres que detenga esto, tendrás que esforzarte más.

—¿Cuánto tiempo falta para que te conviertas en eso? —le pregunté, esperando que el ligero adorno que había hecho fuera suficiente—. ¿Cuánto tiempo hasta que tu código se deshilache tanto que lo único que puedas hacer sea delirar, destruir y morir? —Di un paso adelante, levantando un dedo para detener la réplica de Alpha—. Ya estás cerca. Todos lo sabemos. Estás fallando, tomando malas decisiones. Dejando que la rabia y el miedo te empujen a lugares a los que no querías ir.

Di otro paso. Ahora justo frente a Alpha. La mecha de Kaydee ya había quemado más de la mitad, su cuerpo yacía derrumbado en el suelo. Tan inmóvil.

—No necesito matarte, Alpha, porque ya te estás muriendo —dije—. Pero puedo salvarte. Si... si me dejas.

El rostro de Alpha se relajó. Esperaba la sonrisa maniática. Tal vez un insulto o una risa. En su lugar, agotamiento, el color drenándose de sus ojos automáticos. Sus hombros se encorvaron, el recipiente suspiró. Todos efectos puestos aquí para mí, pero que Alpha podría estar sintiendo realmente.

Había estado solo durante tanto tiempo. Luchando por su cuenta durante tantos, tantos años.

—¿Sabes cómo? —preguntó Alpha, con voz ronca—. ¿Sabes cómo arreglar esta maldición?

Miré a Kaydee.

—Sí, lo sé.

Alpha se enderezó, esbozó una sonrisa temblorosa.

—Siento lo que has dicho. Los saltos en mis transmisiones. Los fallos en mi lógica. Tienes razón. Necesito arreglarme. —Extendió una mano, y fui a estrecharla, esperando que hubiéramos encontrado un lazo que nos uniera.

Mi mano nunca encontró la suya.

Alpha balanceó su mano hacia arriba y sobre la mía, en un repentino intento de agarrarme el cuello. Sentí sus dedos aferrarse, sentí la misma función que había usado en Kaydee trepar alrededor de mi acceso. Antes de que pudiera reaccionar, antes de que pudiera descifrar lo que estaba haciendo, Alpha había cortado mi salida. Como si me hubieran amputado una extremidad, simplemente... ya no podía irme.

Su programación trabajó rápido, refinada después de hackear y controlar mechs por cientos. Mis brazos murieron antes de que pudiera apartar a Alpha. Mis piernas dejaron de responder cuando Alpha me levantó del suelo. El cubo gris, las funciones más críticas de Beta, cayó flotando libremente.

—Lo hermoso de las máquinas como nosotros —dijo Alpha mientras mis piezas seguían desapareciendo—, es que almacenamos nuestros recuerdos y nuestro conocimiento aparte de nosotros mismos. Espero con ansias visitarte, Gamma, y leer todo sobre esta cura tuya. Lástima que no estarás allí para darme la bienvenida.

Su rostro se iluminó con esa sonrisa maniática. Era difícil saber si solo estaba jugando conmigo, o si realmente, en ese momento, exhibía el mismo defecto del que había intentado salvarlo.

No es que importara.

Intenté mirar a Kaydee, deseando que mi última visión fuera algo, cualquier cosa que no fuera ese semblante, pero ya no podía girar la cabeza. Aparte de mis ojos —¿elección de Alpha?—, nada más respondía. Mi propio tiempo estaba a punto de agotarse, y el de Kaydee no iba muy lejos. Mis últimos segundos los pasaría mirando fijamente a mi mueca menos favorita.

Qué manera tan miserable de irse.

Parecía que Alpha también lo había pensado cuando su sonrisa desapareció, reemplazada por cejas levantadas, un ceño fruncido incómodo y fosas nasales dilatadas.

—Siempre fuiste demasiado listo —murmuró Alpha, estremeciéndose—. Lo que podríamos haber hecho juntos, Gamma.

La mano del recipiente se aflojó y me caí, dándome una gran vista de una ejecución sin sangre mientras Beta, con sus manos empuñando cuchillos digitales, cortaba el código de Alpha en precisos tajos hasta que el recipiente se desintegró, eliminado en la nada.

Beta saltó hacia mí después, poniendo su mano sobre el difuso púrpura a mi alrededor y disipándolo con un guiño. Cuando mi cuerpo volvió a enfocarse, la empujé, me lancé hacia Kaydee y agarré el programa de Alpha con mis manos extendidas. Una función simple, un propósito simple, y uno que borré con un simple comando.

Mientras el púrpura se desvanecía alrededor de Kaydee, Beta tocó mi espalda, ayudándome a levantarme.

—Tienes que salir de aquí —dijo Beta—. Ahora mismo.

Por un segundo, no supe a qué se refería, por qué teníamos que irnos. Cuando ese segundo terminó, ya estaba siendo transportado de vuelta a través del ciberespacio, expulsado de las unidades de Beta y enviado de regreso a las mías. Lo único que me llevé conmigo, una descarga arrastrada junto con mi salida, fue lo que quedaba de mi amiga.

El atardecer de la nave estelar se enfocó de repente. Cielo naranja, redes de telaraña atrapando un fuego luminoso sobre mi cabeza. Más cerca de la superficie, una docena de flexi-mechs con rifles apuntados nos rodeaban. No me moví, sabía que si lo intentaba me freirían en un segundo. Lo único que me mantenía con vida en ese momento era su creencia de que Alpha aún controlaba el recipiente a mi derecha.

Así que en su lugar, extendí la mano, escaneé mis propias unidades y busqué mi mente. Encontré sus datos rápidamente, convenientemente recopilados por mi programa de eliminación, pero Kaydee no consumía energía de procesamiento. No estaba, a falta de una mejor palabra, funcionando. Como una persona en coma, necesitaba averiguar qué había salido mal, qué-

Beta me empujó con fuerza, lanzándome al pasto con

un brazo. Con el otro, el recipiente sacó un cuchillo, la hoja atravesó directamente las ataduras de Delta. El delgado metal se rompió, mi amiga se liberó, y los flexi-mechs dispararon.

Los láseres pasaron volando sobre mi cabeza, chamuscando el pasto y provocando llamas. Mientras rodaba, vi a Beta, girando cuchillos mientras recibía disparos por todos lados. Su pecho, costados y piernas se ennegrecieron incluso cuando sus propios ataques dieron en el blanco, el recipiente cayendo rápidamente. Desapareciendo en las hebras ardientes. A Delta le fue algo mejor: sus ataduras liberadas le permitieron moverse rápido, saltando sobre un flexi-mech, partiéndolo en dos con sus manos desnudas. Esas mismas manos arrancaron el rifle del mech muerto y Delta giró, apretando el gatillo, disparando y recibiendo disparos a cambio. Mi amiga cayó convertida en una ruina humeante, dejándome frente a seis flexi-mechs aún vivos y armados.

Pero no me sentí perdido. No me sentí enojado.

Habíamos cumplido nuestra misión. Destruimos a Alpha, en su mayor parte, y salvamos a los humanos de la nave estelar. Una buena forma de partir.

Mientras saltaba desde el pasto, salvando el metro entre yo y el flexi-mech más cercano, mi único arrepentimiento era por Kaydee, quien nunca tuvo la oportunidad de vivir la vida que se le prometió.

Mi salto me llevó hacia el mech, su disparo instantáneo en respuesta quemó parte de mi pobre pie derecho. La tercera vez que lo había perdido por láseres. Derribé a la máquina, sus brazos intermedios amortiguando la caída, dándome la oportunidad de rodar fuera de ella mientras los otros flexi-mechs encontraban su objetivo. La luz caliente derritió al flexi-mech, algo derramándose sobre mí mientras intentaba agarrar el rifle del robot.

Cuadros rojos brillaron ante mis ojos mientras los impactos cobraban su precio. Había apagado cualquier dolor, así que las lecturas me golpearon entumecido mientras perdía mi pierna y brazo izquierdos, mi piel sintética volviéndose negra y naranja con los disparos. Mi mano derecha, al menos, logró arrancar el rifle. Encontré el gatillo, lo mantuve presionado y rocié hacia el semicírculo de flexi-mechs.

También grité. Dije los nombres de mis amigos. Un último adiós.

Una explosión de flexi-mech golpeó mi rifle, sobrecalentó el gas en su interior. Explotó, cegando mis ojos por un segundo y convirtiendo mi brazo derecho en escoria. Estática parpadeante abrumó mi visión, errores críticos abundando mientras mis pobres procesadores intentaban seguir funcionando. Después de tantas heridas terribles, esto, esto era lo que parecía cuando un recipiente finalmente moría.

Una forma delgada y sombreada se movió sobre mí, mi espalda ahora en el suelo. El flexi-mech oscureció el crepúsculo mientras su rifle se alzaba, apuntando a mi cabeza. Escuché palabras, y al principio pensé que el flexi-mech me estaba hablando, burlándose de mí en este último final. Hasta que mi procesador se puso al día.

—El recipiente es mío —declaró Fang, su pequeña forma volando hacia el encuadre. El flexi-mech intentó ajustarse al nuevo objetivo, pero las armas de Fang, dos cuchillas de metralla tomadas de las reservas de Val, barrieron los brazos del flexi-mech, y su arma, ampliamente.

El flexi-mech no estaba roto, soltó el rifle y agarró las muñecas de Fang. Un movimiento que la habría acabado, excepto que Fang tenía respaldo.

Chalo se abalanzó tras Fang, su hacha balanceándose en un corte por encima de la cabeza. El golpe cortó los brazos derechos del flexi-mech, permitiendo a Fang lanzarse con su hoja izquierda para atravesar el torso del flexi-mech. Escupiendo chispas, tambaleándose, el flexi-mech cayó.

Los láseres deberían haber acabado con los dos humanos, pero mientras Chalo y Fang se alejaban corriendo, noté que el aire a su alrededor se llenaba de líneas negras silbantes: flechas, sin duda dando en el blanco. Una última mirada mientras mi energía se agotaba, mi procesador ejecutando sus rutinas finales para analizar lo que vi:

Humanos, por fin, luchando por nosotros.

CUARENTA Y CINCO

EL MUNDO CODIFICADO

Oye.

Te estoy hablando.

Gamma. ¿Sigues aquí conmigo?

¿Lo estaba? ¿Dónde estaba "aquí" exactamente?

No había nada. Ni blanco, ni gris, ni negro. Simplemente una ausencia, excepto por la voz de Kaydee y mis pensamientos.

—Puedo oírte —dijo Kaydee, su respuesta, como mis pensamientos, más una sensación que un sonido real.

No tenía cuerpo, no tenía sensores, no tenía arriba ni abajo. Lo que sí tenía era a ella.

—Sí, me tienes atrapado aquí, sea lo que sea esto.

No podía ver sus brazos cruzados, su expresión malhumorada lentamente desarmada por una sonrisa astuta, pero podía imaginarlo.

—¿Eso es lo que crees que estaría haciendo ahora? —respondió Kaydee—. Ni hablar, Gamma. Te estaría dando una buena paliza.

¿Por qué?

—Por hacer que nos maten, por eso.

¿Estamos muertos?

—No sé dónde más podríamos estar —dijo Kaydee—. Aunque supongo que es un poco raro que el más allá funcione tanto para mechs como para humanos. Y que ambos estemos en el mismo lugar.

Definitivamente raro. ¿Moriste conmigo?

—Al mismo tiempo, en el mismo lugar, creo.

Entonces Alpha no la mató. El pensamiento me dio cierto brillo, incluso aquí en esta nada desolada. Que habíamos escapado de la trampa de ese monstruo...

—Sí, después de que me dejaste allí —dijo Kaydee—. Simplemente me dejaste enfrentarme uno a uno con él.

No tuve elección. Tenía que liberar a Beta. Ella es la única otra que podía hacer algo allí. Alpha dejó el núcleo de Beta abierto, y la dejé ir.

—¿Y luego dejaste que unos mechs flexibles nos dispararan?

Dejar es un poco engañoso.

Kaydee se rió. —Supongo que sí.

¿Qué crees que es esto?

—¿Esto? ¿Aquí mismo? Probablemente el infierno.

¿Crees que estar atrapada aquí conmigo es una tortura eterna?

—Cuando lo pones así, Gamma, supongo que no está tan mal.

Vaya, gracias.

Silencio. Flotaba, buscando donde normalmente encontraría flujos de datos de mis sensores. Donde los archivos del Bibliotecario estarían esperando para ser examinados. No encontré nada, señales muertas, y ni siquiera eso. Como si las conexiones ya no existieran.

Cuéntame una historia.

—¿Una historia?

Sí.

—No puedo recordar ninguna. Es como si intentara alcanzar esa parte de mí, y no estuviera ahí.

Entonces, ¿qué tal si inventamos una nueva?

—¿Una nueva historia?

Sí. Yo empiezo. Creo que había una frase que el Bibliotecario usaba todo el tiempo.

—¿Ah, sí? ¿Una noche oscura y tormentosa?

No. ¿Lista?

—Adelante, cuentacuentos.

Érase una vez, un mech que despertó solo y perdido, y no habría llegado muy lejos si no fuera por un amigo...

La oleada llegó sin previo aviso. Una aceleración de cero a la velocidad de la luz. Las conexiones fluyeron, la nada desvaneciéndose en una constelación que reconocí: la red de la Nave Estelar, estrellas contra un negro infinito.

Una me llamó la atención en ese mar, parpadeando brillante y roja. Extraño.

¿Era esto lo que Kaydee llamaba una vida después de la muerte? ¿Habíamos vagado por el Purgatorio para encontrarnos aquí?

Purgatorio. ¿Cómo sabía yo lo que era eso? Espera, sentía los archivos, las interminables historias del Bibliotecario. Las películas y los libros. Otra estrella en la red, una que ahora podía alcanzar y tocar.

—¿Vas a contestar esa llamada? —dijo Kaydee, y miré —¡miré!— a la izquierda para verla de pie conmigo, flotando entre las estrellas digitales—. Porque mi corazonada es que sea lo que sea que acaba de pasar, nos lo van a decir.

Kaydee siempre centrándose en el siguiente paso, como de costumbre.

Me acerqué, elegí la estrella parpadeante. La constelación desapareció, todos los nodos se desvanecieron para dejarme con una pantalla flotando en una habitación blanca. Kaydee y yo estábamos de pie en un suelo sin rasgos, viendo cómo un mech negro en particular aparecía a la vista.

—Gamma, tío, ¿eres tú? —Volt habló a la pantalla, sus ojos azules brillando—. Dime que eres tú, porque no quiero intentar esto de nuevo.

—Tiene que ser él —dijo otra voz, la de Leo. El hombro del Forjador, su cabeza, apareció en el encuadre—. Esta vez lo tenemos todo bien conectado.

Me incliné hacia la pantalla. —¿Chicos? Eh, ¿estoy muerto?

El par vitoreó. Detrás de ellos, en algún lugar, Alvie ladró con un jadeo. Volt y Leo chocaron la mano con la garra metálica.

—Oigan, idiotas —dijo Kaydee—. ¿Nos pueden decir qué está pasando?

Leo, con su sonrisa más arrogante que nunca, procedió a explicar los detalles: Chalo, Fang y los demás habían emboscado a los mechs flexibles restantes, convirtiéndolos en chatarra sin demasiados problemas. Al principio, nos habían dado por muertos, pero Chalo nos había arrastrado a todos de vuelta a la aldea.

—Salvamento útil —Leo se rió—. Así es como os llamó a los tres. Como si yo fuera a dejar que os desguazaran.

—Lo desguazaré a él en cuanto salga de aquí —murmuró Kaydee.

—Eh, claro —dijo Leo, su sonrisa vacilando—. Esa es la cuestión, verás, vuestros cuerpos están destrozados. Demasiado quemados para usarlos. Diablos, la única razón por la que seguís por aquí es la batería de respaldo. La pequeña caja negra que puse para que me dijera cómo moristeis todos.

Cometí el error de preguntar qué era eso y Leo se lanzó a una historia de diez minutos sobre recipientes que se cortocircuitaban y cómo había instalado estos salvavidas de último minuto para entender por qué.

—La versión corta —interrumpió finalmente Volt— es que estáis guardados en la red de la Nave Estelar hasta que os hagamos algo nuevo.

—¿Qué hay de Beta y Delta?

Leo se encogió de hombros. —Querían flexi-mechs hasta que les dimos nuevos cuerpos, así que ahora andan por ahí. Limpiando la Starship para ti.

—¿Ellos consiguieron flexi-mechs y nosotros esto? —protestó Kaydee.

Leo y Volt se miraron, luego Volt tomó la iniciativa.

—Mira, chico y chica. La Starship no ha tenido una IA funcional desde que murieron las Voces. Incluso en tierra, la necesita. Demasiadas cosas podrían salir mal. Beta y Delta no están construidos para eso, pero Gamma, tú tienes las habilidades. Entonces, ¿qué dices? ¿Al menos por un tiempo? ¿Mantendrás funcionando nuestro bote salvavidas?

Mantener una nave que cruza galaxias en buen estado no es fácil. Paso horas y horas excavando en los millones de sistemas y subsistemas diferentes, reparando código para cosas como las luces, la filtración de aire y mantener limpios los pasillos.

Esas redes de gasa se meten en todo. Especialmente con los humanos y los mechs que las arrastran todo el tiempo.

Ah, sí, los mechs. Cuando no estoy ayudando a Volt con algún nuevo problema tecnológico, suelo estar conectado a las Líneas de Fabricación, ayudando a Leo a diseñar nuevos mechs para trabajar junto a los humanos. Ahora estamos refinando chatarra vieja, pero con algunas modificaciones, la Starship debería poder fabricar mechs completamente nuevos a partir de mineral aquí mismo en el planeta.

Al principio, a Val no le gustaba mucho la idea. Sigue siendo atrevida, pero un mech puede construir mucho más rápido que uno de sus humanos. También puede cosechar alimentos. Los humanos ahora pueden pasar tiempo haciendo lo que quieren, mientras mis mechs reciben el respeto que merecen.

Porque Beta y Delta se aseguran de ello. Son mis embajadores, mis protectores, la policía imparcial. Hasta ahora, todo han sido advertencias leves, aunque hemos tenido que convencer a Delta de no cortar una extremidad una o dos veces. Es difícil cambiar el comportamiento predeterminado cuando no me deja volver a entrar en su código.

Y hablando de código, estoy recibiendo un ping. Lo dejo rebotar un poco, porque Kaydee me lo hace todo el tiempo. Ella también está trabajando en las Líneas, pero en un proyecto diferente.

—Gamma, presta atención —dice mientras me conecto al ping, mi cuerpo digital navegando por el ciberespacio de la Starship—. Ya casi estamos.

—Muéstrame —respondo, y Kaydee hace que el mech a través del cual estamos viendo gire su cámara hacia dos camillas familiares.

Hay un cuerpo en cada una. Son solo marcos de metal elegantes llenos de equipos de cómputo, pero mientras miro, otro mech entra en escena. Kaydee lo controla, como una titiritero manejando los hilos.

Con mucha suavidad, el mech coloca un parche en la pierna del primer cuerpo. Es un cuadrado grueso que se deforma casi inmediatamente, extendiéndose por el metal.

—Creo que esta vez lo logramos —dice Kaydee, desconectándose del mech y apareciendo a mi lado.

—¿Todavía crees que esto funcionará? —pregunto, ya que Leo me advierte constantemente que las mentes no están diseñadas para esto.

—Sé que funcionará —Kaydee está resplandeciente, siempre está resplandeciente estos días—. Cuando estén listos, ¿adivina qué?

—¿Qué?

—Voy a salir de esta caja de metal y sentir la hierba entre mis dedos, mirar un cielo real por primera vez. —Kaydee me lanza una sonrisa espectacular—. ¿Quieres venir conmigo, Gamma? ¿Dar un paseo con nuestras nuevas vidas?

LOS MUERTOS PERTENECEN A RIVEN. Los vivos a la Tierra. Pero mientras la guerra llena Riven hasta reventar, Carver debe encontrar una manera de mantener esas líneas claras, o no habrá mucha diferencia entre los mundos por mucho tiempo.

Comienza una nueva aventura de fantasía con Riven, La Trilogía Riven libro uno!

AGRADECIMIENTOS

Esta novela es el producto de mi familia y amigos que se negaron a dejar morir un sueño. Mi esposa Nicole, por permitirme escribir en las primeras horas de la mañana y asegurarse de que no me muera de hambre. Mis hermanos y padres por sus continuos comentarios, apoyo y entusiasmo.

Evan Aaseng, por ser un constante punto de apoyo y hacerme volver a la realidad cada vez que mis ideas iban demasiado lejos.

Y, por supuesto, a ti, lector, por darme una razón para escribir.

ACERCA DEL AUTOR

A.R. Knight teje historias en una casa helada en Madison, Wisconsin, principalmente dominada por un par de gatos. Después de verse atrapado en la rutina laboral durante la crisis económica de 2008, se encontró sobrevolando el espacio y embarcándose en grandes aventuras durante aburridas reuniones.

Con el tiempo, dedicándose a podcasts, guiones, cuentos y otras novelas, encontró una historia en la que podía sumergirse y un elenco de personajes tanto entretenidos como llenos de corazón.

A.R. Knight planea saltar a otros mundos y encontrar nuevas historias que contar en los límites infinitos de nuestra imaginación.

¡Gracias, como siempre, por leer!

Para más información:
www.blackkeybooks.com

Para Reno